신의
한수

차 례

언니

개업

왜 이 고생을 해야 하는지 알 수 없다. 나는 툴툴거리며 집 기류와 그릇들을 정리한다. 분식집 개업이라니, 말도 안 되는 상황이다. 일류 요리사에 바카라 크리스털 샹들리에를 갖춘 고급 레스토랑도 아니고, 하다못해 시대의 흐름에 발맞춘 북한 음식점도 아닌 그냥 분식집이라니 말이다(어복쟁반이라든지 메밀냉칼국수 등을 만들어야 했다면 적어도 '북한'이라는 세계적 이슈에 한 발 담갔다는 위안 정도는 얻었을 것이다).

나는 내 불만을 언니가 모르지 않도록 퉁명스럽게 손을 놀린다. 그사이 언니는 달랑 네 개뿐인 테이블 중 하나에 앉아 술을 마시고 있다. 인사동에서 중국산 도자기를 샀다면 딱 그렇게 생겼을 법 싶은 하얀 호리병에서 연한 꿀물 같은 게 나온다. 잔에 술을 따를 때마다, 기분을 산란하게 하는 울금과 계피 향이 번진다. 언니가 마시는 이강주는, 어제 제 이름이 조 아무개라며 수줍게 자신을 밝힌 노인이 두고 간 것이다. 노인은 고종 황제 운운하며 여러 번 허리를 굽혔다. 설마 백 년도 더 된 술을 들고 온 건 아니겠지. 하지만 중국산 도자기일지 모른다고 의심한 그 하얀 병이 가치를 따질 수 없다는 이조백자일 가능성도 없지 않다. 언니라면 그런 물건도 아무렇지 않게 받아, 내가 지금 찬장에 정리 중인 진짜 중국산 사발처럼 쓸 수 있을 테니까.

호기심을 충족해 살맛을 얻는 데 습관이 된 자들이 가게를 흘끔거리며 지나간다. 수레를 밀고 가는 계란빵 장수 아줌마, 정육점 주인, 과일 가게 아들, 건어물점 며느리…… 그중에는 흘깃거리는 것으로는 성에 차지 않아 숫제 문을 열고 고개를 들이민 옆집 할머니도 있다(안면을 튼 지 오 분도 안 된 문방구 아저씨가 지나가던 할머니를 곁눈질하며 재수 황이라고 언급한 바 있다).
할머니는 여느 날처럼 무료함을 달래줄, 적어도 그날 밤 자기 전까지 서너 번 곱씹을 거리는 될 일을 찾아 즐거운 모양이다. 할머니는 경계심 높거나 수줍음 많은 인물이 아니고 또 그럴 나이도 아니기에 당당히 분식집 문을 연다. 다행히 온몸을 들이밀진 않는다.

오메, 잘해놨구려. 하루아침에 식당이 됐네, 그랴.

나는 언니가 달갑잖게 여길 게 뻔하므로 웃음 없이(미소를 짓지 않는 게 내게는 얼마나 힘든 일인지!) 인사한다.

예에. 내일부터 식사 가능해요, 할머니.

할머니가 지금 당장 들어올 수 없다는 사실, 아직 무람없이 우리를 대할 수는 없다는 사실에 작게 분노하며 식당 내부를 살핀다.

이전에 여기 있던 편의점은 장사를 잘하지 못했어. 분식점이 낫지, 암만.

네에……

언니가, 더 말을 걸다가는 입고 있는 누런 팬티를 뒤집어쓰게 되리라고 윽박지르는 듯한 위협적인 어조로 답한다. 눈치가 전혀 없진 않은지, 할머니가 들이민 상체를 조금 뒤로 뺀다. 부끄러운 과거사 한 보따리쯤이 까발려진 채 수치심에 발 구르게 되리라 예감했을지도 모른다. 내가 그녀를 밀어내기 위해 한(실은 언니를 진정시키기 위해 한) "감사합니다. 내일 오세요"를 싸 들고는 허둥지둥 문을 닫는다. 하지만 할머니의 호기심은 그녀의 거친 피부만큼이나 질기다. 곧 다시 가게 앞을 지나치며 술 마시는 언니를 일별하고, 또다시 지나가며 테이블보 펴는 나를 곁눈질한다.

할머니가 네번째로 지나갈 때, 내가 불러 세운다.

떡 좀 가지고 가세요, 할머니. 개업 떡입니다.

곧 재개발이 될 줄 모르고 집을 팔아버린 사람만큼이나 내내 아쉬웠을 할머니가 마침내 흡족해한다. 이제 우리와 가까워졌다고, 다시 집을 돌려받아 재개발을 기대할 수 있게 되었다고 착각한 자의 미소가 얼굴에 그득하다. 나는 하마터면 웃음을 터뜨릴 뻔한다. 늘어진 피부를 잠깐이나마 팽팽하게 만든 그 늙은 욕망이 어찌나 귀여운지!

나는 이웃들에게 개업 떡을 골고루 나눠준다. 사람들은 그렇게 빨리 가게를 리모델링할 수 있었다는 사실에 놀란다. 나는 일 분 만에도 할 수 있는 일이라고 말하는 대신, 미리 준비를 많이 했다며 얼버무린다. 문방구와 정육점과 과일 가게와 건어물점과 맞은편 철물점까지 빼먹지 않고 인사를 한다.

마침내 철물점 이층에 있는 작은 사무실 앞에 선다. 금방이라도 황갈색 가래를 뱉으며 기침을 해댈 것 같은 철문에 '휴대전화기 보호필름 판매업체 델포이'라 적혀 있다. 굵은 글씨로 강조된 상호를 보며, 나는 실소한다. 설마 아폴론의 신전? 금이 간 벽과 군데군데 깨져 있는 콘크리트 계단이 무안한 듯 나를 따라 웃는다. 게다가 문손잡이에 걸린 분홍색 요구르트 배달 바구니라니(차라리 문 앞에 쌓여 있는 신문이나 잡지였다면 구질구질한 청회색 문에 어울리기라도 했을 것이다)!

기분이 좋지 않다. 이 맥락도 없고 조화도 없는 이상한 곳에서 일하는 청년을 위해 멸치 맛국물을 내거나 달걀을 부쳐야 한다는 게 실감 나지 않는다. 도대체가 김밥과 라면과 국수라니, 게다가 델포이라니!

정무운

언니가 급작스레 분식점을 낼 거라고 했을 때, 나는 전날 언니가 마신 부르고뉴산 와인이 상한 게 틀림없다고 생각했다. 그 와인들은 비싼 통관세를 물고 프랑스 중부에서부터 내게 배달되었는데, 언니가 먼저 마셨다(나는 언니가 내 것을 가로채는 데에 더는 신경 쓰지 않는다. 언니에게 덤볐다가 관절이 모두 꺾인 채 침을 질질 흘려댄 날 이후로 서열이 명확해졌기 때문이다. 쌍둥이지만 언니는 언니이고, 나는 동생이다). 몽티니에 사는 두 부부는 내가 자신들의 오크통 앞에서 촛불을 켜고 축복 기도를 올려준 데 대해 감사를 표하고자 했다. 하고 싶은 대로 해야 마음이 편해지는 게 인간이므로, 나는 말리지 않았다.

남은 아홉 개의 병 중 하나를 따서 맛보았다. 으깨지는 순간에 오히려 낄낄거리며 웃었을 피노 누아 포도송이들의 여유가 그대로 살아 있었다. 와인이 상한 건 분명 아니었다. 나는 허투루 말을 뱉는 법이 없는 언니의 표정을 살폈다. 실수로 남의 칫솔로 이를 닦은 사람처럼 찜찜한 얼굴이었다. 언니가 혼잣말처럼 중얼거렸다.

정무운이라는 이름 때문일까? 없을 무에 운명 운, 그런 것도 이름에 쓰나?

아무려면 이름에 그런 걸 쓰겠어?

나는 무심한 척했으나 언니를 도와주겠다고 한 걸 후회하고 있었다. 언니의 기분을 상하게 하지 않는 선에서 핑계를 대고 거절할 수도 있었다. 그런데 왜 그러지 않았을까? 언니가 쩔쩔매는 대상이 누군지 궁금해서? 그랬던 것 같다. 그 장구한 세월 동안, 언니가 누군가에게 이처럼(세상에나, 분식집을 차릴 정도로) 열을 올렸던 적은 없었다.

언니와 나는 성격이 아주 다르지만 남자 취향이 비슷하다. 한 배에서 쌍둥이로 태어났으니 그럴 수밖에 없는지도 모른다. 우리가 얼마간 호감 가졌던 인물들은 흐릿한 눈으로 꼬깃꼬깃 접힌 주름을 펴는 데 골몰했던 아르헨티나의 소설가, 똑같이 생긴 방에 경기를 일으키며 바로크의 비밀을 푸는 데 열중했던 이태리의 건축가, 또 자신의 곡을 '이가 아픈 꾀꼬리같이' 연주하라고 요구한 봉두난발의 프랑스 음악가 등이었다. 특징 없는 게 특징이랄 수 있는 정무운과 같은 남자는 없었다. 그러고 보니 취향이 달랐던 적도 있다. 나는 언니가 통속에서 자위를 하던 그 주정꾼 노친네 옆에 앉아 맨들맨들한 대머리를 만져준 일을 떠올린다. 그게 정말 가마아득한 시절의 일이기에 망정이지, 지금 생각해도 역겹기 짝이 없다. 어쨌거나 그들 모두에 대한 관심을 합해도 언니가 지금 이 청년에게 기울이는 관심과는 비교가 되지 않는다. 새로운 취향이 언제나 옛 취향을 압도하는 법이기는 하지만, 내가 보기에 오래전의 그들과 정무운 사이에는 개체적 특성을 넘어서는 어마어마한 차이가 있다. 미슐랭 등급을 받은 식당과 분식집만큼이나 큰 차이.

청년 정무운. 그는 이제 갓 삼십대에 이르렀지만 그다지 젊어 보이지 않는다. 그런데 사실 늙어 보이지도 않는다. 나는 정무운에 대해, 내가 세상에서 제일 싫어하는 화법으로, 즉 '정무운은 크지도 작지도 않은 키에 마르지도 뚱뚱하지도 않은 체형이고 또한 잘생기지도 못생기지도 않은 외모'라는 식으로밖에 말할 수 없음을 인정해야겠다. 달리 어떻게 얘기할 수 있을까? 눈빛? 미소? 정무운에게는 그런 것들조차 특별한 게 없다. 그의 눈에서 나오는 빛은(굳이 빛이라고 할 것까지도 없지만) 강렬하지 않으나 그렇다고 세상 다 산 것처럼 초점이 없지도 않다. 눈에서 아무것도 읽히지 않는다고 하면 맞는 말일까. 미소는 더하다. 가끔 미소 비슷한 것을 만드는 일이 있기는 하지만, 기쁘다거나 감동해서라는 느낌이 없다. 누군가를 비웃는 것 같지도 않고 하다못해 스스로를 기만하려는 낌새도 없다. 그냥 사람들이 흔히 미소라고 부르는 얼굴 근육의 움직임이 미세하게 감지될 뿐이다. 내면은 더 오리무중이다. 언니가 관심 가진 게 인지 불가한 그 내면이라면, 도무지 알 수 없어 끌렸다면 나는 어쩔 수 없이 그 부분만큼은 인정해야 한다고 생각한다.

철문을 가볍게 두 번 두드린다. 정무운이 아니라 정무운을 고용한 사장이 나온다. 사장이라지만 그 역시 삼십대 초반 아니면 중반의, 정무운과 비슷하게 추레한 젊은이일 뿐이다.

떡 좀 가져왔어요.

표면적으로 사장과 정무운, 그리고 나는 어제 이미 인사를 나눈 사이다. 정무운과 함께 점심을 먹으러 나선 사장을 언니가 다급히 불러 세웠기 때문이다. 사장은 인테리어에 든 비용과 편의점 사장에게 지급한 권리금 등을 물었고, 언니는 시종 정무운에게 눈을 떼지 않은 채로 불성실하게 답했다. 낼 만큼 냈어요. 시세대로요. 언니는 망해가는 가게를 두고 권리금을 톡톡히 받을 가치가 있다고 부풀린 편의점 사장을 대만족시켰다는 얘기 따위는 하지 않았다. 나 역시 사장에게 미소를 뿌리면서도 그의 직원에게 온 신경을 집중시켰다. 여전히 알수 있는 게 많지 않았다. 어쨌거나 델포이의 사장은 분식집의 개업을 쌍수를 들어 환영했다.

사장이 나를 막을 건 아무것도 없다는 듯, 행여 내가 떡만 건네고 돌아서면 큰일이라는 듯 철문을 활짝 연다.

　잠시 들어오세요. 워낙 정신이 없기는 합니다만……

　그의 말대로 사무실은 정신이 없다(사실 사무실이 정신없
는 게 아니라 사무실을 관리하는 그들의 정신이 없는 거겠
지). 두 벽을 차지하고 이어져 있는 테이블 위에는 사무용품
들이 흩어져 있고, 테이블 아래에는 포장을 풀지 않은 상자들
이 아무렇게나 던져져 있다. 나는 뜯긴 박스의 잔해들과 테이
프, 끈 등이 널린 바닥에서 그나마 만만한 공간을 찾아 조심
스레 들어선다. 창틀에 똬리를 틀고 앉았던 먼지들이 몸을 털
고 일어나더니 내 기분을 살피며 사라반드를 추기 시작한다.

　차 한잔 드세요.

　최고급 원두로 내린 커피도 잘 마시지 않는 나지만, 그가
타주는 인스턴트커피를 공손하게 받아 든다. 사장은 나에게
품은 호감을 감추지 않는다. 하긴 어떤 사람이 나를 보고 덤
덤할까…… 그런데 그런 면에서도 정무운은 특별하다. 그는
나를 일별하고도 보호필름 포장하는 손을 멈추지 않는다.

　사무실에서 하는 일은 매우 단순해 보인다. 사장이 액정 필
름 주문자들의 배송지를 정리해서 주면 정무운이 포장해서
배달업체에 넘긴다. 그러니까 언니의 지대한 관심을 끈 청년
정무운은 종일 얇은 필름을 곽에 넣고 뽁뽁이를 두른 후 포장
하는 일을 한다. 나는 시무룩해지려는 감정을 가까스로 추스
르며 인사치레를 한다.

사무실이 아담하네요.

사장이 내 시선을 한 번이라도 더 잡아보겠다는 듯 간절한 표정으로 말한다.

예에, 빛도 잘 듭니다. 그나저나 내일부터 점심 먹으러 갈 수 있는 거죠? 기대됩니다.

그럼요. 저녁도 먹으러 오세요.

물론 나는 정무운이 듣기를 바란다. 하지만 그가 식당에 들러 저녁까지 먹고 갈 것 같지는 않다. 그렇다고 서둘러 퇴근한 후 다른 거창한 일을 할 것 같지도 않다. 정무운은 '저녁이 있는 삶' 따위에 골몰하지 않을 것이다. 그는, 헬스장에서 근육을 상대로 온갖 분탕질을 치고 나오거나 길거리 농구를 하며 땀을 흘린 자들에게서 볼 수 있는 활력 같은 게 없다. 그의 모든 동작에는 해장술을 기대하는 알코올중독자의 나른함이 깃들어 있다. 주소가 적힌 종이를 오리고 있는 저 손동작, 가끔 등받이가 있는 의자에서 허리를 떼내는 자세, 하다못해 커피 한 모금을 삼킬 때 살짝 부푸는 목울대에서도 도무지 '활기'라는 걸 느낄 수가 없다. 그의 모든 움직임은 하는 듯 안 하는 듯, 또는 해도 그만 안 해도 그만인 듯 투미해 보인다.

무기력하다. 장대비를 맞아도 내부 깊숙이까지 물기를 들이는 일이 결코 없는 바위를 마주했을 때처럼…… 그 바위를 물이 퐁퐁 솟는 경박한 샘으로 만들어버리고 싶은 기분을 가까스로 누르며 사장에게 요구한다.

급한 일 있을 때 연락하게 전화번호 좀 주세요.

휴대전화기를 내밀자, 제가 하려던 말을 내가 먼저 해서 한 껏 고무된 사장이 기꺼워하며 자신의 정보를 넣는다. 그는 내게 선심을 써서 액정 필름이라도 갈아주려다가 그럴 필요가 없는 걸 알고 실망한다. 내 전화기에 붙어 있는 필름은 흠 하나 없는 새것이다. 델포이에서 주문해 붙인 필름이지만, 사장은 알아보지 못한다. 나는 정무운에게도 전화기를 내민다.

직원분도요.

나는 정무운의 이름과 번호, 사는 곳 등을 이미 알고 있지만 어디까지나 사람 사는 도에 따라 절차를 지킨다. 하지만 정무운이 거절한다.

괜찮습니다.

황당한 말이다. 도대체 뭐가 괜찮다는 거지? 자신의 번호를 내가 물어봐주는 친절을 베풀지 않아도 괜찮다는 뜻인가, 아니면 정무운 자신이 내 호의를 제 마음대로 거절해도 괜찮다는 뜻인가. 내 얼굴이 발갛게 달아오르자(정말이지 볼이 쉽게 붉어지는 것만큼은 내 의지로도 어찌할 수가 없다. 평범한 남자들은 이 붉어지는 볼에 설레기도 하지만, 정무운은……) 사장이 그를 나무라며 나선다.

이 친구가 사교성이 좀 떨어집니다. 제가 알려드릴게요.

나는 전화기를 사장에게 맡긴 채 얌전히 기다린다.

이따가 언니랑 제 번호 넣어드릴게요.

사장은 미소를 뿌리고 나가는 내 뒷모습에서 시선을 놓지 못한다. 내가 가고도 한참 동안 아우라가 남겠지. 그렇겠지, 애야. 그럴 거란다.

오픈 준비가 완벽하게 끝났다. 하지만 여전히 덜 마른 바지를 입은 기분이다. 언니의 기분도 좋지 않은지 술을 마시고 있다. 저물녘 빛을 들고 우물쭈물하던 해가 눈치껏 슬며시 사라진다. 언니가 마시는 술병은 진즉 비었어야 맞지만, 언니가 마시고자 하는 한 계속 나올 것이다.

옆집 할머니가 또 가게를 흘긋거리며 지나간다. 나는 전깃불을 더 켜고 블라인드를 내려버린다.

번호 땄어.

언니는 해야 할 일을 했을 뿐인 나를 칭찬하지 않는다. 하긴 정무운의 전화번호 열한 자리는 언니와 내 머릿속에 이미 아로새겨져 있다. 언니가 묻는다.

잘될까?

이렇게나 자신 없는 언니의 모습을 본 적이 없다. 그린란드 북부에 있는 최후의 빙하가 다 녹았다 해도 이보다 황망하진 않을 것이다. 나는 종일 분식집을 정리하고 사람들을 상대했기에 몰려온 피곤을 핑계 삼아 짜증을 낸다(언니 때문에 고운 내 성격에 또 흠이 난다).

도대체 이유가 뭐야?

알잖아.

알지, 알고말고. 알지만 너무 한심해서 다시 물어본 것뿐이다. 정무운을 처음 본 날, 언니는 얼굴 있을 자리에 발이 붙은 남자라도 본 것처럼 놀랐다. 정작 정무운은 언니에게 아무런 관심도 보이지 않았다. 그게 언니의 호기심을 더 자극했다. 언니는 도대체 어떤 인간이 자신에게, 길에서 나눠주는 홍보용 티슈만큼의 관심도 보이지 않는지가 궁금했다. 언니는 단순히 정무운을 염탐하고 따라다니는 것으로 끝내지 않았다. 나는 언니가, 정무운이 포장한 보호필름을 서른 개나 주문해서 하나하나 뜯어보고 있는 꼴을 지켜봐야 했다.

언니에게 변화가 생긴 건가? 소위 '예전과 같지 않다'면? 이건 은퇴를 했거나 죽음에 가까이 간 노인들에게나 해당하는 이야기다. 하지만 도대체 언니에게(그러니 쌍둥이인 나에게도) 예전 같지 않을 일이 뭐가 있겠는가? 일어날 수 없는 일이 어떻게 일어난다는 말인가?

사방 오 리 안개가 덮여 있는 듯한 이런 상황을 견디기가 힘들다. 하지만 돕기로 했으니 도와야지. 이 상황을 빨리 끝내기 위해서라도 부지런히 움직여야겠다. 잘못하다가는 분식집에서 김밥을 마는 것으로 끝나지 않을지도 모른다.

나

나는 일을 잘한다(언니도 잘하지만, 나만큼은 아니라고 자부한다).

오늘 아침 정무운에게는 좋은 일이 잇따라 생긴다. 기저귀를 갈 때마다 정무운을 할퀴곤 하는 어머니가 얌전하게 다리를 내맡긴다. 그의 어머니가 유치원에 가는 아이처럼 순순히 복지센터 차에 오른다. 정무운은 사무실이 있는 동네까지 가는 마을버스 안에서 유례없이 빈자리를 발견하기도 한다. 한 번도 그런 일 없던 사장이 먼저 나와 청소를 해놓고서 정무운을 맞이한다. 사장은 "가끔 사장이 청소도 하고 그래야 직원이 살맛 나지"라며 너스레를 떤다. 주문 들어온 물량은 많지도 적지도 않다(많을 때는 정무운의 손이 그만큼 빠르게 움직여야 하고, 적을 때는 사장이 온갖 신경질을 부리곤 한다). 노동의 신성함을 느낄 정도까지는 아니더라도 노동의 피곤함에 절지는 않은, 기분 좋은 오전이었을 것이다.

하지만 정무운은 자신에게 일어나는 일들을, 빨래 후 사라지기도 하고 느닷없이 나타나기도 하는 양말 한 짝처럼 취급한다. 사장의 이례적인 태도 변화, 즉 청소에 대해서도 별 반응이 없다. 애쓰셨네요, 라는 입에 발린 소리조차 하지 않는다. 나는 지친다(언니와 달리 끈기가 없는 나는 쉽게 지치곤한다. 체르니 30번을 떼지 못한 채 결국 피아노를 포기하고

마는 유형 중 하나가 바로 나다).

점심때가 되자, 사장과 정무운이 분식집으로 들어선다. 편의점에서 팔았던 김밥이 삼천 원, 우리가 파는 김밥이 이천오백 원이니 그들로서는 다른 곳에 갈 이유가 없다.

라면 두 그릇, 김밥 한 줄 주세요.

사장의 눈이 전날보다 더 끈적거리며 나를 좇는다. 하지만 내 눈은, 동시에 언니의 눈도 정무운을 좇는다(당연히 끈적거리지는 않는다). 언니는 심지어 정무운에게서 눈을 떼지 않은 채로 김밥을 썬다. 물론 보지 않고 썰어도 김밥은 차량 간격이 일정한 열차처럼 가지런하다.

와, 이거 그냥 보통 라면이 아닌데요?

사장이 감탄을 표한다. 당연하지. 유기농 밀가루로 만든 라면에 유정란을 두 개씩이나 풀었고, 떡과 어묵까지 얹었으니 말이다(어디까지나 내 취향대로 그렇게 했는데 언니는 역력히 싫어하는 기색을 비쳤다).

공깃밥은 각별한 이웃분들께만 드리는 서비스입니다.

내가 밥 두 그릇을 테이블에 놓자 사장은 매출이 단번에 열배나 오르기라도 한 듯 흐뭇해한다. 좋을 테지. 그래, 좋아야지. 하지만 정무운은 언니와 내가 온갖 정성을 기울인 라면에 대해서도, 김밥에 대해서도 아무런 말을 하지 않는다. 그럴 테지, 그럴 거야. 나는 조금씩 정무운에게 익숙해져 간다.

사장은 말을 멈추지 않은 채, 반대로 정무운은 끝내 한마디도 하지 않은 채 식사를 마친다. 내가 그들에게 커피 한 잔씩을 내민다. 우유 거품에 네잎클로버 문양을 낸 카푸치노다. 사장의 입이 또 헤벌쭉 벌어진다.

와, 이거 정말. 이런 분식집이 다 있다니요.

언니가, 제가 만든 커피도 아니면서 생색을 낸다.

맛있게 드세요. 커피도 각별한 이웃에게만 드리는 겁니다.

정무운이 잠시 고개를 든다. 웃는 걸 어색해하는 언니지만 정무운을 향해 조금 웃어 보인다. 정무운은 말없이 다시 고개를 숙인다. 예전의 나라면 그런 취급을 당한 언니를 종일 놀려댔을 것이다. 지금은 사정이 다르다. 언니가 느끼는 위기감이 내게도 전해지기 때문이다. 나 역시 초조하다.

사장과 정무운은 라면보다 비싼 커피를(어디까지나 내 취향에 따라 최고 등급의 예가체프 원두로, 그것도 바로 전날 로스팅한 원두로 내린 커피 말이다) 그런 줄도 모르고 마신다. 한 사람은 카푸치노 거품만큼이나 붕 떠서, 다른 한 사람은 인스턴트커피를 마실 때와 다름없이 착 가라앉은 태도로.

나는 다시 정무운을 상대로 내 일을 한다. 그가 저녁밥을 짓기 위해 들른 마트에서 집어 든 식재료들은 모두 할인 중이다. 바지락이 반값이고, 부추며 애호박 등에 특별가가 적용되어 있다. 하지만 정무운, 아무런 표정의 변화가 없다.

소득도 없이 하루가 간다. 이틀이 간다. 사흘째가 되자 언니가 '너도 별수 없지?' 하는 표정으로 나를 바라본다. 나는 안간힘을 쓴다. 가장 약한 고리, 그렇다, 정무운의 어머니를 공략하기로 한다. 치사한 방법이지만 어쩔 수가 없다.

나는 노인센터를 통해 정무운의 어머니가 목욕 봉사를 받을 수 있도록 주선한다. 정무운은 이제 더는 어머니를 목욕탕에 데리고 가 여탕 입구를 서성이지 않아도 될 것이다. 세신을 하는 아주머니에게 웃돈을 얹어주는 일도 없을 것이다. 이어 정무운은 노인이 복용하는 메만틴 계열의 약에 정부 보조금이 붙었다는 소식을 듣는다. 다음 달부터 약값은 반으로 줄 것이다.

나는 치밀하게 일한다. 부지런히 움직일수록 분식집을 빨리 접을 수 있다는 생각에 고무된다. 내게 없다고 생각했던 끈기나 오기 같은 게 나오는 것 같아 스스로 대견해하기도 한다. 나는 백방으로 뛰어다닌다. 머리를 굴리고 돈을 쓰고 미모를 이용한다.

하지만 정무운은 여전히 나에 대해서도, 내가 하는 일에 대해서도 관심을 보이지 않는다. 땅에 떨어진 십 원짜리 동전 보듯 여전히 나에게 무덤덤하고, 변하는 일상에도 동요가 없다. 나는 필사적이다. 그가 앉을 마을버스 좌석에 지난주 당첨 복권을 두기도 한다. 하지만 그는 한번 살펴보려는 시도도 하지 않은 채 종이를 그대로 좌석 아래로 떨어뜨리고 만다.

휴대전화기를 꺼내 번호만 대조해도 될 텐데, 그는 숫제 전화기를 꺼내지도 않는다. 정무운은 그렇게, 이십 년간 월 오백만 원씩 받을 기회를 앉은 자리에서(사람도 별로 없는 버스 좌석에서) 놓친다. 그는 심지어, 어떤 노인이 벤치에 놓고 간 가방을 보고도 아무런 관심을 보이지 않는다. 오만 원권 지폐가 가득 든 가방의 지퍼 틈으로 돈뭉치가 삐죽 올라와 있기까지 한데도 말이다. 노인이 이미 먼 곳으로 가버렸고, 가까운 CCTV는 고장이 났으며, 근처를 오가는 행인도 없는 상황 등 내가 계획한 모든 것이 물거품이 된다. 정무운은 가방을 일별하고도 고개 한 번 갸우뚱하지 않은 채 그 자리를 떠난다. 델포이의 사장이 느닷없이 인센티브를 챙겨주는데도 월급 받을 때와 다름없이 덤덤하다. 그는 하지 말아야 할 일이나 해야 할 일, 할 수 없는 일이나 할 수 있는 일 모두에 공평하게 무관심하다. 공처럼 몸을 말고 있는 세줄아르마딜로처럼 요지부동이다. 정무운은 일관되게, 내 애교에 웃음 한 번 시원하게 날려주지 않는다.

나는 자신감을 잃는다. 검은 기름을 뒤집어쓴 채 망연자실한 표정으로 누워 있던 2007년의 태안 앞바다와 딱 같은 기분이다. 겨우 한 달이 지났지만, 아흔아홉 해를 산 듯 피로하다.

언니

언니가, 내 시시한 수가 도무지 먹히지 않았다고 결론 내린다. 직접 나서기로 한다(당연히 그래야지, 애초에 자기가 벌인 일이기도 하니까). 하지만 언니 역시 정무운을 통째로 메치려 들지는 않는다. 오히려 내가 했던 것과 크게 다르지 않은 시시한 수를 쓴다.

정무운이 자잘하게 곤욕을 치른다. 그가 전날 작업한 배송지의 주소가 모두 바뀌는 사태가 일어난다. 델포이로 항의 전화가 빗발친다. 주문한 거보다 필름을 덜 받은 사람들은 아우성을 치고, 더 받은 사람들은 이쪽에서 건 전화를 끊어버리거나 무시한다. 사장이 길길이 날뛴다. 줬던 보너스를 도로 뺏을 기세다.

나쁜 일들이 끊이지 않는다. 초저녁에 술에 취한 행인이 공연히 정무운에게 시비를 걸기도 하고, 버스에서 몸을 부딪친 중학생 여자애들이 재수 없다며 욕을 퍼붓기도 한다. 정무운이 제값을 다 주고 산 고기가 상해 있거나 두부의 유통기한이 지나 있기도 하다.

하지만 정무운, 꿈쩍도 하지 않는다. 공처럼 몸을 만 세줄아르마딜로가 그대로 화석이 된 모양새다. 무기물 혹은 무정물 같은 한 남자가 언니를, 덩달아 나를 기함하게 한다.

그가 일반적이지 않은 반응을 보이는 통에, 언니가 쓰려는 꼼수가 펼쳐지지도 못한 채 접히기도 한다. 초등학교 동창이라는 여자가 정무운에게 만나고 싶다는 전화를 넣는다. 정무운은 가벼운 호기심조차 보이지 않는다. 한 번 거절한 후 다시 같은 번호로 전화가 걸려오자 정무운은 곧장 번호를 차단해버린다. 여자가 정무운에게 한몫 단단히 뜯어내기를 바란 언니는 씨알도 먹히지 않을 계획이었다는 점을 인정하지 않을 수 없다.

언니가 강도를 높인다. 제대로 해야겠어, 라고 말한다(나는 어조에 배인 깊은 자조를 놓치지 않는다. 언니는 마지못해 그렇게 하려는 것이다). 언니가 쓰는 '제대로'란 말은, 바람 방향이나 햇빛의 세기만 미세하게 달라져도 크게 잘못될 수 있는 일들을 가리킨다. 넘어져서 코피만 난 줄 알았는데 알고 보니 코뼈가 부러졌다거나 생리혈인 줄 알았는데 장출혈이었다거나 하는 식이다. 곧, 인도를 걷고 있던 정무운에게 자전거 한 대가 덮친다. 정무운은 언니가 의도한 대로 차도 쪽으로 넘어졌는데 하마터면 지나가던 승용차에 부딪혀 머리가 축구공처럼 튕겨 나갈 뻔한다. 하지만 그는 한탄하지 않는다. 두려워하지도 않는다. 오른쪽 팔꿈치부터 손등까지 살이 찢어졌으나 바지를 툭툭 털며 일어선다. 그는 쩔쩔매는 자전거 운전자에게 신경질 한번 내지 않는다(자전거 운전자가 병원비에 얼마라도 보태라며 주는 돈을 거절하지는 않는다).

언니는 간절하다. 하나만, 하나만 제대로 먹히기를 바란다.

하지만 아무런 변화의 조짐도 감지할 수가 없다. 평소처럼 점심을 먹으러 온 정무운은 김밥을 먹고 라면을 먹은 후, 이제 더는 서비스로 주어지지 않는 커피에 대해서도 아쉽다는 소리 한마디 없다.

언니 역시 정무운의 치매 걸린 어머니를 건드린다(우리는 영혼이 통하는 쌍둥이이므로 사실 언니가 내 전철을 밟는다 해서 이상할 건 없다). 노인이, 가끔 실랑이를 벌이기는 해도 어찌어찌 타던 복지센터 버스를 끝까지 타지 않겠다고 고집을 부린다. 정신이 없기는 해도 심하지 않은 편이었는데 갑자기 정무운을 뿌리치더니 급기야 길바닥에 드러눕는다. 요양보호사가 난감해하는데, 오히려 정무운이 쉽게 포기한다. 오늘은 집에 모시고 있겠습니다. 정무운이 곧바로 사장에게 전화를 걸어 출근할 수 없겠다고 말한다. 사장이 길길이 뛴다. 여기가 놀이터야? 애들 다니는 유치원인가? 이유가 뭐야? 하지만 정무운은 사정이 생겼습니다, 하면서도 그 사정에 대해 구구절절 설명을 늘어놓지 않는다.

정무운이 사흘째 결근을 한다. 사장은 분식집으로 혼자 밥을 먹으러 와서 자신이 무책임한 직원 하나 때문에 얼마나 고초를 겪는지 호소한다. 입에서 튀어나온 밥알이며 고춧가루, 다진 마늘 등도 자신들의 고초를 호소하며 사장의 입을 노려본다.

이래서 사람 쓰는 게 제일 어렵다니까요? 무뚝뚝하기는 해도 이리 불성실한 사람인 줄은 몰랐네요. 사람 참…… 겪어봐야 압니다. 겪어봐야 알아요.

정작 정무운은 차분하다. 어머니를 돌보고는 있으나 애정에 기반해 그러고 있는 것 같지는 않다. 그의 태도에서 사랑은커녕 안타까움조차 느낄 수 없다. 정무운은 휴대전화기 보호필름을 포장할 때와 크게 다르지 않은 태도로 자신의 어머니를 씻기고 먹이고 입힌다. 나흘째에 그가 어머니를 보낼 요양원을 알아보기 시작하자 언니가 깨끗이 포기한다. 치약을 알뜰하게 짜기 위해 치약 짜는 클립을 새로 사느니 그냥 대충 쓰고 버리는 쪽을 택하는 게 언니다.

현명한 선택이다. 정무운은 끝내 어머니를 요양원에 보내게 되어도 한탄하지 않을 것이다. 설령 언니가 요양원에 보내는 것마저 막아도 정무운이 언니 발에 매달려 울부짖는 일은 일어나지 않을 것이다. 그는 심지어 언니를 제대로 한 번 쳐다보려고도 하지 않을 것이다. 죽게 되면 죽으리요. 어두컴컴한 방에 앉은 정무운의 얼굴이 그렇게 말하고 있었다.

언니가 소곡주를 막걸리처럼 벌컥벌컥 들이켠다(원래 술을 즐기기는 해도, 언니가 이렇게 주야장천 마셔댄 적은 없었다). 좀체 부끄러워하는 법이 없건만 이번에는 스스로가 부끄러운 게 분명하다. 사실 언니는 치매 걸린 노인들 상대하는 걸 좋아하지 않는다. 형체는 있으나 이미 기능을 상실해 없는 것과 마찬가지인 발을 잘라 무엇하랴, 고 말해왔다. 나도 마찬가지다. 나는 감각 없는 발에 꽃신을 신겨준들 무슨 덕이 쌓이리오, 라며 언니 말에 동의를 표하곤 했다.

언니가 취한 목소리로 중얼거린다. 사무실에 불을 내버릴까? 하지만 그녀는 이내, 잘못도 없는 아랫입술을 잘근잘근 씹으며 괴롭다는 듯 우물거린다. 전신 화상을 입어도 물 한 방울 뿌려달라는 소리 안 할 위인이야.

정무운이 다시 출근한 날 저녁, 언니가 서둘러 분식집을 닫고는 내게 말한다.

정무운한테 가자.

정무운을 회사 밖에서 따로 만나려는 모양이다. 나는 부쩍 나를 챙기는 언니가 달갑지 않다.

목이라도 비틀어버리게? 혼자 가.

언니는 내 말을 무시하고 치장을 시작한다(언니는 내가 결국 따라나서리라는 걸 모르지 않는다). 헬레나 본햄 카터를 몹시 좋아하는 언니가 영화 「스위니 토드」의 러빗 부인을 연상케 하는 스모키 화장을 한다. 나는 정무운이 그런 외모를 좋아하지 않을 거라고 조언하려다가 그만둬버린다. 어차피 언니가 어떻게 꾸며도 호감을 주는 인상은 아닌데, 정무운에게 호감 같은 걸 주려고도 하지 않을 테니까. 어쩌면 언니는 기어이 정무운의 발목이나 손목 하나쯤을 끊어놓으려는 건지 모른다.

막내

정무운이 사는 해방촌은 가파른 계단, 좁은 골목, 낡은 집들을 이색적으로 개조해 산책하기 좋은 유흥가로 거듭난 곳이다. 철골 지붕의 창고, 흙벽의 헛간, 낡은 한옥 등을 고쳐 꾸민 카페와 술집 등이 산재해 있다. 물론 정무운의 집은 그런 리모델링 건물과 상관없는 곳, 결코 유흥가가 될 수 없는 후미진 곳에 있다. 언니와 나는 정무운이 버스 하차장에서 집까지 가는 여러 길 중 어디를 택할지 이미 알고 있다. 우리는 우연히 마주쳤다 해도 이상할 게 없는 지점에 도착해 퇴근 중일 정무운을 기다린다.

드문드문 사람들이 다닌다. '나는'이 아니라 '우리는'을 앞세워 과시를 겸손으로 포장한 대학생이 유쾌한 기분으로 뛰어가고, 간만에 유리 지갑인 동창들을 만나 자신의 고충이 더 심하다고 우는소리를 할 예정인 변호사도 들떠서 지나간다. 언니는 그들 아무에게도 관심이 없다. 정무운을 만난 후로 언니의 관심은 다른 데로 새지 않는다.

저기, 정무운이 온다. 평소처럼 땅에 시선을 두고 어깨를 구부정하게 구부린 채 걸어 올라오고 있다. 우리는 아직 그의 눈에 띄지 않는다. 나는 다 집어치우고 그 자리를 떠나 시원하게 맥주라도 한잔 들이켜고픈 기분이다. 도대체 이 하찮은 청년이 뭐란 말인가? 세상에서 가장 잘생기지도 않고 가장 똑똑하지도 않고 하다못해 포장을 가장 잘하지도 않는 이 정무운이라는 인간 말이다. 어째서 언니와 나는 이 사람이 동요하기를 바라는가? 왜 살던 대로 살지 않기를 바라는가? 틀림없는 건 언니가(사실 이제는 나까지도) 위기감을 느낀다는 사실이다. 우리는 정무운이 우리를 의식하지 않음으로 인해 모든 시간, 카이로스의 시간만이 아니라 크로노스의 시간까지도 뒤틀려버릴까 봐 불안해하고 있다.

정무운과의 거리가 좁혀진다. 그는 아직도 우리를 보지 않는다. 언니가 침착하게 한 발을 떼려는 찰나, 갑자기 무언가가 시야를 가린다. 매화도 아니고 진달래도 아니지만 어쨌거나 꽃이라고밖에 여길 수 없는 분홍 덩어리다. 물론 우리는 곧바로 그게 꽃이 아니라는 사실을 알아차린다. 언니나 내가 잠시나마 꽃을 떠올린 건 독특한 로즈마리 향 때문인데, 우리는 그 향의 주인이 누구인지 잘 알고 있다. 막내다. 분홍 리본, 분홍 귀고리, 분홍 후드티에 분홍 스커트, 분홍 신발. 분홍 일색, 아니 분홍 자체라 해야 할 그것이 우리에게 씩 웃어보이나 싶더니 너무도 자연스럽게 다리를 꼬며 넘어진다. 순간 언니가 나를 휙 끌어당긴다. 낡은 빌라와 다가구주택 사이, 언니에게는 어울리나 내게는 어울리지 않는 음습한 공간에 몸을 숨긴다.

이제 길에는 두 사람만 있다. 위쪽에 막내라는 분홍 덩어리, 아래쪽에 정무운이라는 회색 덩어리. 분홍이 아야, 아야, 하며 신음하고 있다. 막내가 도대체 뭘 하려는지 짐작조차 할 수 없다. 언니가 몸을 숨긴 건 어디까지나 직감 때문이었을 텐데, 달리 더 아는 바는 없어 보인다.

젊은 여성이 넘어지면서 발을 삔다. 건장한 젊은 남자가 이를 발견한다. 그러니까 가파른 길에서 이런 구태의연한 장면이 연출되고 있다. 덧붙이자면, 길에 다른 사람은 아무도 지나가지 않는다. 따지고 보니 맥락도 있고 조화도 있다. 여자가 신음하며 남자를 부른다.

저기요, 좀 도와주시겠어요?

평범한 남자라면 달려와 다친 데를 살피고 부축해 일으키면서 신체 여러 부위를 만질 테지만(물론 본의 아니게 그리할 테지만), 우리의 정무운은 역시 다르다. 걷던 속도를 바꾸지 않고 느긋하게 다가오더니 막내 옆에 잠시 멈췄을 뿐이다.

어머, 무운 씨! 저 좀 도와주세요.

언니와 나는 적잖이 놀란다. 막내가 정무운과 아는 사이인가? 정무운이 그제야 상대를 알아본 듯 희미하게 입을 달싹거린다. 언니나 나나 순식간에 박쥐만큼 청력을 살려 그가 인사하는 소리를 듣는다.

아, 다치셨어요?

마지못해 119에 전화나 걸어주리라 예상했던 정무운이 뜻밖에 막내를 부축해 일으킨다. 그간 그렇게 무수히 라면과 김밥을 얻어먹었으면서도 우리에게는 심드렁하게만 대했던 정무운이 막내를 돕고 있다. "아, 다치셨어요?"라니! 게다가 짧은 감탄사 '아'에는 정무운이 막내를 이미 알고 있다는 사실 외에도 심상찮은 정보가 가득 들어 있다. 도대체 어찌 된 일이지?

막내는 그야말로 온몸을 던지고 있다. 정무운에게 부축받는 걸 이용해 최대한 몸을 밀착시키고 있다. 우리가 숨어 있는 곳까지 망할 로즈마리 향이 물씬 풍긴다(막내는 오스트리아-헝가리 이중제국 당시, 일흔 넘은 나이의 엘리자베스 왕비가 폴란드 왕으로부터 구혼을 끌어낼 때 썼다는 이유로 이 향수에 열광한다). 사람은 후각이 제일 예민하다고들 하지 않는가. 짐작할 것도 없이, 막내가 그 향을 과하게 뿌리고 나온 이유는 정무운을 유혹하기 위해서다. 그러나 될 법이나 한가? 정무운은 콧방울 한 번 씰룩이지 않고 어깨 한 번 추썩거리지 않을 것이다.

그런데 막내를 부축해 근처 빌라 계단에 앉히는 정무운, 콧방울을 씰룩이고 어깨를 추썩거리는 게 아닌가! 나도 모르게 언니의 손을 찾는다. 차디찬 언니의 손도 내 손(내 손은 매우 따뜻하다)을 찾고 있었던 모양이다. 우리는 서로의 손을 꼭 쥔다. 막내가 정무운을 올려다보며 애처로운 소리를 낸다.

많이 다친 거 같지는 않은데…… 힐 신고는 걸을 수 없을 것 같아요.

뜻밖에 정무운이 고개를 끄덕인다. 충격적이다. 언니나 내게는 식당 계산대에서 집어 들 수도 집어 들지 않을 수도 있는 박하사탕처럼 대하던 정무운이 고개를 끄덕이다니! 막내가 계속 말한다.

죄송하지만 무운 씨 댁에서 편한 신발 좀 빌릴 수 있을까요?

언니와 나는 열패감에 휩싸인다. 막내가 도대체 어떻게 정무운의 집이 근처라는 사실까지 알고 있는 걸까? 정무운이 또 고개를 끄덕이더니 천천히 길을 올라간다. 그가 집까지 가서 슬리퍼를 들고 오기까지 삼사 분쯤의 시간이 걸릴 것이다. 언니와 내가 파리를 낚아채는 개구리 혀만큼이나 날렵하게 막내에게 다가간다.

언제부터 안 거야, 정무운?

막내는 껌을 짝짝 씹다가 풍선을 만들더니 피식 웃는다(정무운과 얘기할 때는 짝짝거리며 씹지 않던 껌이다).

꼴이 우습네?

막내가 비웃는다. 언니가, 막내가 다친 척했던 발을 지그시 누른다. 막내가 씹던 껌을 떨어뜨리며 신음한다. 아야, 아야.

발등뼈 중 중절골과 기절골 하나씩이 으그러지는 소리가 들린다. 물론 곧 낫겠지만 당장은 엄청나게 아플 것이다.

언니, 그만해.

내가 말린다. 욕지기 나는, 미울 수밖에 없는, 씨 다른 동생이지만 그래도 동생은 동생이니까(언니는 그런 나를 가식적이라며 야유해왔다). 사실 나도 막내가 마음에 들지 않는다. 무엇보다 천박해서 싫다. 나만큼은 아니나 언니도 천박한 걸 싫어한다. 그간 언니와 내가 서로 경원시하면서도 뭉쳤던 대부분의 이유가 막내 때문이라 해도 과언이 아닐 정도다. 우리는 늘 막내를 따돌리고 밀어냈다. 반면 막내는 기를 쓰고 우리를 쫓아다니며 애정을 갈구해왔다. 우리가 아무리 무시해도 자기가 '언니들의 귀여운 막내'라고 주장하기를 멈추지 않았다.

언니 얼굴이 영화 속 러빗 부인처럼 사나워져간다. 막내가 급하게 말한다.

언니들 도우려고 그랬던 것뿐이야.

네가 무슨 수로?

언니들보다는 나은 수로.

언니가 팔 하나쯤 바로 부러뜨릴 것 같은 오싹한 표정을 짓지만, 막내는 언니가 그러지 못하리라고 이미 계산을 마친 듯하다. 사실 언니나 나나 막내와 정무운의 관계가 궁금하고, 또 금방 정무운이 돌아올 테니 일을 키우고 싶지 않다. 언니가, 하지정맥류가 생긴 혈관처럼 늘어진 자존심을 가까스로 곧추세운 후 말한다.

돌아가! 네가 할 수 있는 일이 아니야.

막내는 재미있어 죽겠다는 표정이다.

언니들은 해낼 수 있고?

막내의 말은 "지금 언니들 꼴을 봐"와 다르지 않다. 언니가 더 참지 못하고 폭발하나 싶은데, 순간 정무운의 발소리가 들린다. 우리는 원래 있던 비좁은 건물 틈에 다시 몸을 숨긴다.

여기 있습니다.

정무운이 검은 바탕에 가로로 흰 줄이 가 있는 낡은 슬리퍼를 내민다. 흰 줄은 거의 지워져서 발등 부분에 얼룩처럼만 남았다. 정무운은 신발이 이것밖에 없다거나 맞을 만한 신발을 찾지 못했다거나 하는 입에 발린 소리를 하지 않는다. 그런 점이 어쩐지 언니와 내게 위안이 된다.

고마워요. 내일 돌려드릴게요.

막내가 말하자 정무운이 가볍게 고개를 끄덕이고는 왔던 길로 돌아간다. 막내가 필시 아까 땅에 흘리고서 도로 주웠을 그 껌을 다시 씹기 시작한다(막내는 고무에 설탕을 넣어 씹던 시절부터 껌을 씹지 않고 살아온 날이 없다). 언니가 벌떡 일어나는 것과 때를 같이해 막내가 줄행랑을 친다.

언니들, 가게에서 만나. 짐 좀 가지고 갈게.

아직 발이 아프련만 막내는 아주 잘 뛴다. 언니와 내가 잠시 서로를 바라보다 하릴없이 걸음을 옮긴다.

전략

막내가 커다란 분홍색 트렁크를 들고 분식집으로 들어선다 (트렁크는 아무짝에도 쓸모없는 잡동사니로 가득하지만, 막내는 늘 그것을 애지중지 들고 다닌다). 현란한 분홍이 가게 분위기를 이전과 전혀 다르게 만든다. 부박하고 뻔뻔한 기운이 번진다. 막내의 분홍에 질린 언니와 내가 한결 가까워져 있다.

언니가 목이 긴 데킬라 병을 꺼낸다. 내가 잔 세 개를 테이블에 놓는다. 아스텍 시대의 전통 기법으로 증류를 했다는 돈 홀리오의 뚜껑을 따자, 볶은 아가베 향이 진동을 한다. 언니에게 술은 몸 여기저기, 옷 여기저기 기분 내키는 대로 다는 장식품에 불과하다. 한 해를 시작할 때는 도소주를, 피곤할 때는 와인을, 지루할 때는 위스키를 마시는 식으로 나름의 정식이 있는 나와는 다르다. 언니가 지금 왜 데킬라를 마시는지 알 수 없다.

내가 한 잔을 먼저 마신다. 손만 대도 푸르르 타오를 것 같은 청룡이 증류와 숙성을 거치면서 온순한 황룡이 된 후 깊숙이 날아드는 느낌…… 언니는 두 잔을 연거푸 마신다. 막내가 입을 잔에 살짝 대더니 말한다.

초콜릿이고만 뭐.

미각이 썩어 있는 막내다운 발상이라 생각하고 있는데, 막내가 내게 얼굴을 바짝 들이밀더니 말한다.

언니가 정무운네 어머니 목욕 도우미 구하게 했잖아. 그게 나였어.

아뿔싸, 싶다. 나는 불난 산의 연기처럼 정신없이 뛰어다닌 끝에 복지센터에서 목욕 봉사자를 알선해주게끔 했던 일을 떠올린다. 막내가 그 봉사자로 일했다니, 비는 하늘이 주고 절은 부처가 받은 격이다. 기습을 당한 셈인가? 하지만 정무운이 그런 데에 넘어갔을 리가…… 막내가 엉뚱한 질문을 한다.

언니들 그거 봤어? 우디 앨런이 나오는 「지골로 인 뉴욕」 영화.

들어본 제목이지만 가물가물하다. 언니와 나는 우디 앨런 영화라면 빼먹지 않고 본다. 하지만 너무 많이 봐서인지 늘 내용이 헷갈린다.

그게 뭐?

언니가 부루퉁하게 묻는다.

얼마 전에 재개봉한 그 영화를 보고 나오는데, 트릿한 무언가가, 정말 희미해서 도저히 알 수 없는 무언가가 지나가더라고.

뭐가 우스운지, 막내가 간드러지게 웃는다. 언니와 나는 막내의 웃는 입을 쳐다보는 것만으로도 소름이 돋는다. 나는 우리 모두에게, 즉 막내에게도 흐르는 그 피를 저주하고 싶지 않아 주방으로 간다. 일어선 김에 레몬을 잘라 소금과 같이 담는다. 막내가 이야기를 계속한다.

그 흐리멍덩함이 어찌나 강렬한지, 그에게로 곧장 뛰어갔지 뭐야. 마르지도 뚱뚱하지도 않은데 어쩐지 '말라 보여' 혹은 '뚱뚱해 보여'라고 말하고 싶은 남자였어. 키가 크지도 작지도 않은데 어쩐지 '좀 작으면 좋겠다' 혹은 '조금만 더 크면 얼마나 좋을까?' 싶은 느낌이 동시에 드는 사람. 요컨대 본의 아니게 참견을 유도하는 인간이었어, 정무운은.

언니와 나는 깜짝 놀란다. 우리가 막연히 느낀 바를 막내가 선명하게 정리했다는 걸 부정할 수 없다. 나는 하마터면 고개를 끄덕일 뻔한다(아버지가 달라도 한 배에서 나서 그런지 남자 보는 눈이 비슷하다는 생각도 한다). 막내가 껌을 뱉어 접시에 붙이더니 레몬 한 조각을 소금에 찍어 빨아 먹는다.

그런데 참 이상한 일이었어. 다른 인간들은 정무운에게 그처럼 관심을 기울이지 않았거든. 많지 않은 친구들이나 친척들은 물론, 심지어 같이 일하는 델포이의 사장조차 하등 그를 염두에 두지 않았어. 정무운이 무슨 생각을 하든 어떤 태도를 갖든 아무런 관심도 없었지. 자, 문제가 뭔지 알겠어?

막내가, 바보가 아닌 다음에야 모르지 않을 거라는 듯 거만

한 태도로 잔을 비운다. 나는 갑자기 잔칫집에 가고 싶다. 경사에 기뻐하며 아무런 걱정 없이, 맛있는 걸 먹고 흥겨운 음악을 들으며 정무운에 관한 모든 걸 잊고 싶다. 반면에 언니는 한강을 가로지르는 대교 하나쯤 부러뜨리고 싶은 듯한 표정이다(언니는 이미 하나를 부러뜨린 일이 있다).

막내가 즐거운 표정으로 우리를 돌아보며 말한다.

생각해봐, 언니들. 그런데 왜, 어째서 우리 자매들만 그에게 모종의 끌림을 느끼는 걸까? 아니, 이제 나는 빼야겠네. 지금은 언니들만 그렇지.

언니와 나는 움찔한다. 사실 드러내놓고 이야기를 나눈 적이 없으나 분명히 알고 있다. 정무운은 유독 우리 자매에게만 특별하다. 막내의 말이 맞는다면(물론 막내의 말이 다 맞을 리 결코 없지만), 지금은 막내가 아닌 언니와 내게만 말이다. 막내의 천박한 표현처럼 '끌림'일 리는 없지만, 이상한 결핍감을 느꼈고 신경이 쓰였던 게 사실이다. 그러니 분식집까지 차렸지.

막내가 접시에 붙여두었던 껌을 다시 제 입에 넣으며 의기양양하게 요구한다.

뭐 다른 먹을 것 좀 없어?

나는 스페인산 하몽을 뜯어 레몬 접시 옆에 놓는다. 언니는 데킬라를 소주처럼 들이켜고 있다. 나 역시 연거푸 잔을 비운다. 막내가 기름진 하몽 슬라이스 하나를 손으로 집어 먹은 후 손가락을 입으로 쪽쪽 빨며 말한다(그 꼴을 참아가며 이야기를 들으려니 더 진이 빠진다).

언니들은 몰라. 알 수 없을 거야. 나만 알지.

막내가 분홍 스타킹을 신은 다리를 흔들며 덧붙인다.

나 어제 무운 씨랑 통화도 했어. 언니들 식당이 무운 씨 직장 맞은편에 있다고 했더니, 잘 안다며 엄청 반가워하던데?

언니가 이를 간다(그 정도로 갈면, 보통 사람의 경우 이가 죄다 빠졌을 것이다). 이내 피부색이 이리저리 변한다. 빨개지다가 하얘지다가 푸르스름해지더니 마침내 검게 변한다. 좋지 않은 징조다. 나는 언니의 어깨를 여러 차례 흔든다. 언니! 언니! 안색이 겨우 원래대로 돌아온다. 막내가 아랑곳하지 않고 또다시 껌을 입에 넣더니, 풍선을 불었다가 톡 꺼뜨리며 선언한다.

지금부턴 다 내게 맡겨. 내 전략은 완벽해.

언니와 나는 이제 술잔을 들 힘도 없다. 막내 말이 모두 맞을지도 모른다. 어쨌거나 정무운이 막내에게는 반응을 보이지 않았는가 말이다. 막내가 입을 떼지 못하는 우리를 향해 기운차게 덧붙인다.

만약 내가 성공하면, 내가 언니가 되는 거다.

전술

정오가 가까워지고 있다. 나는 서둘러 자리를 정리한 후 장사를 준비한다(언니는 여전히 아무것도 하지 않는다. 막내는 얌체답게 시늉만 한다). 내가 가게 문을 활짝 열자, 경험이 일천한 가을바람이 겁 없이 들어섰다가 언니를 보고 놀라 달아난다.

정무운과 사장이 여느 날처럼 분식집에 들어선다. 막내가 호들갑을 떨며 나선다.

어서 오세요.

막내의 목소리가 벽을 통, 치고 천장에 탕, 닿더니 식당 조명 사이를 통탕거리며 오간다. 누군가는 정말 듣기 좋은 낭랑한 음성이라 표현하겠지만, 언니나 나는 먹던 라면에서 오글거리는 머리카락을 발견한 기분이다. 배송 오류 건으로 조금 전까지도 정무운에게 소리소리 질렀을 사장의 얼굴이 단번에 펴진다.

새로 오셨나 보군요.

막내가 고개를 살짝 기울이며 비음 섞인 소리로 답한다.

제가 이 언니들 동생이랍니다.

사장이 반색을 한다.

이렇게 예쁜 동생이 또 있었군요?

나는 정무운의 눈꺼풀이 살짝 떨리는 걸 본다. 언니도 보았을 것이다. 막내가 정무운의 팔을 잡아끈다.

무운 씨가 밥 먹는 곳이 우리 언니들 식당이라니 인연은 인연인가 봐요.

그간 별 쓸모가 없던 사장이 여전히 쓸모없게도 막내와 정무운을 번갈아 바라보며 묻는다.

어, 둘이 이미 아는 사이예요?

막내가 무언가 대단한 사연이 있다는 듯, 들키고 싶지 않은 걸 들켜서 민망하다는 듯 얼굴을 붉히며 답한다(막내 또한 나처럼 얼굴이 잘 붉어진다. 망할 혈통이라니!).

네, 잘 아는 사이예요. 일단 앉으세요.

막내가 분홍 옷자락을 나풀거리며 움직이기 시작한다. 두 사람이 앉은 테이블에 물을 떠다 주고, 단무지와 김치를 놓아주고 서랍에 다 있어서 굳이 꺼내줄 필요도 없는 냅킨이며 수저 따위를 챙겨준다. 자청하여 태어났다는 자청비도 그럴 수 없을 정도로 적극적이다.

오빠들, 라면? 아니야. 오늘은 국수 드세요. 내가 기막히게 말아줄게.

언니와 나는, 사장은 몰라도 정무운이 거절하기를 바란다. 화투를 즐기는 사람이 쉽게 마작이나 카드로 옮겨갈 수 없는 것처럼 정무운이 그냥 하던 대로 하기를 바란다. 하지만 아무런 대꾸도 하지 않거나 최소한 "그냥 라면 먹겠습니다" 할 줄 알았던 정무운이 예상외로 네, 라며 고개를 끄덕인다.

막내가 아동극 배우처럼 손뼉을 치더니 주방으로 뛰어간다 (너무 늦게 언급하는 셈이지만, 우리의 주방은 개방형으로 네 개의 테이블 바로 앞에 있다). 막내가 국수를 삶고 고명을 준비하며 계속해서 사장과 정무운에게 말을 건다.

얼큰한 국물을 좋아하시나요, 담백한 국물을 좋아하시나요? 사장님은? 무운 씨는요? 신김치는 싫어하시나요? 사장님? 무운 씨? 호박은 사각사각한 게 좋아요, 아니면 많이 볶은 게 좋아요? 무운 씨? 사장님도?

막내의 입이 자발없이 날뛴다. 각자에게 따로 묻고 정무운이 기어이 답을 하도록 유도한다. 언니와 나는 어이없게도, 막내의 분홍 전술(우리는 막내의 유치한 수작을 그렇게밖에 이름 붙일 수 없다)이 먹히는 걸 본다. 순식간에 알록달록한 고명이 얹힌 국수가 완성된다.

사장이 맛이 기가 막힌다며 후루룩거린다. 사장과 정무운의 입에 국수가 들어갈 때마다 언니와 내가 후루룩 쩝쩝, 먹히는 것 같다.

그들이 국수를 다 먹자 막내가 예의 그 분홍 트렁크에서 쇼핑백 하나를 꺼낸다.

무운 씨, 이거. 어제 슬리퍼 빌려주신 거 감사해서 운동화 하나 샀어요.

막내가 쇼핑백을 열어 신발을 꺼낸다.

신어봐요. 발 치수 대강 짐작해서 샀는데, 맞을지 모르겠다.

나는 정무운의 반응을 기다리며 속으로 외친다. '신지 마, 이 나쁜 자식아. 그 운동화, 받지 말란 말이야.' 언니는 멍하니 주방 쪽 천장 모서리의 거미줄을 바라보고 있다. 언니의 전투용 무기들이 죄다 거미줄에 걸리기라도 한 것처럼.

막내가 쪼그리고 앉더니 상자에서 새하얀 운동화를 꺼낸다. 분홍빛 손가락이 순식간에 정무운의 왼발에서 낡은 신을 벗겨낸다. 정무운이 발을 빼려 해도 작은 손이 발목을 꽉 붙잡고 놓아주지 않는다. 하얀 운동화는 그의 발에 딱 맞다. 정무운이 어리바리하게(언니와 내가 보기에는 딱 바보 천치처럼) 한마디를 한다.

어어……

막내의 의기양양한 시선을, 보지 않아도 알 수 있다.

어머, 딱 맞네! 무운 씨, 무조건 신으세요. 반값 할인이라 어차피 교환도 안 돼요.

막내가 굽혔던 허리를 펴며 자연스럽게 정무운의 무릎을 짚는다. 언니와 나는 정무운의 눈동자가 커지는 것을 놓치지 않고 본다. 하다못해 사양하는 손짓이라도 하리라 예상했던 정무운이 순순히 운동화를 받아 든다.

막내가 하트 문양을 낸 카푸치노 석 잔을 들고 가더니 정무운 옆에 앉는다.

오빠들, 우리 집 단골이라면서요? 동네 주민끼리 오늘 저녁 회식해요. 어때요?

사장은 막내처럼 손뼉이라도 칠 기세다.

좋죠, 아주 좋아요. 진작 그렇게 했어야 하는데…… 무운 씨는 어때?

'제발 그것만은……' 혹은 '설마 저것까지……'라고 언니와 내가 생각한 순간, 정무운이 고개를 끄덕이며 답한다.

네, 그러지요.

와, 잘됐다. 언니들도 좋지?

막내가 몸을 살짝 기울이자, 그녀의 오른쪽 어깨가 자연스레 정무운의 왼쪽 어깨에 닿는다. 정작 막내의 눈은 우리를 향해 있다. 순간 「지골로 인 뉴욕」 중 한 장면이 선명히 떠오른다. 지골로의 손이 여인의 등에 닿았을 뿐인데 동작 버튼이 눌리기라도 한 듯 여인의 눈에서 눈물이 흐른다. 사람의 손길, 따뜻한 체온에 봇물 터지듯 눈물이 터지는 그 명장면……

나와 같은 걸 떠올렸을 언니의 눈이 휘둥그레져 있다. 막내가 입을 열지 않고 말하는 소리를 들을 수 있다. 얘들아, 이렇게 하는 거야. 바로 이렇게. 알겠어?

* * *

언니는 패배를 인정한다. 포장을 하는 정무운의 손가락을 모두 부러뜨렸어도 그의 애걸하는 눈빛 한 번 못 받았으리라는 사실을 받아들인다. 나 역시 당첨 복권이든 현금 다발이든 아무 소용 없었으리라 시인하지 않을 수 없다. 정무운은 언니와 내가 상대할 수 있는 인간이 아니었다. 다시 말해, 막내의 분홍 전술만이 먹히는 인간이었다.

일렁이는 분홍빛 덩어리가 손거울을 들고 립스틱을 바르다가 우리를 향해 말한다.

그런데 그거 알아? 무운 씨 이름. 무성할 무에 향기 운 자 써.

언니가 이맛살을 찌푸린다. 이마를 찡그리는 데 익숙지 않은 나조차 언니와 비슷한 얼굴이 됐으리라…… 정무운이라는 이름 따위 우리가 알 바 아니지, 그렇게 생각하면서도 언니와 나는 열심히 뜻을 새겨본다.

지나가던 옆집 할머니가 식당 문을 빼꼼 열고 분홍을 일별하더니 "누구여? 알바인감?" 한다. 나는 할머니가 묻는 말에 내 본성대로 웃으며 답할까 봐, 언니는 애먼 할머니에게 화풀이하게 될까 봐 서둘러 고개를 돌린다. 립스틱을 진하게 바른 분홍이 자리에서 일어나더니 빼꼼 열린 문을 활짝 열어 할머니를 들인다.

국수 한 그릇 하고 가세요, 할머니. 제가 애들 언니예요.

경험을 조금은 쌓았다고 자부했을 가을바람이 슬그머니 가게로 들어온다. 어쩌면 정무운의 이름, 안개 무에 어지러울 운자 아닐까? 사방이 온통 뿌옇다. 따뜻한 내 손이 차가운 언니

손을 더듬더듬 찾아 잡는다. 인정하지 않을 수 없다. 우리는
더는 언니가 아니다.

신의
한수

내가 보기에 예지는 서투르다. 순남 여사 역시, 거사 전날 들키고 마는 도둑만큼은 아니어도 예지와 크게 다르지 않다. 물론 그들이 서투르다고 해서, 내가 서투르지 않다는 말은 아니다.

예지와 순남 여사가 사는 집은 맞붙어 있다. 아래윗집이니 엄밀히 말해 이쪽에서 보면 바닥 두께요, 저쪽에서 보면 천장 두께만큼 사이가 있을 뿐이다. 심하게 낡았으나 재건축은 요원한 벽식구조 건물이므로, 위층의 예지가 바닥에 앉고 아래층의 순남 여사가 천장에 손을 뻗는다면 사실상 삼십 센티미터 간격만 존재하는 셈이다. 중요한 건 물리적인 거리가 아니다. 삼십 년 나이 차가 나는 예지와 순남 여사 사이에는 대략

일 초에 삼십만 킬로미터를 간다는 빛만큼 빠른 무언가가 만든 거리가 있다. 삼십 년이 얼추 십억 초에 해당하니, 두 사람 사이의 간극은 거의 삼백조 킬로미터에 달한다고 할 수도 있다. 이는 빌라 삼층에 사는 예지와 이층에 사는 순남 여사의 세대 차가 그 무엇으로도 극복되지 않는다는 말과 한 치 다르지 않다. 물론 두 사람 사이에는 세대 차를 넘어서는 다른 문제도 있다.

예지는 이런 격차를 모를 정도로 우둔한 건 아니어서, 이제 꼭 필요한 경우가 아니면 순남 여사와 말을 섞지 않는다. 순남 여사 역시 요즘 젊은것들, 운운하며 예지에게 고깝게 시비를 걸거나 야기죽거리는 대신 가만히 입을 닫았다.

그런 두 사람이 모처럼 함께한 건 이웃집 옥상 개 때문이다. 개는 사십 도를 웃도는 더위에도 땡볕이 내리쬐는 옥상에 묶여 있었고, 영하 이십 도의 추위에도 낡은 나무 집만을 의지해 지냈다. 그 개가 별안간 축 늘어진 채 울어댄 게 사건의 발단이다. '신고하셨어요?' 예지는 아침에 한 번 본 걸로 충분한 순남 여사를 다시 보고 싶지 않아 휴대폰 문자를 택한다. '했다.' 답은 간단하다. 예지는 '구청에서 뭐래요?'라고 썼다가 지운다. 제가 들은 말과 크게 다르지 않을 텐데 굳이 한 줄 더하기가 싫어서다. 뜻을 모으기로 했지만, 마음이 삭은 건 아니다. '언제 나온대요?'라고 보낸다. 답이 바로 오지 않는다.

　예지는 행여 순남 여사의 답을 기다렸다는 인상을 주지 않
도록, 즉 문자를 보고 즉시 답하는 일이 없도록 화면을 닫아
버린다. 시간을 보내기 위해 물기 마른 그릇들을 차분히 정리
하기로 한다. 그러나 가라앉히려던 마음은 싱크대 경첩 주위
에 쌓인 벌건 가루 때문에 오히려 헝클어지고 만다. 예지가
물티슈로 꼼꼼히 닦아보지만, 쇳가루는 더 넓게 번질 뿐 온전
히 사라지지 않는다. 붉은 얼룩은 예지의 일상에 산재한 가난
의 그림자처럼 맷집이 좋고 끈기가 있다. 예지는 벌건 물티슈
를 신경질적으로 개수대에 던지고는 한숨을 쉰다. 낡은 싱크
대는, 세제를 아무리 부어도 쿰쿰한 냄새가 가시지 않는 화장
실, 지진이라도 겪은 듯 금이 간 벽지에 더해 예지의 스트레
스 요인이다. 예지가 날마다 다방이나 직방 등의 앱을 검색하
며 이사할 수 있는 다른 집을 살피는 주요 이유이기도 하다.

　예지는 십 개월 전쯤 이곳에 이사 왔다. 언덕 위에 자리한
빌라가 소위 '죽여주는 전망'을 가지고 있으니 그것으로 충분
하다고 여겼다. 미세먼지 농도에 따라 색을 바꾸는 남산타워
와 그 아래 다소 감상적인 불빛을 뿜는 집들이 만드는 풍경은
사실 멋졌다. 나야 전망이 밥 먹여주는 게 아니라는 걸 알고
있었지만, 예지는 이전에 그런 걸 경험한 적이 없었다. 내 예
상대로 예지는 곧 실망했다. 대기오염 따위에나 민감한 '면'

타워나 다른 이의 희로애락에 연루되었을 뿐인 '남의' 집들은 예지의 삶에 아무런 도움이 되지 않았다. 변기는 수시로 막혔고, 마루는 들떴으며 벽장에는 곰팡이가 슬었다. 예지는 빠르게 지쳐갔다. 무엇보다 베란다에 빨래를 널 때마다 눈에 콕콕 박히는 이웃집 개를 견딜 수가 없었다. 너무 불쌍했다. 개는 제가 얼마나 비참하게 사는지 알지도 못하거니와 알고 싶지도 않다는 듯, 주인이랍시고 노인이 나타나면 꼬리를 흔들며 반기곤 했다. 얼마 지나지 않아 순남 여사에게도 실망하게 되자, 예지는 더는 버틸 수가 없었다. 아래층에 여사가 있다는 사실 자체만으로도 숨이 막혔다. 예지는 날마다 이사를 꿈꾸었다.

나는 그런 예지를 달래거나 말리려고 하지 않았다. 예지가 기가 셀 뿐 아니라 고집도 세다는 걸 알고 있었으니까. 해결할 수 없는 문제에 함부로 나서기보다 방관하는 게 낫다는 것 또한 아주 잘 알고 있었으니까. 그러나 포기를 모르는 예지는 수시로 남편을 채근했다.

알았어. 빚을 내서라도 나가자. 나가면 될 거 아냐.

예지의 닦달에, 연애 시절 극세사 이불처럼 포근했던 남편의 목소리가 질 나쁜 멍석처럼 거칠게 변했다. 예지는 남편보다 더 까슬한 목소리로 맞받아쳤다.

몸 풀면, 나도 곧 일할 거야.

예지도 이사가 불가능하다는 걸 알고서 한 말이었다. 노동

강도가 높은 물류센터이긴 해도 버젓한 직장이란 게 있던 얼마 전과는 사정이 달랐다. 예지는 아이가 생긴 데 이어 임신성 고혈압 진단을 받아 직장을 그만둘 수밖에 없었다. 어쨌거나 예지가 남편의 '돈'이나 '능력'을 들먹이지 않은 건 남편을 아끼는 마음이 아직은 상당하기 때문이었다. 게다가 나태하거나 의존적인 여성이 아니기 때문이었다. 그런 점이 내게는 고무적이었다. 기꺼이 본받을 만하니까. 그러나 예지의 남편도 그럴지는 미지수였다.

집에 있으면서 측은한 개를 더 자주 보게 된 후, 예지는 당장 이사할 수 없더라도 할 건 해야겠다고 생각했다. 물아일체나 범신론 같은 거창한 영역까지는 아니더라도 사회적 도의 정도는 들먹일 수 있었을 것이다. 예지는 당분간 매일 볼 수밖에 없어 필시 태교에도 나쁜 영향을 미칠, 개를 학대하는 노인을 구청에 고발했다.

예지가 그릇들을 모두 정리한 후 순남 여사의 문자를 확인한다. '빠르면 오후에 나올 수도 있대.' 예지는 습관처럼 배를 문지르며 소파에 길게 몸을 누인다. 이제 배는, 서나 누우나 묵직하게 아래로 처지면서 제대로 존재감을 과시한다.

사실 구청에서 나오는 게 이번이 처음은 아닌데, 예지는 그게 더 괘씸하다. 이전에 구청 담당자는 동네에 신고자가 예지한 사람이라는 이유로 마지못한 듯 딱 한 번 나왔을 뿐이다.

이번에는 달랐다. 순남 여사까지 가세하니 일이 금방 진행되었다. 순남 여사 탓이라기보다 덕이라고 해야 했건만 예지는 그마저도 배알이 뒤틀렸다. 이사 오고서 한 달 남짓 개를 지켜본 예지는 120 다산콜센터를 거쳐 구청에 신고했다. 위급 상황이 아니므로 119가 출동할 수 없고, 주인이 없거나 야생이 아니므로 동물구조대에도 도움을 청할 수 없다는 설명을 들은 후였다. 119 구조대를 어벤저스 영웅처럼 여기던 예지는 다소 실망한 채 구청 직원에게 말했다.

이웃집 개가 학대를 받고 있어요.

구청 동물복지과 담당은 그런 신고가 어디 한둘이겠냐는 듯 눅늘어진 목소리로 답했다.

주인이 개를 때렸나요?

예지는 더러 그런 것 같다고 했다. 거의 소리를 내는 법 없는 개가 밤에 울부짖은 적이 있었다. 배가 고프거나 추워서 낑낑거리는 소리와는 달랐다. 베란다 너머로 등이 구붓한 노인과 몸을 웅크린 개가 보였다. 워낙 웅웅거리는 소리라, 예지는 노인이 무어라 하는지 명확히 들을 수 없었다. 하지만 음조를 보았을 때 욕이 아닌 다른 말일 리 없었고, 개가 시종 깨갱거리고 있었으므로 노인이 개를 때리는 게 분명했다. 그 장면을 본 나 역시 '정황상' 그럴 수 있다고 생각했다.

때렸습니다.

증거 사진이나 동영상이 있으신가요?

구청 담당자의 목소리는 높지도 낮지도 않은 채 시종 담담했다. 노인이 어떤 사람이든, 그가 개를 몽둥이로 때리든 발로 차든 다 상관없다는 듯한 무심한 어조였다. 예지는 결혼 전에는 서슴없이 내뱉곤 한 거친 욕을 삼키며 꼭 다시 연락하겠다고 하고는 전화를 끊었다. 어쨌거나 구청 직원이 사진이나 동영상을 언급한 건 적절했다. 나는 곧 정황만으로 그럴 수 있다고 생각한 걸 반성했다. 어지간해서는 내 잘못을 인정하지 않는 나지만, 잠시나마 예지에게 동조한 게 부끄러웠다. 예지는 아무런 증거도 갖고 있지 않았다. 게다가 노인이 개를 학대하는 듯한 상황은 대개 캄캄한 밤중에만 일어났으므로 촬영은 그 후로도 순탄치 않았다. 그래도 예지는 물러서지 않았다. 의심 가는 모든 장면을 찍었고 수시로 구청에 전화를 넣었다.

  아침에 베란다로 나간 예지는 평소와 달리 축 늘어진 채 다리를 떨며 우는 개를 발견했다. 개는 자세를 바꾸지도 못한 채 자지러지게 울었다. 관절 어디를 심하게 다친 게 틀림없었다. 예지는 당장 구청에 전화했다. 개가 맞는 장면을 보지는 못했으나 노인이 아픈 개를 방치한 건 분명하다고 말했다. 예지의 목소리를 아주 잘 아는 담당자는 이전처럼 시들한 반응을 보였다. 그러나 예지가 베란다로 나가 개 우는 소리를 들려주자 살짝 달라진 태도를 보였다.

오후에 가도록 최선을 다해볼게요. 늦어도 내일 오전까지
는 가겠습니다.

안 돼요. 지금 당장 와주셔야 해요. 개가 얼마나 고통스러
워하는지 몰라요.

담당자는 사정은 알겠으나 수의사까지 같이 움직여야 하므
로 확답을 드릴 수 없다고 했다. 예지는 "사람들이 정말 인정
머리가 없군요!"라고 소리치며 전화를 끊었다. 하지만 개 우
는 소리가 다시 들리자 화낼 때가 아니라는 생각이 들었다.
신고자가 많으면 사태의 심각성을 알리는 데 도움이 될 것 같
았다. 먼저 남편에게 연락했다. 회사에 막 출근한 남편이 못
마땅한 기색을 감추지 않으며 전화를 받았다.

괜히 남의 일에 나서지 말지? 이웃 간에 얼굴 붉힐 일 만들
필요 없잖아.

남의 일? 개가 겪는 일에 분노하기보다 이웃 간 안면을 더
중시하는 남편과 순남 여사가 겹쳐 떠올랐다. 순남 여사도 이
웃 간 안면을 무지막지하게 중히 여기는 사람이었다. 하지만
여사는, 적어도 죽어가는 개를 못 본 척하지는 않을 터였다.
애처로운 개의 신음이, 인간 종족의 잔혹함을 만천하에 드러
내려는 듯 울려 퍼지고 있었다. 예지는 순남 여사에게 도움을
청하지 않을 수 없었다. 예상대로 여사는 순순히 구청에 전화
를 넣었다.

이전에, 예지의 거듭된 신고로 딱 한 번 개 주인을 방문한 구청 공무원은 사무적인 태도로 말했다. "선생님의 요청으로 어렵사리 주인을 만났으나 학대 정황을 찾을 수 없었습니다." 당시 직장에 있던 예지는 전화기를 던져버리고 싶은 기분을 가까스로 눌러야 했다. 옥상에 사는 개 주인은 태연했다고 한다. "그 집에는 여러 세대가 사는데 개가 사나워서 잠시라도 풀어놓을 수 없다고 하셨습니다." 신경질적이거나 과민한 고객을 상대하는 데 이골이 났을 담당자는 제 의견을 말하지 않도록 신중을 기했다. 노인이 한 말을 또 이렇게 전했다. "제가 사냥할 때 데리고 나갑니다. 운동은 충분히 해요. 그리고 요즘 밥 굶는 개가 어디 있습니까?" 담당자는 노인이 보여준 큰 사료 포대를 직접 확인했다고도 했다. 예지가 그게 모두 거짓일 거라 해도 담당자는 더 해줄 말이 없다며 버텼다. 예지가 아는 한 개는 순하디순한 녀석이었다. 예지가 건너편에서 불러도 멍 소리 한 번 내지 않은 채 불러줘서 고맙다는 듯 꼬리를 흔드는 순둥이였다. 그 집에 사는 다른 사람들이 옥상에 올라오는 걸 본 적도 없거니와 누군가 올라갔다 해도 개가 짖거나 덤빌 리 없었다. 무엇보다 노인이 사냥에 데리고 간다는 걸 믿을 수 없었는데, 폐지나 주우러 다니는 듯 보이는 노인의 입성 때문이기도 했거니와 개가 사라지는 걸 본 적이 없어서였다. 개를 굶기지 않는다는 것도 반은 거짓이었다. 개는 오전 열한시쯤, 하루 한 번만 사료를 먹었다. 꼼바리 같은 주인이 문을 여는 소리가 들리면, 개는 뛰어오르고 싶은 걸 간신히 억누르며 얌전히 앉아 있곤 했다. 억누른다는 걸 예지가 아는 까닭은, 개가 엉덩이를 바닥에 붙인 채 빠르게 꼬리만 흔들기 때문이었다. 평범한 개라면 결단코 그런 절제된 움직임을 보일 수 없을 거였다. 개가 얼마나 혹독하게 훈련을 받았으면, 아니 매를 맞았으면 저리 잘 참을까! 예지는 그런 장면을 보는 것만으로도 괴로웠다. 개는 순식간에 사료를 먹어치웠다. 늘 빈 그릇을 핥는 걸로 보아 양이 충분치 못한 게 분명했다. 예지는 물이 꽁꽁 언 겨울날 물로나마 허기를 채우고 싶었을 개가 얼음 핥는 것도 여러 차례 보았다. 가끔 발톱으로 얼음을 긁기도 했다. 하지만 예지는 그때만 해도 촬영할 생각은 하지 못했다. 해가 바뀌어 다시 겨울 문턱에 들어서긴 했어도 아직 물이 얼 정도는 아니라 그 모습을 찍을 수는 없었다.

담당자가 아무런 조치 없이 그냥 돌아간 이후, 예지는 구청에 제시할 자료를 모으기 위해 악착같이 사진을 찍어댔다. 가끔 건너편 노인과 눈이 마주치기도 했지만 괘념치 않았다. 누가 보는 걸 알면 그 때문에라도 조심하겠지. 그렇게 생각하고는 오히려 당당하게 시선을 맞받았다. 나로서는 놀라울 따름이었다. 노인이 초상권 같은 걸 들먹이며 예지를 고소라도 하면 어쩌려고…… 더군다나 노인이 정말 사냥을 한다면 총이 있을지도 모르는데 섬쩍지근하지 않은가! 나는 예지의 태도를 이해하려고 애썼다. 인간이라고 해서 다 가지는 것도 아니, 그러니까 어떤 인간에게만 유독 발현되는 측은지심 때문인가? 혹은 특별한 어느 조상으로부터 이어진 용맹스러운 기상 때문인가? 적어도 그건 불순한 다른 울분, 가령 당장 이사할 수 없는 데서 기인한 짜증 같은 지극히 이기적인 감정의 분출은 아닌 듯 보였다. 당찬 예지는 노인이 사냥총 아니라 다른 뭔가를 가졌다 해도 물러서지 않을 생각인 게 분명했다. 말이 나왔으니 말인데, 등이 굽고 마른 노인은 사실 그다지 위협적으로 보이지는 않았다.

예지는 수상해 보이는 모든 장면을 카메라에 담았다. 개가 여름 땡볕에 혀를 빼물고 엎드렸거나 비가 오는 날 그대로 비를 맞고 있는 처연한 모습을 찍었다. 밤에 주인이 우는 개를 나무라며 필시 때리고 있을 것 같은 장면도 촬영했다. 하지만 예지가 이메일로 사진과 동영상을 모두 보내고 받은 답장은 여전히 우호적이지 않았다. 담당자는 실외에서 키우는 어느 개나 더운 날에는 혀를 빼물고 있으며, 개가 더위든 비든 피하도록 주인이 억지로 집에 밀어 넣어야 할 의무는 없다는 점을 명확히 했다. 내 생각에도 담당자 말이 맞았다. 뜨거운 날 발가벗은 채 선탠을 하거나 우산이 있는데도 일부러 비를 맞는 인간들이 있는 마당이니 말이다. 한밤중에 찍은 동영상도 증거가 되지 않았다. 이쪽으로 등을 보인 채 구부정하게 선 주인이 낑낑거리는 개를 쓰다듬으며 달래는 중이라고 해도 이의를 제기할 수 없을 것 같은 장면이었다. 담당자는 제발 생떼를 쓰지 말라는 듯 간곡한 어조로 덧붙였다.

게다가 주인이 개를 학대한다는 신고가, 다른 데서는 들어오지 않습니다. 학대가 분명하다면 다른 사람도 신고를 했겠죠.

예지는 이 동네에서 그 집 옥상을 볼 수 있는 데가 많지 않다고, 개를 때리는 게 주로 밤에만 이뤄지니 어쩔 수가 없다고 거듭 설명했다. 사실 아래층 순남 여사네 집에서만 해도 일부러 베란다에 의자를 놓고 일어서야 건너편이 보였다. 예전에 예지는 순남 여사네 집에 갔을 때 그렇게 한 적이 있었다. 그러나 동물복지과 직원은 예지를 깍듯이 '선생님'이라 부르면서도 예지가 원하는 답을 주지 않았다. 예지는 한바탕 세게 대거리를 하고 싶은 심정을 간신히 누른 후, 선생도 아닌 자신에게 왜 자꾸 선생이라 하냐며 불뚝성을 내고는 전화를 끊었다.

예지는 이번에는 기필코 여러 사람이 신고해야 한다고 생각했다. 그래서 아침에 굴욕감을 느끼면서도 순남 여사에게 부탁했고 고맙습니다, 하며 고개를 숙이기도 했다. 예지가 순남 여사를 싫어하니만큼 순남 여사도 예지를 서름서름하게 대하던 차였다.

관계가 허물어지기 전에는 그렇지 않았다. 이사 온 직후 순남 여사가, 들고 올라오기도 무거웠을 김치통을 내밀었을 때라거나 팥죽을 끓였다며 가져다주었을 때만 해도 예지는 진심으로 고마워했다. 예지가 순남 여사를 멀리하게 된 건, 아마도 남편과 예지와 순남 여사가 함께 짜장면을 시켜 먹었을 때부터였을 것이다. 여사는 남은 음식을 따로 버린 후 그릇을 세제로 깨끗이 닦아 일층 현관 앞에 두었다. 예지는 편하려고 시킨 배달 음식인데 어째서 그렇게까지 하는지 이해할 수 없었다. 집에서 쓰는 그릇처럼 닦은 건 물론이고 굳이 아래층까지 걸어 내려가 빈 그릇을 두는 태도는 불합리해 보였다. 그뿐만이 아니었다. 며칠 후 퇴근길에, 예지는 빌라 앞에 놓인 재활용 쓰레기를 뒤적이고 있는 순남 여사를 보았다. 무얼 하는지 물었으나 과묵한 순남 여사는 "그냥……"이라고만 답했다. 예지는 쓰레기를 정리하는 거라고는 생각지도 못한 채 실수로 내다 버린 무언가를 찾고 있는 줄 알았다. 몇 번 더 같은 일을 겪고서야 알았다. 순남 여사는 예지와 남편이 아무렇게나 버린 쓰레기를 모두 다시 정리하고 있었다. 어느 날은 스프링노트에서 용수철을 돌려가며 빼냈고, 어느 날은 참기름병에서 플라스틱 개구부를 떼내느라 용을 썼다. 순남 여사가 그토록 소중히 여기는 분리배출은 곧 허물어질 듯한 외관의 빌라와 전혀 어울리지 않았다. 처음에 예지는, 나는 종일 집에 있는 사람이 아니잖아, 생각하며 대충 버리려다가도 순남 여사를 떠올리며 마음을 다잡았다. 비닐과 종이에서 라벨이며 테이프 등을 일일이 뜯어내고 플라스틱 뚜껑 속에 숨은 알루미늄 고리마저 끙끙대며 빼냈다. 그러나 예지가 아무리 신경을 써도 순남 여사가 빌라 앞에 쪼그려 앉는 일은 계속되었다. 빛만큼 빠른 무언가가 만든 거리감의 실체가 빛만큼 빠르게 드러나기 시작했다. 예지는 순남 여사가 딱히 대단한 시민의식에서 그러기보다 그냥 보란 듯 시위를 하는 거라 여겼다. 물론 나 역시 그게 순남 여사의 죽여주는 한 수라는 데에 이의를 제기하지 않을 생각이다. 비록 순남 여사 본인이 의식하지 못했을지라도 말이다.

예지는 불쌍한 개를 보지 않기 위해서, 그리고 순남 여사를 피하기 위해서도 이사가 간절했다. 하지만 남편의 말마따나 서울에 사는 걸 포기하지 않는 한, 이사는 얼토당토않았다. 예지네 형편으로는 다른 동네의 '집'이 아니라 '방' 한 칸을 겨우 얻을 수 있을 뿐이었다. 체념이 빠른 나라면 그러지 않았을 테지만, 집요한 예지는 하루에도 몇 번씩 계산기를 두드려보았다. 그러다가 이내 귓구멍, 콧구멍, 똥구멍까지 모두 막힐 지경에 이르고야 말았는데, 면적이 작을수록 월세를 더 많이 내야 한다는 걸, 그러니까 평당 가격으로는 고시촌 쪽방 월세가 강남 타워팰리스 월세보다 높다는 걸 알게 되어서였다. 가난은 나라도 구제할 수 없다지만, 이쯤 되면 나라가 구하지 않고서는 방법이 없어 보였다.

이사할 수 없다는 걸 받아들이면서, 예지는 태교를 위해서라도 가급적 시선을 베란다로 돌리지 않으려 했다. 그러나 개를 보지 않으려면 그 빌라의 유일한 장점인 '죽여주는 전망'도 포기해야 했는데 그러기란 사실상 불가능했다. 개는 가끔 참새나 비둘기가 코끝까지 다가와도 무기력하게 그냥 있었다. 줄에 매여 있으니 새를 쫓아도 소용없다는 걸 아는지, 혹은 새들이라도 있어 덜 외로워서인지는 몰라도 눈알만 굴리며 가만히 엎드려 있었다. 예지는 짧은 줄에 묶여 있는 개가 빌라를 벗어나지 못하는 자신 같아 찔끔, 눈물을 흘리기도 했다.

의외로 구청에서 빨리 움직인 모양이다. 베란다를 수시로 흘끔거리던 예지의 눈에 옥상으로 들어서는 공무원들과 수의사로 보이는 하얀 가운을 입은 사람, 그리고 노인이 비친다. 예지가 후닥닥 베란다로 나간다. 그들이 무슨 이야기를 나누는지는 들리지 않는다. 틀림없이 노인은 제가 그런 게 아니라며 변명하고 있겠지. 예지는 바짝 긴장한 채 건너편 옥상을 주시한다. 노인의 번뜩이는 눈이 잠시 예지 쪽으로 향하지만, 예지는 시선을 돌리지 않는다. 수의사가 여전히 앓는 소리를 내는 개를 이리저리 살펴보더니 노인과 한참 이야기를 주고받는다. 이윽고 그들 모두가 자리를 뜬다. 예지가 재빨리 계단을 내려가 이웃집에서 나오는 사람들 앞에 선다.

개 주인이 뭐래요? 제가 신고한 사람이에요.

얼굴에 기미가 잔뜩 긴 중년 여자가 예지를 알은체한다.

아, 홍예지 씨죠? 제가 전화 받은 담당자입니다. 수의사님이 살펴봤는데, 개가 아픈 게 틀림없다네요.

그 할아버지가 개를 때린 게 틀림없어요. 어디가 부러진 거죠?

수의사가 나선다.

아닙니다. 외상은 없었습니다. 가끔 뇌의 이상으로 다리에 마비가 오기도 합니다만 자세한 건 병원에 데리고 가서 검사해봐야 압니다.

뇌의 이상이라니, 예지는 수의사가 잘못 보았다고 생각한다. 그러나 토를 달지는 않는다. 일단 개를 치료하는 게 우선이다.

왜 개를 지금 데리고 가지 않나요?

어르신께서 병원에 데리고 간다고 하셨어요. 저희가 할 수 있는 일은 다 했습니다.

예지가 이런 무책임한 사람들을 봤나, 하는 표정으로 일행을 노려본다. 예지의 전화를 수도 없이 받은 여자 공무원이 다소 난감하다는 듯 입술을 달싹이더니 말한다.

그런데 어르신께서 개가 독극물 같은 걸 먹었을 가능성이 있다고 하셨어요.

네? 독극물이요?

수의사가 거든다.

가령 초콜릿 같은 건 강아지의 중추신경을 자극해서 신경계와 심혈관계에 심각한 증상을 일으키거든요. 포도 같은 것도 원인 불명의 신독성을 일으켜 급성신부전이나 세뇨관 폐사 등을 유발합니다.

그런 건 개를 키우지 않는 예지뿐만 아니라 개에게 별 관심이 없는 나도 알고 있는 사실이다. 자일리톨은 소량만 섭취해도 개의 간을 순식간에 파괴해버린다지. 의사가 도대체 무슨 말을 하려는 건지, 나도 예지도 짐작조차 하지 못한다.

동료로부터 예지가 보통 까다로운 민원인이 아니라는 걸 누차 들었을 남자 공무원이 나선다.

실은 어르신께서, 홍예지 씨께서 개에게 이상한 것들을 먹였다고 주장하십니다. 그중에 뭔가 잘못된 게 있을 거라고……

예지는 순간 피가 죄다 얼굴로 쏠리는 듯한 느낌을 받는다. 아기도 놀랐는지 세게 발길질을 한다.

말도 안 돼요. 무슨 그런 말을!

예지가 목소리를 높인다. 나는 그들이 공무원으로서 소임을 다할 뿐이니 너무 신경 쓰지 말라고 예지를 타이르려다 관둔다. 어차피 예지는 내 말 따위에 귀 기울이지 않을 것이다. 뜻밖에 예지는, 내가 미처 생각지도 못한 기막힌 한 수를 둔다. 아아, 예지가 신음하며 허리를 구부린다. 창백한 두 손이, 너무 빵빵해서 얼핏 보기에도 위태로워 보이는 배를 감싸 안고 있다. 다들 깜짝 놀란다. 아이를 낳아본 적 있는 여자 공무원이, 월급 받는 데 차질 없는 일을 할 뿐이라는 듯한 냉랭한 태도를 단번에 버리고는 예지를 부축한다.

괜찮으세요?

예지는 옥상의 아픈 개와 유사하게 앓는 소리를 낸다. 끄응, 끙⋯⋯

진정하세요. 개가 갑자기 아프니 어르신이 그냥 해보신 말씀일 겁니다.

담당자의 목소리가 그리 호들갑스레 변할 수도 있다는 사실을 나는 알고 있었으나 예지는 처음 알았을 것이다. 예지는 한 손으로 벽을 짚고 허리를 굽힌 채 그간의 응어리진 마음에 박차를 가해 여자의 팔을 밀친다. 그러고는 죄책감을 조금이라도 더 끌어내리려는 듯 다 죽어가는 소리로 말한다.

어쨌거나 주인이 오늘 내로 개를 병원에 데려가지 않으면, 혹시라도 개가 죽으면, 반드시 책임져야 할 거예요.

잠시 후 '공무 수행'이란 글씨가 붙은 작은 차가 골목 어귀로 사라진다. 예지는 천천히 빌라로 발걸음을 옮긴다.

예지가 개에게 무언가를 먹인 건 사실이었다. 입덧이 가시고 어느 정도 입맛이 돌아왔을 때였다. 소파에 비스듬히 누워 고구마를 먹던 예지는 다른 건 몰라도 고구마라면 개에게 줄 수 있겠다는 생각이 퍼뜩 들었다. 이전에, 먹다 남긴 치킨을 개에게 주려 한 적이 있었다. 인터넷 검색으로 닭 뼈가 개에게 위험하다는 걸 알고 살만 발라냈으나 멀리까지 날아갈 것 같지 않아 그만두었다. 하지만 고구마라면 예지 힘으로 던져도 충분히 개가 있는 곳까지 갈 것 같았다. 예지는 이름도 알지 못하는 개를 애, 애 부르며 고구마를 던졌다. 첫번째 고구마는 예지의 예상과 달리 엉뚱한 곳에 떨어졌다. 겁을 집어먹고서 꼬리를 사린 개를 개집으로 숨게 했을 뿐이었다. 예지는 한 번 더 시도했다. 이번에도 고구마는 개줄이 미치지 못하는 곳에 떨어졌다. 하지만 세번째에는 드디어 개가 원하기만 하면 언제든 먹을 수 있는 위치로 굴러갔다. 예지는 내심 기뻐하며 고구마를 상자째 주문했다. 그게 다였다. 예지가 배가 고파 우는 개에게 가끔 던져준 건 고구마가 전부였다.

빌라에 들어서서 잠시 숨을 고른 예지가 수의사며 공무원들이 한 말을 곱씹어본다. 개에게 닿지 못한 고구마를 노인이 보았을 가능성은 얼마든지 있다. 야비한 노인이, 예지가 고구마를 주었는데 다른 건 안 줬겠냐고 하면 어쩌지? 스렁스렁, 불안감이 번진다. 예지는 천천히 계단을 오르며 누구라도 붙잡고 이야기를 나누면 좋겠다고 생각한다. 하지만 남편은 한나절은 기다려야 퇴근할 테고, 더욱이 적당한 상대도 아니다. 남편은 고구마를 주는 예지를 여러 번 말렸다. 독극물 운운하는 소리를 들었다고 하면, 남편은 그러기에 자기 말을 듣지 그랬냐며 한바탕 지청구를 늘어놓을 게 뻔하다. 오늘 하루 이 일에 관여한 순남 여사와 대화를 하는 게 가장 합당하겠지만, 예지는 그대로 이층을 지나친다. 당장 답답하다고 해서 순남 여사와 다시 가까워지고 싶지는 않아서다.

삐걱대던 관계가 완전히 틀어진 건, 순남 여사가 예지가 맡긴 세탁물을 찾아 들고 오면서부터였다. 순남 여사가 남편의 정장 재킷을 내밀며 말했다.

내 거 맡기러 세탁소에 들렀는데 글쎄, 아저씨가 어찌나 곤란해하던지…… 이 얼룩이 뭔지 모르겠지만 아무리 해도 빠지지 않더래. 내가 괜찮다고 하고 그냥 받아왔어.

재킷 어깨 부위에 희붐한 자국이 있었다. 예지는 순남 여사를 이해할 수 없었다. 오지랖을 떨어 대신 옷을 찾아준 것도 싫었지만, 손상이 난 옷을 그냥 받아오다니…… 예지는 옷을 들고 당장 세탁소로 달려갔다. 재킷을 맡길 때 아무 말이 없었는데 옷을 이렇게 만들어놨으니 변상해야 한다고 따졌다.

거참, 저도 그 얼룩 빼느라 애먹었어요. 아까 아주머니께서 괜찮다고 하고 가져가셨고요.

옷을 맡긴 사람은 저예요. 저는 이거 그냥 못 받아요.

예지는 사회적 약자끼리, 없는 사람끼리 더 간이고 쓸개고 빼가려는 행태를 용인할 수 없다고 생각했다. 언성을 높이지는 않았으나 또박또박 따져서 결국 보상금 오만 원을 받고서야 세탁소를 나왔다. 예지가 오기를 기다리던 순남 여사가 돈 받아냈다는 소리를 듣더니 눈을 휘둥그렇게 뜨며 말했다.

종일 뜨거운 김 쬐며 일하는 고단한 사람한테 어찌 그리……

예지는 대꾸하고 싶지 않아 등을 곧추세운 채 삼층으로 올라갔다. 세상 선한 척 위선을 떨거나 제 꼴 모르고 남을 도우려 덤비는 사람들이 있기 마련이지만, 그 사람이 하필 아래층에 사는 순남 여사라니 기가 막혔다. 그 일 이후로 예지는 순남 여사를 단순히 동정심이 좀 많은 선량한 사람일 뿐이라 생각하지 않았다.

사실 순남 여사가 '평범한' 선량한 사람이 아닌 건 분명했다. 내 식견으로도 이해 불가능한 무수한 사건들이 있었다. 순남 여사는 일 년에 한 번도 먼저 안부를 묻지 않는 동생에게 수시로 선물을 보냈다. 그 동생이, 쥐꼬리만 할지라도 순남 여사 몫의 유산을 몽땅 가로챘다는 걸 알고서도 그랬다. 치매로 포달을 부려대는 팔순 노모에게도 마찬가지로 헌신적이었는데, 어머니가 정신이 온전할 때조차 순남 여사를 딸로 대한 적이 없었음에도 그랬다. 그 어머니란 사람은 순남 여사가 어릴 때는 하녀처럼 부려먹었고 한창 꽃필 나이가 되자 본처가 시앗 질투하듯 딸을 질투했다. 순남 여사가 옷 쪼가리라도 하나 사거나 화장을 하면 화냥년이 따로 없다며 욕을 퍼부어댔다. 젊은 날 순남 여사가 한복을 지어 번 돈 전부를 꼬박꼬박 주었는데도 어쩐 일인지 그 어머니의 적개심은 가실 기미를 보이지 않았다. 가족만이 아니었다. 친구들, 특히 순남 여사의 본성을 안 순간 승냥이처럼 덤벼들어 친구 흉내를 낸 가짜 친구들, 이웃들, 심지어 한복집에 드나드는 손님들까지 순남 여사에게서 뜯어갈 수 있는 걸 뜯어갔다. 순남 여사는 불평 한마디 하지 않았다. 그런 사람들이 있었다. 밭도 갈고 짐도 나르고 뼈 빠지게 일하다가 고기며 가죽도 내줄 지경이 되어서야 겨우 움머, 과묵한 울음 한 번 토할 뿐인 소 같은 사람들. 인정을 헤프게 쓰다가 한동네에 시아비만 아홉이 되는 사람들. 내가 봐온 그런 부류의 사람 중에서도 순남 여사는 단연 으뜸이었다.

예지는 몇 개월도 지나지 않아 순남 여사의 실체를 파악했다. 너무 착해서 그럴 수 있다고 동정하거나 그저 딱하다고만 여길 수 없었다. 예지는 여사의 그런 성격을, 비난받아 마땅한 허영이라 여겼다. 물에 비친 달을 잡으려는 원숭이 못잖다고 생각했다. 가까이하고 싶지 않았다. 하지만 삼십 센티미터에도 못 미치는 바닥 아래에 있는 순남 여사를 피하기란 쉽지 않았다. 하루가 멀다고 동치미니 장아찌니 식혜를 들고 오는 여사를 밀어낼 방법이 없었다. 순남 여사는 입춘이라며 미나리, 다래, 냉이 등을 무치고 우수라며 오곡밥을 해 내밀었다. 언제나 지나치게 많은 양의 식품을 사서 나눠주는 건, 단골 채소 가게 아줌마나 정육점 아저씨 처지가 딱해서였다. 동네 떡집에서 일 년을 먹어도 다 못 먹을 양의 계피떡을 주문한 이유는, 떡집 장사가 안 돼도 너무 안 됐기 때문이었다. 음식만이 아니었다. 순남 여사는 예지가 입지도 않을 옷을 잔뜩 사서 안기기도 했다. 문을 닫는 의상실에서 원가도 안 되는 가격으로 건졌다며 혼자 흐뭇해했는데, 예지는 옷을 받아든 채 말문을 닫아야 했다. 예지는 순남 여사가 점점 싫어졌다. 들고나는 소리를 내지 않으려 발소리를 죽였으며 집에 있을 때는 문 두드리는 소리를 못 들은 척하기도 했다. 회사를 그만둔 후 그마저도 여의치 않자 예지는 딱 부러지게 한마디를 했다.

수시로 방문하는 거 자제해주세요. 급한 일은 전화하시고요, 급하지 않은 건 문자 남겨주세요.

남편은 예지가 너무 매몰차다며 비난하려는 기색을 비쳤으나 예지가 히스테리컬하게 이사 얘기를 꺼내자, 방심할 형편이 못 되는 조개처럼 입을 꾹 다물고 말았다.

구청에서 다녀간 지 두 시간이 지났건만 건너편 옥상에는 아무런 변화가 없다. 예지는 축 늘어져서 우어어어엉, 구슬프게 우는 개 때문에 종일 아무 일도 하지 못한다. 해가 질 무렵, 드디어 노인이 나타난다. 그러나 노인은 자지러지게 우는 개를 조심성도 없이 들어 마대자루에 넣는다. 마대자루라니! 예지는 경악한다. 도저히 그대로 있을 수가 없다. 푸만한 배를 손으로 감싸지도 않고 헐레벌떡 계단을 내려가 순남 여사네 문을 두드린다.

노인이 개를 데리고 갔어요. 근데 자루에 담아 갔어요. 짐

짝처럼!

순남 여사는, 한때 예지가 참 선량해 보인다고 여긴 그 크고 맑은 눈을 껌뻑거릴 뿐 말이 없다.

노인이 혹시 개를 죽이려는 건 아닐까요? 병원비 들여 치료하느니 그편이 낫겠다고 생각할지 몰라요.

예지가 다급하게 말해도 순남 여사는 여전히 조용하다. 느긋하게 백설기를 내놓을 뿐이다. 예지가 종일 제대로 먹지 못한 걸 안다는 듯이…… 그러나 예지는 배가 고파도, 제아무리 좋아하는 백설기라 해도 그걸 먹을 기분이 아니다.

지금 떡 먹을 때가 아니란 말이에요. 아, 심통 맞은 노인네!

순남 여사가 마지못한 듯 입을 연다.

잘 돌볼 거다. 그리 몰인정한 사람은 아니야.

예지는 순남 여사가 무슨 말이라도 해주기를 바랐건만, 막상 듣고 보니 안 듣느니만 못했다 싶다. 세상에 나쁜 사람 하나 없고, 모두 저마다 사정이 있다고 믿는 대책 없는 호구! 예지는 순남 여사가 그런 사람인 걸 깜빡 잊은 자신이 원망스럽다. 예지는 다시 딸기를 권하는 순남 여사를 본체만체하고 몸을 돌린다. 거칠게 문을 열고는 순남 여사 들으라는 듯 쾅 닫으려 한다. 그러나 유압 댐퍼가 달린 문은 지루하리만치 천천히 닫히며 작은 소리를 냈을 뿐이다.

예지는 저녁 먹을 생각도 않고 건너편만 바라본다. 어느새

별도 뜨고 달도 떴는데, 노인과 개는 돌아올 기미가 없다. 엉성한 활기나마 돋워주곤 한 새들도 자취를 감추었다. '오늘 좀 늦어. 회식.' 예지는 남편이 보낸 메시지를 보며 한숨만 쏟아낸다. 고구마를 준 게 잘못한 일일까? 설마, 그럴 리가 없잖아. 웹서핑을 다시 해봐도 특별히 고구마가 개에게 해롭다는 말은 없다.

깜빡 잠이 들었다가 깨어난 예지가 허겁지겁 베란다로 나간다. 개에게도 인간에게도 자비 같은 걸 베풀어본 적 없었을 깃기바람이 예지의 잠옷 사이를 함부로 쑤신다. 그 바람이, 사라진 개의 잔영을 짙게 품은 텅 빈 개집도 훑고 지나간다. 끝내 나쁜 일이 일어나고야 말 것 같아 예지는 솟구치는 눈물을 주체할 수 없다.

아침이 되자마자 예지가 다시 구청에 전화를 건다.

노인이 개를 어디론가 데려갔는데 여태 오지 않고 있어요.

선생님, 개가 병원에 며칠 있어야 할 수도 있습니다.

확인해봐주시면 안 돼요?

담당자는 이제 예지가 정말 지긋지긋한 고객이라는 느낌을 숨기려 들지 않는다.

어제 어르신께서 병원에 꼭 데리고 간다고 하셨어요. 며칠 기다려보시죠.

예지는 담당자가 안전한 전화선 뒤에 숨어 저 자신에게 털

끝만큼도 해 되지 않을 말만 요령껏 하고 있다고 생각한다. 더는 가만히 있을 수 없다. 예지는 전화를 끊고 집을 나선다. 순남 여사가 사는 이층을 지나면서 잠시 갈등하지만 끝내 꿋꿋이 혼자 간다. 개와 노인이 사는 빌라 앞에서 옥탑 초인종을 누른다. 고장이 났는지 스피커에서 아무 소리도 들리지 않는다. 이층 벨을 눌러본다. 딩동, 딩동! 벨을 여러 차례 눌러보아도 묵묵부답이다. 예지는 물러서지 않고 다시 일층 벨을 누른 후 구청, 병원, 개 등을 언급하며 누구에게랄 것도 없이 혼자 떠든다. 갑자기 빌라 현관 오른쪽에서 창문이 열리더니 낙담이나 절망의 편에 서기로 작정한 듯한 얼굴의 남자가 말한다.

그 할아버지 지금 없어요. 조금 전에도 어떤 분이 옥상을 확인하고 싶다고 해서 올라갔는데 아무도 없었대요.

조금 전에요? 누가 왔다고요?

예지가 다급히 묻지만 남자는 그새 낙담이나 절망마저 내다 버린 무기력한 표정으로 창문을 닫아버린다. 예지는 누군가가 왔다니 구청에서 움직인 걸까, 생각하다가 퍼뜩 그럴 리가 없다는 걸 깨닫는다. 전화 통화에서 담당자는 분명 '더는 해드릴 게 없다'는 사실만 강조했다. 하지만 갑자기 심경의 변화를 일으켰을 수도 있지 않은가! 예지는 나선 김에 곧장 구청으로 향한다.

예지가 까다로운 절차를 거쳐 동물복지과로 들어선다. '홍예지'란 이름은 물론 얼굴도 대번에 알아본 담당자가 엉거주춤 일어선다. 부른 배를 안고 다급하게 온 예지가 새근발딱거리며 묻는다.

혹시 조금 전에 그 집에 다녀갔나요?

네?

아래층 사는 사람이 그러는데, 누가 그 집 옥상에 다녀갔대요.

아니요. 저희는 가지 않았습니다.

어쨌거나 개가 지금 어찌 되고 있는지 알아봐주세요. 그 할아버지 전화번호 정도는 알 거 아니에요.

안 그래도 아까 선생님 전화를 받고 어르신께 연락드렸는데 안 받으십니다.

담당자는, 어제 예지를 부축하며 약간의 모성을 공유한 순간을 완전히 잊은 듯하다. 건조하고 기계적인 목소리로, 규정대로 모두 했고 더 취할 조치가 없다는 말만 반복한다. 하지만 이제 전례 없이 '인간적'이 될 예정인 예지는 물러서지 않는다.

지금 한 번 더 해보세요.

선생님, 조금만 기다려보시지요.

그 선생님 소리 좀 집어치우고요!

그렇다. 지금 이 순간 예지는 정말 인간적이다. 그래서 낡은 빌라에 대한 불만, 결혼 생활에 대한 실망, 순남 여사에 대한 짜증 등을 지극히 인간적으로 개 사건과 뒤섞기도 한다.

모질고 독해도 정도가 있지, 21세기 대한민국에서 정말 이래도 되는 거예요?

예지는 '선생님'이란 말만큼이나 21세기 혹은 대한민국이란 말이 데시근한 말치레에 불과하다는 걸 정말 모르는 걸까? 나도 모르게 킥, 웃음이 터진다. 어쨌거나 예지의 인간성이 폭발하는 모습을 보는 건 꽤 흥미롭다. 그러나 담당자는 나처럼 흥미롭지도, 21세기나 대한민국에 자극받지도 않은 모양이다. 시종 차분하다.

선생님, 진정하세요.

예지의 온몸에서 불꽃이 튀어 오른다.

아, 씨발. 제발 그 선생님 소리 좀 집어치우고 개가 어떤지나 알아봐요.

규정으로 무장한 이 작은 사무실에 규정 따위 개나 줘버릴 듯한 말이 튀어나오자, 다들 경악한다. 예지는 아랑곳하지 않고 계속해서 '인간적'인 모든 감정을 쏟아낸다. 인간적인 한 인간을 오랜만에 마주한 공무원 모두가 들끓는 자신들의 인간성을 누르기 위해 안간힘을 쓴다. 후끈한 열기 때문이었을까? 때마침 예지의 배 속에서 인간의 꼴을 제법 갖춘 태아가 사람들을, 그러니까 어미인 예지를 포함해 거기 있는 모두를 가뿐히 제칠 출중한 한 수를 둔다.

아아, 아야아…… 적잖은 양의 피가 예지의 원피스 아래로 흐른다. 예지가 신음하며 바닥에 주저앉자, 청경이며 다른 부서의 사람들까지 우르르 뛰어온다. 예지가 개를 위해 그렇게나 애타게 찾은 119가 마침내 출동한다.

도대체 왜 그렇게까지 한 거야?

예지와 아기에 대한 걱정으로 얼굴이 하얗게 질린 남편이 침대 옆에 앉아 있다. 순남 여사도 와 있다. 예지는 순남 여사를 보고 싶지 않지만, 아마도 볼 면목이 없어서일 텐데, 그걸 내색하지는 않는다.

병원까지 따라온 구청 담당자가 저간의 사정을 알려주었다.

그 개가 유기견이었대요. 옥상 어르신께서 어찌 돌보게 되었다는데…… 그간 선생님 시어머니께서 형편 어려운 어르신도 돌보시고 어르신을 대신해 사료도 사드렸답니다. 가끔 산책을 시키려고도 하셨다는데, 어르신께서 개가 커서 위험하다며 그것만은 한사코 허락하지 않았다네요.

그러니까 예지와 순남 여사 사이에 세대 차 외에 심각하게 존재한 다른 문제는 시어머니와 며느리라는 관계 자체였다. 짚고 넘어가자면, 예지와 남편이 돈 한 푼 없이 옥탑방에서나마 살 수 있었던 것도 바로 그 때문이었다. 그러나 고부간이라는 게 때로 삼백조 킬로미터가 아니라 삼백조의 삼백조 제곱킬로미터만큼 벌어지기도 하지 않는가! 두 여인의 사이가 틀어진 건 예지가 특별히 막돼먹어서도, 순남 여사가 비상식적으로 고루해서도 아니었다. 그런 갈등은 내가 아는 한, 거의 자연의 순리에 가까웠다.

어쨌거나 바로 그 관계 때문에, 예지는 담당자의 말을 듣자마자 일순 더 분노했다. 순남 여사가, 즉 시어머니가 제게 어찌 한마디도 하지 않았을까 싶었다. 단 몇 마디면 될 것을…… 그러나 예지는 곧 분노를 가라앉힐 수밖에 없었다. 저간의 소원함을 생각하면 이해가 가지 않는 건 아니어서였다. 게다가 순남 여사가 자신과 전혀 다른 방식으로 개를 위했다는 사실에 얼마간 경외감을 느끼지 않을 수 없었다. 어쩔수 없이 인정하기는 해도 정말이지 마뜩잖은 경외감이긴 했지만 말이다.

예지는 순남 여사의 눈길을 피하며 비뚤어진 마음으로 생각한다. 노인을 구슬리고 달래고 비위를 맞췄겠지, 아들이나 내게 그랬듯이. 강요가 아닌 듯하지만 겪고 보면 강요가 분명한 기이한 방식으로! 예지는 감동하지 않기 위해 기를 쓴다. 무엇보다 외아들에게 낡은 빌라 옥탑방 외에 달리 더 내어줄 게 없다면서도 헤픈 씀씀이를 줄이지 않는 순남 여사를 두둔하고 싶지 않아서다. 제 가랑이 찢어지는 줄도 모르고 무수한 사람들에게 동정심을 품는 시어머니를 결코 이해하고 싶지 않아서다. 그럼에도 불구하고 예지는 순남 여사가 제 시어머니만 아니라면, 남편의 어머니만 아니라면 꽤 괜찮은 사람이라는 걸 인정하지 않을 수 없다.

개는 무사히 돌아왔더라. 다리를 좀 절기는 해도 괜찮은 거 같아.

순남 여사가 말한다. 예지는 순남 여사가 쪄온 찹쌀 고두밥의 구수한 냄새를 애써 외면하며 돌아눕는다.

앞서 나는 이 두 사람이 정도의 차이는 있지만 모두 서투르다고 말한 바 있다. 그렇다. 확실히 이들은 너무나 인간적으로, 아마도 인간이기에 삶에 서투르다.

그러니까 그 후로 이런 일이 생긴다.

예지는 임신성 고혈압이 얼마나 위험한지 의사로부터 장황한 연설을 들은 후 집으로 돌아간다. 다리를 약간 절뚝거리긴 해도 건강해 보이는 옥상 개를 보고 미소를 짓기도 한다. 무엇보다 개의 목줄이 풀려 있어서 기쁘다. 노인이 공무원이나 수의사의 권고를 받아들여서인지, 개가 다리를 저니만큼 위협적이지 않다고 여겨서인지는 알 수 없다. 혹 순남 여사가 간곡히 부탁이라도 한 걸까? 아무튼 묶이지 않은 개는, 지상에 떨어져 받을 벌을 다 받고 드디어 날개를 단 천사 같다. 예지는 자유롭게 돌아다니는 개를 보면서 이사에 대한 열망을 서서히 접는다.

순남 여사는 여전히 분주하다. 짬짬이 노모를 찾아가 돌보고 동생에게 과일을 보내고 구청 무료 급식 봉사에도 참여한다. 또 태어날 손주를 위해 이런저런 용품을 한가득 사고 미역이며 사골을 비축하기도 한다. 개 사료는 며느리, 즉 예지에게 부탁해 인터넷으로 배송시킨다. 가끔, 양을 가늠하지 못해 음식을 너무 많이 했다는 판에 박힌 핑계를 대며 옥상 노인을 챙기기도 한다. 예지는 평생 그렇게 살아왔고 앞으로도 바뀌지 않을 시어머니를 좋아하진 않으나 이해하려고 노력한다. 그러니까 삼백조 킬로미터 반경 안에서 밥도 먹고 이야기도 나눈다.

자, 이제 내 차례다. 나도 내 일을 해야 하니까. 인간들이 내게 본받을 게 더는 없다는 걸 잘 알고 있으므로 내가 그들을 본받을 작정이다. 나는 저돌적이나 기본적으로 정의로운 예지와 미련하리만치 선량한 순남 여사를 흉내 내기로 한다. 사실 인간은 내가 어떻게 생겼는지를 가장 잘 보여주는 거울이다. 언제나 그래왔다.

간만에 순남 여사로부터 푸짐한 족발을 얻은 노인은 소주를 반주 삼아 마시며 기분 좋게 취한다. 다른 이에게 건네야 할 법한 은비한 말을 개에게 하기도 한다. 그날 노인이 소주 한 병에 그치지 않고 두 병을 깨끗이 비운 건, 쫄깃쫄깃한 족발만 먹은 게 아니라 야들야들한 추억도 몇 점이나 베어 물었기 때문이다. 노인은 살이 제법 붙은 뼈를 선심 써서 개에게 던져주기도 한다.

날씨에 관한 한 많은 걸 포기한 하늘이 졸린 눈을 깜빡이고 있다. 그사이 줄에 매여 있지도 않고 주인의 눈치를 볼 일도 없는 개는 허발하여 돼지 뼈를 뜯는다. 새로운 맛, 새로운 세계가 열리자 개는 유순하게 꼬리를 흔들며 주인의 거처로 다시 가기를 주저하지 않는다. 거나하게 취한 노인은 개에게 뼈다귀 몇 개를 더 던져주고는 문을 닫고 불을 끈다. 백 년 묵은 여우가 고개를 넘듯 순식간에 잠에 빠져들었으므로, 노인은 작은 족발 하나가 문틈에 걸린 걸 알지 못한다. 잠시 후 언제나처럼 주인을 사랑하고 충성하는 마음 또한 영원한 개가 코를 킁킁대며 앞발로 문을 연다. 유압 댐퍼가 없는 문은 조금 더 열리고, 개는 천국과 같은 맛을 또 누린다.

그날 밤새도록 개는 잠든 주인의 옆에 아직도 많이 남은 족발을 물어내오며 이전의 모든 굶주림을 보상받는다. 누구도 울지 않고 누구도 성내지 않는 천상의 시간이 그렇게 흐른다.

다음 날 평년 대비 십 도나 기온이 뚝 떨어져 상수도관이 터지는 등 각종 사고가 잇달았다는 뉴스가 나올 무렵, 문이 활짝 열린 노인의 옥탑방도 공평한 아침을 맞이한다. 기지개를 켜며 습관처럼 베란다로 나가는 예지와 의자를 놓고 올라가는 수고를 마다하지 않는 순남 여사의 눈에 건너편의 열린 문은 그다지 이상해 보이지 않는다. 노인이 가끔 문을 모두 열고 환기나 청소를 하기도 하니까.

예지는 이제 거의 절뚝이지도 않고 목줄도 매지 않은 채 즐겁게 뛰어다니는 개를 흐뭇하게 바라본다. 오늘내일 나올 조짐인 아가에게 순정한 말을 건네기도 한다. 순남 여사는 소설(小雪)에 담그는 김치가 최고로 맛나다며 아침부터 김장 준비에 여념이 없다. 전날 절인 배추를 씻어 물기를 빼고 파를 다듬고 무를 채 썬다.

내가 둔, 신의 한 수는 그렇게 아직 아무에게도 알려지지 않는다. 뭐가 그리 아쉽고 원통한지 쉽게 떠나지 못하는 손돌바람만이 오래 열려 있는 옥상 문을 쿵, 한번 소리 나게 친다.

바르르 끓고 있는 뚝배기 추어탕을 한술 뜬 호야가, 갑자기 울음을 터뜨렸다. 눈에만 고여 있는 감상적인 눈물도 아니었고, 눈가로 슬며시 흐르다 마는 겉치레 눈물도 아니었다. 호야의 눈물에서는, 가까스로 수문이 열린 4대강 보의 물을 방불케 하는 웅장함이 느껴졌다. 몸무게 130킬로그램, 키 184센티미터인 덩치의 눈물이라 쳐도 다소 과한 양이었다. 함께 밥을 먹던 직원들이 화들짝 놀랐다. 팀장이 당황해하며 물었다.

왜 그래요? 도대체 왜 우는 겁니까?

성숙함을 드러내는 척도가 높임말이라 생각하는 팀장은 아랫사람에게도 반말을 쓰는 법이 없었다. 그가 재차 물었다.

산초가루를 많이 넣은 겁니까? 알레르기입니까?

호야가 눈물 닦은 냅킨으로 코를 팽, 풀며 답했다.

이 맛 때문에요! 추어탕이 너무 맛있어서 눈물이 났습니다, 팀장님.

팀원들은 어안이 벙벙한 상태에 있다가 긴장할 필요가 없다는 걸 깨달은 즉시 웃음을 터뜨렸다. 탕 속에 느긋하게 풀어져 있던 숙주며 고비 등이 시끄럽다고 벌떡 일어나면 어쩌나 싶을 만큼 웃음소리가 컸다. 호야에게 여러 번 밑반찬을 내주어 심통이 났던 식당 주인과 다른 손님들도 영문 모른 채 함께 웃었다. 나의 호야는 늘 그렇게 전염력 강한 웃음을 퍼뜨리는 사람이었다.

눈물과 농담 사이에서 완전히 길을 잃은 팀장을 대신해 호야의 사수인 오 대리가 나섰다. 그는 호야가 팀장의 축적된 경험에 혼선을 준 데 대해 책임감을 느낀 게 분명했다.

호야 씨, 사람 좀 그만 놀래켜! 모두 불편하고 불쾌하잖아.

하지만 자리의 다른 직원들 아무도 불편하거나 불쾌하지 않은 듯 보였는데, 실은 그 사실을 모르지 않는 오 대리만이 불편하거나 불쾌해 보였다. 그는 충분히 호야를 지도 편달할 수 있고 통제할 수 있다고 여긴 스스로에 대해 얼마간 자신이 없어진 표정이었다. 오 대리는 음식을 먹는 호야의 배가 불러갈수록 조금씩 반대편으로 밀려 비딱해진 테이블을 바로잡았다. 그러면서 테이블로 호야의 배를 슬그머니 치다시피 한 것을, 나는 놓치지 않고 보았다. 호야는 자신의 배 때문에 밀려

난 테이블에게 미안하다는 듯 '오, 이이런'을 중얼거렸다.

　오, 이이런! 호야는 이런 감탄사를 자주 뱉었다. 그는 이미 동료들에게 개인적, 음악적 취향에 따라 '오, 이런'을 발음하는 방식을 설명한 바 있었다. '솔, 레 올림, 레 올림, 파'로 어우러진 낭만적인 톤을 선호하나 졸린 상태로 만원 버스를 탔을 때, 혹은 배가 고플 때는 '솔, 레, 레, 도'나 '솔, 레 올림, 레, 도 올림' 등으로 음계에 변화를 준다고도 했다. 그는 여자와 잘 때는 설명할 수도, 기억할 수도 없는 음역을 오간다는 말을 덧붙이려다 째려보는 나 때문에 입을 다물었다.

　한번은 호야가 제 배 위에 떨어진 시금치나물을 보면서 '오, 이이런'을 중얼거린 일이 있었다. 비교적 낮은 음역의 '오, 이이런' 소리가 어찌나 의미심장하게 울렸던지 모두가 호야의 둥그런 배를 쳐다보지 않을 수 없었다. 반찬 그릇에서 호야의 입으로 이동 중이었을 초록빛 채소는 좌중의 시선을 은근히 즐기는 듯 보였다. 호야가 다시 한번 예의 그 감탄사를 내뱉더니 살집 두꺼운 얼굴을 신기하게도 얇게 일렁이며 말했다.

　저는 식탁 주변을 어지럽힐 일이 없습니다. 제 배가 다 막아주거든요.

　시금치나물을 얹은 호야의 배가 알을 품은 오리처럼 신중하게 되록거렸다. 직장 동료 몇이 입안에 있던 음식물이 튀어

나올까 봐 서둘러 입을 가렸다. 호야의 우스개에 내성이 생기기란 쉽지 않았다.

여기 쌓아뒀다가 나중에 밥 하나 추가해서 비빔밥도 먹을 생각입니다. 나물도 알을 까거든요.

호야가 시금치 한 줄기가 곧 한 무더기가 되리라는 듯 양손을 배 위에 올리고 날갯짓을 하자, 진짜로 시금치가 다른 시금치를 낳으며 무성해질 것만 같았다. 호야가 말하면 어쩐지 꼭 그대로 될 것만 같았다. 나의 호야는 그런 사람이었다.

다온무역 전략기획실의, 신입사원 같지 않은 신입사원 송현호. 모두 그를 본명 대신 '호야 씨'라고 불렀다. 호야는 나의 전 남자 친구였다. 사람들은 그가 "제 외사촌 동생이 레슬러 심윤재랍니다" 해도 믿었고 "제가 연예인 강호동의 배다른 동생입니다. 전 어머니 성을 땄죠" 해도 거의 의심하지 않았다. 진심으로 군대에 가고 싶었는데 아무리 노력해도 체질량지수 35 아래로 떨어지지 않아서, 즉 10킬로그램이 적은 120킬로그램이 되지 못해서 면제를 받았다는 말에 대해서만큼은 고개를 갸웃거리는 사람도 있었고, 끄덕이는 사람도 있었다. 그는 감량에 성공하기 전에 세상 모든 닭의 가슴을 다 뜯어낼 것만 같아 다이어트를 그만두었다고 말했다.

호야가 처음부터 뚱뚱했던 건 아니었다. 몸무게 때문에 면제를 받았다는 것도 지어낸 말이었다. 한때는 그의 몸도 덩치가 좀 좋군, 하는 말로 넘어갈 수 있을 정도였다. 급격히 살이 찌기 시작한 건 나와 헤어진 다음부터였다. 호야는 나를 만나기 전에 다른 여자를 사귀어본 일이 없었다. 그리고 나와 헤어진 후로는 여자들에게 호감을 살 수 없는 몸매가 되고 말았다. 얼마만큼은 내 탓이 아니라고 할 수 없었다. 나는 호야가, 작은 회사지만 내실 있는 다온무역에 입사할 수 있도록 힘을 썼다. 다온의 사장은 내 아버지의 형, 그러니까 내 큰아버지였다.

낙하산을 타고 다온무역에 온 호야가 낙하산이 다 그렇지, 라는 손가락질만 받다가 어느 날 제풀에 지쳐 나가떨어질지 모른다는 생각을 안 한 게 아니었다. 하지만 호야를 위해 달리 할 수 있는 일이 없었다. 나름 호야에게 믿는 구석이라 할 만한 것도 있었는데 그건 바로 막강한 언어 구사력이었다. 내가 아는 한 호야가 유창하게 구사할 수 있는 언어만도 대여섯 개가 넘었다. 영어, 불어, 독어, 스페인어…… 또 뭐가 있었더라? 아무튼 호야를 아직도 열렬히 사랑하므로 객관성은 부족할 내 견해로 호야는 거의 언어 천재에 가까웠다. 호야는 어떻게 그런 게 가능하냐는 내 질문에, 자기 평생 불어나 스페인어란 녀석들에게 가혹하게 군 일이 없는데 어찌 녀석들이 자신에게 호의적으로 대하지 않을 수 있겠냐고 반문하거나, 원하는 곳을 살살 만져주면 다 넘어오게 되어 있다는 야한 우스개로 답하곤 했다. 가끔은 이렇게도 말했다. "기선을 제압하는 거지. 실은 내가 너의 아비란다. 이렇게 말하면 다들 꼼짝 못한다니까." 물론 호야는 내 아버지 앞에서는 그렇게 말하지 않았다. 그는 내가 나중에 가증스러웠다고 놀린 딱 그대로, '그저 조금' 혹은 '과찬' 운운하며 겸손을 떨었다. 아버지는 호야를 좋아했다. 하지만 우리가 헤어진 후까지 그를 챙기려 하지는 않았다. 나는 호야를 위해 낮이나 밤이나 아버지를 쫓아다녔고, 마침내 허락을 얻어 간신히 그를 입사시켰다.

한 달쯤 전에 팀장이 신입사원의 합류를 알렸을 때, 오 대리는 타고난 성정이었다면 누구에게나 부러움을 샀을 당찬 태도를 보이며 이의를 제기했다.

우리 회사가 대기업은 아니지만 엄연히 채용 시기나 절차라는 게 있지 않습니까, 팀장님?

오 대리는 그 상황에서 그 정도 말쯤은 해야 다른 직원들에게 면도 서고 소신 있는 사람으로도 보이리라 계산했을 거였다. 하지만 팀장은 '사장이 어렵게 발굴한 인재'라는 말로, 서류상으로 별다른 경력이 없어 보이는 호야를 옹호했다. 오 대리는 늘품 없이 아무 데서나 아닌 건 아니라고 말하는 부류는 아니었다.

그렇군요. 사장님께서 높이 산 부분이 있다면 뭐……

그들의 대화를 모두 들은 내가 호야의 허벅지를 꼬집으며 말했다.

열심히 잘 좀 해. 진지하게 말이야.

하지만 호야는 아파하지도 간지러워하지도 않았다.

이러나저러나 나한테는 다 마찬가지야.

제발, 호야.

너만 아니면, 아버님만 아니면, 이런 거 안 해.

호야는 늘 누군가를 웃겼지만 더 이상 나를 웃기려고는 하지 않았다. 그렇지. 어차피 우리는 헤어졌으니까. 하지만 나로서는 그를 챙기지 않을 수 없었다. 다시 함께할 수 없을지라도 호야는 언제까지나 '나의 호야'였다.

팀장은 호야를 지도 편달할 적임자로, 사실상 적합한 직위에 있는 성 주임을 제치고 오 대리를 지명했다. 나는 내심 반겼다. 다른 사람이라면, 자꾸 울면서도 이상하게 명랑한, 게다가 고도비만인 몸을 인체내장형 무기인 듯 들이미는 호야를 상대하기가 쉽지 않았을 것이다. 그런데 오 대리는 '사장님께서 높이 산 부분'이 마음에 걸린 탓인지 당장은 신중한 태도를 보였다. 심지어 자신 역시 호야 못잖은 덩치임을 피력하며 옴살이라도 되려는 듯 굴었다.

내가 군대에서 쌀 한 가마니 거뜬히 진 사람이야. 언제 한번 엎어치기 해주지.

오, 이이런! 전 연약한 남자인데요.

호야가 진짜 연약한 남자이기라도 하듯 얼굴을 붉히자 오 대리가 사내끼리는 자고로 몸을 부딪쳐봐야 정도 생기고 신뢰도 생긴다는 듯 어깨를 툭툭 쳤다.

하지만 오 대리가 가지려 한 직장 동료 간의 정과 신뢰는 곧바로 무너지기 시작했다. 우선 오 대리는 호야가 시도 때도 없이 먹어대는 걸 받아들이지 못했다. 그는 연속적인 양들에 기반한 거시 세계와는 차원이 다른 미시 세계의 존재를 처음 발견한 과학자들 못잖게 충격을 받은 듯했다. 출근 첫날 아침부터 밤까지 오 대리와 호야가 나눈 대화는 다음과 같았다.

긴장해서 일어나느라 아침도 제대로 못 먹었지? 어서 들게. 샌드위치 맛있겠네.

감사합니다. 아침 먹고 나왔는데, 오는 동안 소화가 다 돼서요.

곧 점심 먹으러 갈 건데 웬 김밥인가?

현기증이 나서요. 간식으로 가볍게 먹는 겁니다.

양으로 따지자면 나도 뒤지지 않네만…… 해물파전에 김치찌개, 제육덮밥 곱빼기를 모두 먹겠다고?

제가 먹는 건 제 돈으로 내겠습니다.

환영회 겸해서 다 같이 저녁 먹을 텐데, 뭘 또 먹고 있는 건가?

속을 든든히 해주는 검은콩 미숫가루입니다, 대리님.

본인이 주인공인 회식 자린데, 술을 계속 사양하니 따르는 손 민망하고만.

고기 들어갈 공간을 아껴야 해서요.

호야는 실제 몸무게라고 밝힌 130킬로그램도 거짓이라 여겨질 만큼 거구였으나 결코 자신의 몸에 대해 걱정하지 않았다. 평범한 살찐 사람들이 비장하게 시작했다가 스스로를 냉대하며 접어버리곤 한다는 그 흔한 다이어트조차 하지 않았다. 공기처럼 음식을 흡입하는 호야는 평범하지 않은, 말하자면 비범한 살찐 사람인 셈이었다. 오 대리가 기대한 정과 신뢰의 작은 배는 거대한 호야의 배에 부딪혀 금방이라도 좌초될 것 같았다.

참다못한 오 대리는 어느 날 호야에게, 종일 휴게실에 드나들면 일은 도대체 언제 하느냐며 타당할 법한 꾸지람을 했다. 하지만 호야는 업무에 피해를 주지 않기 위해 휴게실에는 가지만 화장실에 잘 가지 않으며, 그러기 위해 물을 거의 마시지 않는다고 답했다. 오 대리로서는 어이가 없었겠지만, 그 부분은 사실에 가까웠다. 물론 호야가 업무를 고려해 물을 적게 마신 건 아니었다. 호야는 근기 있는 음식을 넣어야 할 자리에 물을 넣어 쓸데없는 포만감을 느끼고 싶지 않았을 뿐이었다.

오 대리가 쌓고 싶어 한 정과 신뢰에 위기감을 준 또 다른 한 가지는 호야의 눈물이었다. 호야는 시도 때도 없이 먹는 것만큼이나 시도 때도 없이 울었다.

도대체 왜 우는 건가?

저도 잘 모르겠습니다.

혹시 눈물샘 이상인가?

그런 것 같지는 않습니다.

이래서야 뭔 말을 할 수가 있나.

신경 쓰지 마십시오.

하지만 오 대리는 신경을 썼다. 그는 비가 와서, 누군가의 옷이 멋져서, 모처럼 일찍 출근해서, 달콤한 향기가 나서 수시로 울어대는 호야에게 지치지도 않고 이유를 물어보았다. 오 대리는 원인과 결과에 응당 있어야 할 맥락의 결여를 참지 못했다. 감성의 위대한 힘을 빌려 호야에게 소탈하게 대하려던 오 대리의 노력이 이성이라는 더 위대한 힘에 밀려 나가떨어지는 게 보였다.

사실 오 대리는 예측 불가, 종횡무진인 호야와 같은 사람을 본능적으로 좋아할 수 없는 사람이었다. 그는 자신의 본성인 치밀함과 소심함을 뛰어넘는 호방함과 관대함을 발휘해보고자 부단히 노력했을 뿐이었다. 어쩌면 '살다 보면 이런저런 사람을 만나게 되는 법이지'라며 호야를 품 넓게 포용할 수 있으리라 착각했을지도 몰랐다. 그러나 오 대리는 결코 '너와 나는 다르다'를 끝으로 입장을 정리하고 편안해지는 부류가 아니었다. 나는 한때 나를 주야장천 따라다닌 적 있는 오 대리를 잘 알고 있었다.

바로 그런 점에서 나는 오 대리에게 기대했다. 내가 호야를 다온무역에 밀어 넣은 이유 중 상당 부분이 오 대리에게 있기도 했다. 그러나 오 대리는 행동하기 전에 오래 심사숙고하는 사람이었다. 내 다급한 마음과 달리, 그는 드넓은 염량으로 호야를 이해하려 들었다. 너와 내가 다를 리 없다. 너와 내가 다른 것은 이상한 일이다. 너와 내가 다르다면…… 오 대리의 생각은 점차 복잡해지고 심각해지는 것 같았다. 직장에서 상사로 인해 괴로움을 겪은 적은 있어도 아랫사람 때문에 곤란해져본 적은 없었을 그는 나날이 피로한 얼굴이 되었다.

호야가 오고서 열린 첫 회의 때였다. 국내와 중국에 집중된 액세서리 판매처를 유럽으로 확장할 가능성을 두고 임 과장이 발표하는 날이었다. 성 주임이 컴퓨터며 프로젝터를 점검하고 팀장까지 자리에 앉았는데, 호야만 나타나지 않았다. 학교도 아니고 동아리 모임도 아닌 직장에서 누군가가 팀장보다 회의에 늦게 들어오는 걸 본 적 없는 다른 직원들 모두 난감한 표정이었다. 평소 오 분 일찍 출근하는 게 오 년 늦게 퇴사할 수 있는 비결이라고 강조해온 오 대리는, 하필 그에 대적하는 이가 입사 한 달도 되지 않은 호야라는 사실에 충격을 받은 듯 보였다. 아랫사람 관리를 제대로 하지 못한 자신을 탓하기라도 하듯 오만상을 찡그리고 있었다.

신기한 것은, 다른 종류이긴 해도 책임감을 느낀 게 오 대리만은 아니라는 점이었다. 나는 나중에 휴게실에서 성 주임이 곽수진 씨에게 하는 말을 들었다. "나라도 그 친구를 챙겼어야 했는데 그러지 않았구나, 후회되더라니까?" 입사 일 년차가 다 되어가는 곽수진 씨도 맞장구를 쳤다. "저도 어찌나 조마조마한지 따로 문자까지 보냈다니까요." 두 사람은 커피를 홀짝이며 내내 호야를 걱정했다. 180센티미터가 넘는 키, 130킬로그램이 넘는 몸무게를 가진 나의 호야는 그런 사람이었다. 그렇게 키도 크고 그렇게 무거운데도 갓난아이 대하듯 챙겨주고 싶은 마음이 드는 인간이었다.

어쨌거나 그 회의에서 오 대리가 더는 호야에게 친근하게 굴지 않으리라 단단히 결심했을 즈음에 문이 스르르 열렸다. 어깨를 잔뜩 움츠린 호야가 자신이 눈에 띌 리 없다고 믿기라도 하듯 살금살금 들어왔다. 하지만 그 거대한 등, 그 우람한 엉덩이가 작은 회의실에서 눈에 띄지 않을 리 없었다. 그의 손에는 묵직해 보이는 검은 비닐이 들려 있었는데, 얼굴에는 뜻밖에도 미안하지만 최선을 다했다는 당당한 표정이 서려 있었다. 임 과장이 흐트러진 분위기를 수습할 생각도 하지 못한 채 기계적으로 프레젠테이션을 이어갔다.

스트릿브랜드로 어느 정도 궤도에 오른 우리 다온의 사업을 확장할 시기에 이르렀습니다. 이탈리아 브랜드 네오리치나 프랑스의 룬블랑쉬가, 미국은 물론 아시아까지 시장을 넓히고 있는 시점에서……

아무도 임 과장의 설명에 귀를 기울일 수 없었다. 그사이 호야가 검은 비닐을 바시랑거리더니 똑 소리를 내며 캔의 뚜껑을 땄고 이어 깔딱거리며 커피를 마셨기 때문이었다. 캔 아래쪽이 위를 향하며 비워지는 동안 '깔딱깔딱'은 겨우 두세 번밖에 들리지 않았지만, 무시할 수 없는 소리였다. 곽수진 씨와 입사 동기인 이혜린 씨가 웃음을 참으려다 사레가 들려 기침을 해댔다. 호야는 나름대로 소리를 죽이기 위해서인 듯 임 과장이 몸을 틀거나 문장을 시작하는 순간에만 움직이고 있었다. 그러니까 임 과장이 입을 열기 전 음, 하고 목을 가다듬는 동작에 맞춰 재빨리 검은 비닐에 손을 넣거나 '스트릿'의 '스'를 발음하는 순간 캔을 꺼내는 식이었다. 혼자서 '무궁화 꽃이 피었습니다'와 같은 놀이를 하는 듯 보였는데, 정작 당사자는 그 모든 동작이 무용지물임을 꿈에도 알지 못한다는 듯 무구한 얼굴이었다. 회의가 끝난 후, 혼낼 만한 백 가지 타당한 이유가 있다고 확신했을 오 대리가 호야를 불러 세웠다.

송현호 씨, 회의실에 차, 커피, 종이컵 등이 비치된 거 몰라? 꼭 캔 커피를 들고 와서, 그것도 늦게 들어와서 회의를 산만하게 만들어야 했어? 도대체 왜 그런 거야, 왜?

오 대리는 호야의 입에서 당연하게 튀어나올 '죄송합니다' 소리를 기다리는 것 같았다. 하지만 호야의 반응은 오 대리의, 아니 사무실 모두의 예상을 또 한 번 뒤집고 말았다. 그는 족제비 똥 누듯 찔끔찔끔 눈물을 흘리며 오 대리에게 말했다. 사실 호야의 눈물치고는 눈에 띄게 좀스러워 일부러 우는 게 아닌가 싶을 정도였다.

호야로 불러주십시오.

뭐, 뭐라고?

호야로 부르지 않으시면, 더는 말씀 나누지 않겠습니다.

호야는 '송현호'로 불리는 걸 싫어했다. 그는 출근 첫날에, 마치 그 점이 자신의 입사 조건이기라도 하듯 이름을 놓고 장황하게 설명한 바 있었다. "이름에 히읗이 두 개인 것은 재앙입니다, 재앙이고말고요. 부디 호야로 불러주십시오." 사실 예전에 재앙을 들먹이며 그렇게 부른 건 나였다. 그는 내가 '호야'라고 부르면 세상이 온통 제 편인 느낌이 든다며 좋아하곤 했다. "얼마나 좋습니까? 편하고 다정하게, 그냥 '호야'로 불러주세요." 호야가 절실하게 말했지만 왜 절실한지를 아는 사람은 없었다. 오 대리가 호야를 '송현호'로 부른 이유는 야단치는 입장인 만큼 적절한 거리를 두기 위해서였을 것이다. 하지만 호야는 국정원의 댓글 조작 혹은 민간인 사찰보다 더 야비한 일을 당했다는 표정을 짓고 있었다. 도무지 마를 기미를 보이지 않는 그의 눈물과 씰룩이는 두툼한 입술, 묘하게도 누군가의 떨리는 가녀린 어깨와 거의 유사하게 떨리는 둥그런 어깨 등이 한데 어울려 억울함을 호소하고 있었다.

내가 안반짝만 한 그의 등을 쓸어주며 달랬다.

호야, 오 대리가 너무 곤란해하잖아. 그만 울어.

하지만 내 말도 먹히지 않았다. 그는 오히려, 족제비가 아니라 소의 똥은 돼 보임 직한 눈물을 흘리기 시작했다.

제발, 호야. 이제 그만할 때도 됐잖아.

내가 달래려 한 게 그를 더 자극한 모양이었다. 호야가 꺼이꺼이 목 놓아 울기 시작했다.

오 대리는 으레 하는 말로 '미친놈'이 아니라 칼을 들고 의사를 위협하기도 하는 진짜 조현병 환자를 마주한 것처럼 얼어붙었다. 자신이 누군가를, 특히 손아랫사람을 울리는 당사자가 될 수는 없다고 믿는, 소위 남자다운 남자에 대한 순진한 환상을 그 나이에도 버리지 못한 게 분명한 오 대리가 쩔쩔매기 시작했다.

송현호 씨, 아니 호야 씨, 이게 울 일은 아니잖아? 그만 울어. 도대체 왜 그러나?

오 대리는 철없는 아이나 연약한 여자를 때려놓고 자괴감에 빠진, 나름 지킬 건 지킨다고 자부했는데 실수로 선을 넘어 당황한 갱스터 같은 표정이었다. 그가 애원하다시피 호야를 달랬다.

그만 울게나. 이제 꼭 호야 씨로 부르겠네.

잠시 후 울음을 그친 호야가 딱 이번 한 번만 선처를 베풀겠다는 듯 떨떠름한 음성으로 말했다.

대리님, 저는 커피를 마시지 않고서는 졸음을 쫓을 수가 없습니다. 커피를 사느라 좀 늦었고요.

오 대리는 이미 전의를 상실한 듯 보였지만, 주변 사람들을 의식해서인지 어설프게나마 위엄을 갖췄다.

하지만 회의 시간에 꼭 그렇게 커피 캔을 따야 했나? 밖에서 마시고 올 수도 있었잖나.

저만치 나가떨어진 권위의 꼬리 같은 걸 가까스로 부여잡은 오 대리의 모습은 안쓰러웠다. 그의 목소리에는, 달팽이 눈을 애벌레처럼 변형시켜 새에게 쉽게 잡아먹히도록 조종하는 기생충의 노력을 방불케 하는 절박함이 배여 있었다. 기생충이 달팽이를 거쳐 새의 배 속에 꼭 들어가려는 건 번식 때문일 텐데, 오 대리가 호야의 잘못을 짚고 넘어가려는 건 사무실의 모두가 쳐다보고 있기 때문일 거였다.

호야의 눈물은 어느새 말라 있었다. 표면적이 넓어 눈물도 쉽게 흩어지는 모양이라고, 지켜보던 곽수진 씨가 이혜린 씨에게 낮게 속삭였다. 호야가, 이해력이 부족한 수령자에게 규약을 세세히 설명하는 보험설계사처럼 간곡한 어조로 말하기 시작했다.

저는 회의실처럼 어두운 곳에서는 계속 커피를 마셔야 합니다. 게다가 따뜻한 커피는 오히려 더 잠을 불러서, 꼭 찬 캔 커피를 마셔야 합니다.

이전에 졸음과 사투를 벌이는 호야를 보지 않았더라면 오 대리는 그게 말이나 되냐며 이의를 제기했을 것이다. 하지만 오 대리를 비롯한 사무실의 모두가, 호야가 졸음을 이기기 위해 얼마나 애쓰는지 알고 있었다. 눈 아래 물파스를 바르거나 눈두덩에 빨래집게를 꼽는 유치한 방법부터 초콜릿이나 사탕을 계속 먹어대는 득보다 실이 클 것 같은 방법에 이르기까지 시도하지 않은 게 없었다. 한번은 호야가 창고에서 등받이 없는 의자를 찾아내 자신의 듀오백 의자와 바꾸기도 했다. 옆에 앉은 성 주임이 왜 그러느냐고 묻자 호야는 진중한 얼굴로 답했다.

제 뒤통수에는 수면 버튼이 있어서, 그게 눌리면 바로 잠이 들어요. 거기가 닿지 않으려면 의자 등받이가 없어야 해요.

성 주임이 코믹 만화를 볼 때처럼 킥킥거렸다. 하지만 바로 다음 순간, 그는 울고 있는 호야를 곤혹스럽게 마주해야 했다.

왜 우세요?

졸음을 참으려니 눈물이 나 봅니다.

정작 울고 싶은 건 호야의 엉덩이 아래에서 안간힘을 쓴 의자였던 모양이었다. 무게를 견디지 못한 의자는 반나절도 지나지 않아 상판과 다리가 분리되고 말았다. 호야가 넘어지자, 쿠웅, 사무실 기둥 하나가 내려앉는 소리가 났다. 어찌나 소리가 컸던지 다른 방에 있던 팀장마저 달려왔을 정도였다. 팀장은 영화 「인셉션」에서 제일 밑바닥 꿈에 떨어진 주인공처럼 황망한 얼굴이었다.

호야는 사람들이 통상 '자신과의 싸움'이라 부를 만한 졸음과의 전쟁을 쉬이 멈추지 않았다. 그는 뒤통수의 소위 '수면 버튼'이 눌리지 않도록 의자 등받이와 등이 닿는 부분에 두꺼운 책을 괴기도 했다. 하지만 뜻밖에 유연한 면이 있는 목덜미 살이 괴어놓은 책 너머로 부드럽게 넘어가는 바람에 머리가 자연스레 등받이에 닿고 말았다. 수면 버튼은 민감해서 조금만 닿아도 금방 작동했다.

사람 좋은 팀장은 호야에게 다른 방법을 찾아보라며 부드럽게 타일렀다. 그의 권고는 점잖기는 하되 흔히 아랫사람들이 가장 참을 수 없어 한다는 동어반복으로 점철되어 있었다. 평범한 사람이었다면 잔소리를 듣다 토할 수도 있는 수준이었으나 호야는 순종적이었다. 어느 날엔가 호야는 굳은 결심을 했다는 듯 의자를 옆에 둔 채 아예 일어서버렸다. 다른 사람들이 자리에 앉아 컴퓨터를 두들기곤 하는 사무실에서 호야 홀로 서류를 들여다보거나 전화 통화를 하며 서 있는 일이 잦아졌다.

사정이 이쯤 되었으니, 사무실의 그 누구도 호야의 비장한 노력을 모르려야 모를 수 없었다. 어쨌거나 호야는 회의실에서 다른 사람들을 덜 방해하는 방법을 찾아보라는 오 대리의 권고를 충실히 따른 듯 보였다. 이후로 그는 냉커피가 들어 있는 2리터들이 페트병을 든든한 소총이라도 되는 양 옆구리에 낀 채 회의실에 들어서곤 했다. 액체가 식도가 아닌 들통으로 떨어지는 듯한 가량맞은 소리가 났지만, 그쯤은 양해한다는 분위기였다. 물론 호야 역시 액체 들이켜기를 싫어하니만큼 적잖은 손실을 감수한 셈이었다. 페트병을 든 호야는 가끔 우울한 얼굴로 나를 돌아보기도 했다. 나는 호야가 왜 자꾸 조는지 알고 있었다. 호야는 나와 헤어진 후로 불면증에 시달리고 있었다.

나와 호야는 루마니아에서 처음 만났다. 소설 『드라큘라』의 모델이 되었다는 블라드 3세의 탄생지, 시기쇼아라에서였다. 내가 직장 생활 오 년 만에 연차를 모아 그곳을 택한 것은 혀에 스르륵 감길 것만 같은 도시 이름 때문이었다. 시기쇼아라, 시기쇼아라…… 신비로운 기운이 서서히 돌아 나갔다가 무한한 우주를 거쳐 다시 돌아 들어올 것만 같은 이름이었다. 실제로 도시는 적의 시체를 창에 꽂아 전시한 블라드 3세나 피를 찾아 헤매는 드라큘라의 이미지와 달리 밝고 아름다운 곳이었다. 관광지를 상대하는 데 이골이 난 관광객과 그 관광객을 상대하는 데 이골이 난 상인들 가득한 서유럽과는 다른 분위기였다. 시기쇼아라는 소박하나 정갈했고, 수줍어하면서도 꼿꼿한 기품 같은 게 넘치는 도시였다.

그러나 도시의 매력은 내가 가죽 팔찌 몇 개를 사려던 기념품 가게에서 갑자기 시들어버리고 말았다. 온 얼굴에 피어싱을 한 주인 여자가, 내가 준 오십 유로 지폐를 높이 치켜들고 목소리를 높였기 때문이었다. 주인 여자는 그 순간 나로서는 매우 절실하게 만국 공용어라 믿고 싶은 영어 따위를 들은 체도 하지 않았다. 그녀는 루마니아어를 못하는 관광객을 상대하는 게 얼마나 큰 스트레스인지 내가 알아야만 한다는 듯 쯧쯧거렸다. 내가 준 지폐가 가짜이므로 경찰을 부르겠다고 말하는 듯 위협적이기도 했다. 나는 딸꾹질을 하기 시작했다. 여자의 눈썹, 혀, 코에 박혀 있는 구슬이며 고리 따위가 사납게 번득였다. 딸꾹질이 멈추지 않았다. 흡혈귀, 딸꾹, 피, 딸꾹, 꼬챙이, 딸꾹, 딸꾹…… 속도 메슥거렸다. 어두컴컴한 가게에서 어찌할 바를 모르고 있는데 돌연 내 등을 찰싹 때린 게 바로 호야였다. 놀라서인지 딸꾹질이 멈추었다. 그는 "오, 이이런!" 하더니 한쪽 눈을 찡긋, 감았다가 떴다. 어때? 고맙지? 대충 그런 의미인 듯했다. 나중에 호야는 딸꾹질하는 내 모습이 너무 귀여워 그때 정말 멈추게 하고 싶지 않았다고 고백했다.

오래전 일이었다. 그때 호야는, 내게는 거의 천상의 언어로 들린 루마니아어로 주인 여자와 이야기를 나누더니 내게 설명했다. 주인은, 나나 내 돈을 어찌하겠다는 게 아니라 잔돈이 없으니 멀리까지 가서 바꿔 오겠다는 말을 장황하게 늘어놓았을 뿐이라는 거였다. 그제야 여자가 바깥쪽을 가리키며 돈을 흔들던 장면이 다시 그려졌다.

호야는 단순한 여행자가 아니었다. 그는 때로는 일을 하고 때로는 걸식을 하며 전 세계를 '살아내고' 있었다. 호야의 마지막 여행지 루마니아에서 그와 내가 만난 건 의지가 아닌 운명의 항로에서 일어난 일이었다. 나중에 나는 볼에 피어싱을 한 시기쇼아라의 그 여인이 호야와 나를 이어준 신비로운 매파였다고 생각했다. 우리는 피에 굶주린 드라큘라처럼 게걸스럽게 사랑에 빠져들었다.

나의 호야는 이 평원에서 저 평원으로 말을 몰고 신나게 달리는 와중에도 결코 '끝'에 대해 생각하지 않는 호기로운 젊은이였다. 그러던 그가 더는 '끝'으로부터 자유로울 수 없게 된 건 전적으로 내 탓이었다. 잔나비 밥 짓듯 되양되양하던 호야의 걸음이 느리고 무겁게 가라앉았다. 그가 가슴에 생긴 공복감을 채우기 위해 끝없이 먹어댄 것도, 아무 데나 이유를 갖다 붙여 울게 된 것도, 밤에 잠을 못 이루는 것도 모두 나 때문이었다. 나는 호야를 그대로 내버려둘 수가 없었다. 낙하산이라도 달아주지 않을 수 없었다.

다행히 호야는 곧 업무에서 잭팟이랄 만한 걸 터뜨렸다. 즉각적인 반응을 얻을 수 없는 이메일 대신 전화 통화를 시도해 그간 진행이 더뎠던 유럽 시장 진출을 성사시킨 것이다. 호야의 외국어 실력이 제대로 빛을 발한 순간이었다. 사람들은, 끝없이 먹고 울고 '오, 이이런'만을 중얼거리는 게 아니라 제법 큰일을 해낸 호야에게 기분 좋은 시선을 보냈다.

오 대리만이 예외였다. 그간의 인내심을 지구 밖 멀리, 보이지 않는 어딘가로 던져버렸는지 제대로 적개심을 드러내기 시작했다. 호야가 약하고 무능하고 얼빠진 듯만 보였더라면 모자라지 않았을 관용과 아량이, 호야가 뜻밖의 능력을 보이자 질투와 시기로 변해서였을지 몰랐다. 오 대리의 얼굴에, 누구든 지나가기만을 기다리며 309년 동안 솥을 끓인 노파에게나 볼 법한 심술이 서렸다. 지각이 가장 쉬운 표적이 됐다. 7분 늦었어. 4분 일찍 오는 게 그렇게 어려운가? 20분이나 늦을 거면 차라리 하루 쉬지 그랬나…… 오 대리는 쉽게 싫증을 내는 사람이 아니었다. 그는 단 하루도, 단 한 번도 그냥 넘어가지 않았다. 다른 직원들이 소곤거리곤 했다.

호야 씨 안됐어. 날마다 혼이 나니……

뭐가 안 돼. 호야 씨는 신경도 안 쓰는데.

미안한 표정도 짓고, 고치려고 애도 쓰잖아.

글쎄?

앞머리를 쥐어뜯는 버릇이 있는 이혜린 씨가 "글쎄?"라며 제기한 의문은 사실 타당했다. 호야는 같은 실수를 천연덕스레 반복했다. 사실 실수가 아닌 것처럼 보이기도 했다.

호야가 입사하고 세번째로 회식을 한 날이었다. 팀장이 유럽 진출에 큰 역할을 한 호야를 비롯한 팀 전체의 노고를 치하하겠다며 저녁 자리를 제안했다.

호야 씨, 어디 가고 싶어?

은성횟집입니다, 팀장님.

그래. 거기로 가자고!

삼겹살이나 닭갈비 식당보다 비싼 곳이었지만 호야는 거침이 없었고, 팀장 역시 흔쾌히 허락했다. 문제는 횟집에 도착하고서였다. 팀장이 호야에게 횟집에 가자고 말했을 때는 그곳에 예약도 하라는 뜻이었을 텐데, 호야는 그런 것을 '알아서' 하지 않았다. 씩씩하게 횟집에 가고 싶다고 말했으나 그게 다였다. 음식점 앞으로 몰려가 자리를 찾지 못했을 때 사색이 된 쪽은 오 대리였다.

예약을 안 한 거야?

오 대리가 낮은 소리로 신음하듯 묻자, 호야는 그걸 자신이 해야 했냐고 반문하듯 '오, 이이런'을 중얼거렸다. 오 대리는 이미 처음 회식 때 예약은 막내 사원이 하는 거라며 호야에게 식당 리스트를 주었고, 두번째 회식 때도 제대로 예약하지 않은 걸 단단히 꾸짖은 바 있었다. 호야는 시원시원하게 잘못을 시인했으나 세번째에도 변하지 않았다. 일행은 하는 수 없이 바로 옆에 있는 어복쟁반집으로 들어가야 했다. 팀장과 과장이 미닫이문을 통해 룸에 들어가는 것을 확인한 오 대리가 물고 있던 담배를 바닥에 팽개쳤다. 나중에 그 장면을 복기한 성 대리는, 오 대리가 바닥에 던진 후 뭉개고 싶은 대상이 담배가 아닌 호야라는 사실을 어렴풋이 알 수 있었노라고 했다. 또 다른 목격자인 곽수진 씨는, 오 대리가 호야의 얼굴에 주

먹을 날렸을 때 올 것이 오고야 말았구나 싶었는데 이상하게
도 안도감 같은 게 느껴졌다고 했다. 어쨌거나 놀라운 건 호
야의 반응이었다. 턱을 제대로 맞은 게 분명했는데도 그는 아
무렇지 않다는 듯 잠시 그 부위를 문지른 후 식당으로 들어가
버렸다. 그 일은 21세기에 직장 내 폭력이 웬 말이냐며 논란
을 일으킬 만했으나 그대로 묻히고 말았다. 당사자가 아무런
내색도 하지 않았고 불만을 표하지도 않았기 때문이었다. 심
지어 당일에도 호야는 남을 웃기고 밥을 많이 먹고 울기도 하
며 평소와 전혀 다르지 않은 모습을 보였다.

　침울해진 사람은 오히려 오 대리였다. 그는 까다로운 인터
넷 검색을 거쳐 비정제 설탕이 유기농 설탕을 의미하지는 않
는다는 점을 숙지하고 유기농 인증마크를 철저히 확인한 후
마침내 100그램당 가격 대비 가장 싼 설탕을 사고서 흐뭇해
하다가, 다음 날 그 설탕의 반값 할인 행사를 목격한 사람처
럼 억울한 얼굴이었다. 반면 호야는 유기농이든 정제든 아는
바 없고 알고 싶지도 않으나 어쨌든 생에 처음 설탕이라는 걸
맛본 사람처럼 환한 표정이었다. 오 대리는 분기탱천한 마음
을 숨기지 않았다. 그는 "나도 누구처럼 든든한 배경 좀 있었
으면 좋겠네. 사수 말은 귓등으로도 듣지 않게 말이야"라며
대놓고 호야를 비아냥거리기도 했고, "자기가 싼 똥은 자기
가 치워야지. 싸는 놈 따로 있고, 치우는 놈 따로 있나?"라며

억울함을 호소하기도 했다. 오 대리가 굳이 그렇게까지 말한 것은 주변을 의식해서, 그러니까 그가 호야에게 주먹을 날렸으나 그럴 만했다는 걸 알리기 위해서였을 것이다. 또한 스스로를 용서할 수 없어 다른 사람들의 동조라도 받고 싶어서였을 것이다.

사람들은 오 대리와 호야를 주의 깊게 보았다. 성 주임이나 곽수진, 이혜린, 그리고 가끔은 임 과장도 낀 자리에서 오 대리와 호야에 관한 이야기가 오갔다.

근데 똥 얘기가 나왔으니 말인데, 장면 제대로 그려지지 않아요?

무슨 장면?

호야 씨가 말 타고 평원 이쪽 끝에서 저쪽 끝까지 와, 소리 지르면서 달리는데 말똥이 마구잡이로 난사되는 장면. 근데 그때 오 대리가 바지 걷어붙이고 집게랑 똥통 들고 허둥지둥 치우기 시작하는 거죠.

그런데 호야가 저쪽 끝에서 어, 이쪽이 아니네, 하며 다시 다른 쪽으로 달리기 시작하는 거지.

웃음이 터졌다. 테이블을 두드리며 웃는 버릇이 있는 곽수진 씨가 너무 두드리다 커피를 쏟기도 했다. 실제로 그런 형국이었다. 복사기가 고장 났을 때도 그랬다. 호야가 대학 다닐 때 기계과였다는 사실을 용케 기억해낸 임 과장이 그를 호출한 게 화근이었다.

토너도 충분한데 왜 자꾸 흰 줄이 생기는지 모르겠네.

복사기라면 자신 있습니다, 과장님.

하지만 호기롭게 말한 호야가 한 일이라곤 육중한 엉덩이로 복사기를 쿵, 한 번 친 것뿐이었다. 복사기는 말 그대로 쿨럭거리며 기침을 해댔다. 호야는 그 소리가 복사기가 곧 회복될 조짐이라는 듯 싱긋 웃었지만, 기계는 기침 소리를 가래 끓는 소리로 바꿨을 뿐이었다. 호야는 조금도 기죽지 않았다.

이런 건 원초적 방식으로 다 해결됩니다.

그렇게 장담한 호야가 잼이 걸린 복사기 전원 코드를 아무렇게나 뽑은 건 치명적인 실수였다. 내부 장기에 심각한 손상을 입은 듯 털털거리던 복사기는 아예 먹통이 되고 말았다. 결국 수리 업체를 불러 헤드가 손상된 기계를 어르고 달랜 후 서류에 사인을 하고 경비 처리를 한 사람은 오 대리였다. 오 대리는, 잉크카트리지와 호스에 공기가 차서 그런 현상이 일어났으며, 그런 경우 절대 전원을 꺼서는 안 된다는 수리 기사의 설명에 연신 고개를 끄덕였다. 그것은 앞뒤 가리지 않고 코드를 뽑은 게 얼마나 무식한 짓인지 호야에게 알리기 위한 동작으로도 보였다. 하지만 호야는 언제나처럼 '오, 이이런' 거리며, 마치 오 대리에게 진정으로 본받아야 할 것이 '끄덕이기'라는 듯 연신 고개를 끄덕였을 뿐이었다.

나의 호야는 조금 부끄럽게도 그런 사람이었다. 정보를 분석하고 대책을 세우기보다 마음 내키는 대로 행동해 실수를 자주 하는 사람이었다. 하지만 연애 기간, 나는 그런 면에 더 매력을 느꼈다. 나의 호야는 직관대로, 고민 없이, 언제나 즐겁게 움직여서 주변에 웃음을 뿌리는 사람이었다. 자신에게 허점이 많다는 걸 충분히 알고 있기에 다른 사람의 단점을 들춰내지 않았고, 그런 데에 관심도 없는 맑은 사람이었다. 나로 인해 상처를 입어서, 슬픔을 주체할 수 없어서 끝없이 먹고 울고 졸았으나 태생적으로 밝고 건강한 사람이었다.

물론 조직에서 호야와 같은 사람이 환영받기란 쉽지 않은 일이다. 특히 체계적인 생활에 한참 익숙해져 있는 오 대리와 같은 사람으로서는 가슴이 터질 만했을 것이다. 더욱이 오 대리는 양말 한 짝을 사도 '땀 배출에 용이하도록 면 비중이 62퍼센트를 넘어야 하며, 폴리에스터는 35퍼센트를 넘지 않아야 하고, 폴리우레탄은 신축성이 있으면서도 지나치게 늘어지지 않도록 딱 3퍼센트가 적당하다'는 식의 지침이 있는 사람이었다. 그런 사람에게는, 몸이 불편해서 구걸하는 사람에게는 천 원이든 이천 원이든, 때로 기분이 난다면 만 원이나 이만 원을 주어도 술에 절어 구걸하는 사람에게는 단돈 십 원도 주지 않는다는 나름의 규율이 있게 마련이었다. 반면 호야는 날치기를 당했다며 차비를 빌려달라는 흔한 사기꾼에게도 쉽게 지갑을 열었다. 계단을 올라가며 만난 거지를 내려가다가 또 만나도 여전히 지폐를 찾아 내미는 사람이었다.

오 대리는 제 이성과 경험으로는 도저히 이해할 수 없는 호야를 더는 참아줄 수 없는 모양이었다. 호야가 하는 행동, 말 등에 과민한 것은 물론 그가 뜬금없이 입곤 하는 분홍색이나 연두색 셔츠마저 증오의 눈초리로 바라보곤 했다. 나는 호야에게 눈치껏 하라는 말을 여러 번 했지만, 호야는 내 말을 못 들은 척했다. 한계에 다다른 오 대리는 자신의 이력에 흠집을 내지 않기 위해서라도 몸을 사리던 태도를 훌렁 벗어버렸다. 오죽하면 프랑스어학원에까지 등록했을까. 그는 호야를 무용지물로 만들어 회사에서 쫓아낼 수만 있다면, 휴가를 내서 프랑스 어학 캠프라도 다녀올 태세였다. 그는 자주 과장이나 팀장이 있는 자리에서도 호야를 나무랐으며, 다른 사람들이 그를 감쌀라치면 그들에게까지 신경질을 냈다. 오 대리는 제때에 보고서를 작성하지 않은 호야에게 회사 창립 이래 가장 오래 이어졌지 싶은 잔소리를 했고, 졸고 있는 그의 어깨를 마구 흔들어대기도 했다. 호야가 제출한 서류에, 평소 조심스러운 성격에 걸맞은 연필을 쓰는 대신 적개심을 드러내는 붉은 펜을 들어 사정없이 줄을 긋기도 했다.

호야는 적어도 겉으로는 무덤덤해 보였다. 여전히 커피가 든 페트병을 들고 회의에 참석했으며 자주 졸았고 자잘한 업무를 잊어버렸다. 그러나 나는 미약하나마 변화를 감지했다. 호야는 언제부터인가 출근하면서 김밥이나 샌드위치를 하나 더 사서 들고 오지 않았다. 회사든 회식 자리든 온갖 이유를 갖다 붙여 훌쩍거리는 횟수도 줄었으며, 오 대리가 화를 낼 때 더는 영문을 모르겠다는 표정을 짓지도 않았다. 나중에는 나뿐만 아니라 모두가 알아차릴 정도로 변했다. 호야는 실실 웃으며 죄송하다거나 반드시 시정하겠다고 하며 어물쩍 상황을 넘겼던 이전과 태도를 달리했다. 심지어 오 대리에게 불려간 호야가 '오, 이이런!'을 중얼거리지도 웃지도 않은 채 말없이 사무실을 나가버린 일도 있었다. 모두가 놀란 토끼 벼랑바위 쳐다보듯 눈을 휘둥그레 떴다. 오 대리 역시, 바위를 차도 제 발부리만 아프고 말았던 이전과 달라진 걸 깨달았는지 호야가 사라진 쪽을 한참 바라보았다.

어느 날 호야는 분위기를 풀어보려는 과장이 제의한 회식 자리에서 처음으로 술을 마셨다. 밥 먹을 공간을 아긴다던 그의 배에 끝도 없이 술이 들어갔다. 모두 호야가 술에 취한 후 오 대리를 식당 밖으로 던져버리지나 않을까 걱정했지만 그런 일은 일어나지 않았다. 호야는 말짱했는데 다만 이전처럼 헤프게 웃거나 울지는 않았다. 직원들은 호야가 밥만큼이나 술도 아주 많이 마실 수 있다는 사실을, 그날 처음 알았다.

사무실 분위기가 조금씩 변했다. 호야 때문에 웃는 일보다 호야 때문에 긴장하는 일이 잦아졌다. 지치지도 않고 호야를 몰아세우는 오 대리는 점점 기운이 나는 듯 보였고 젊어지는 것도 같았다. 호야의 바지가 조금 헐렁해졌다는 사실을 눈치챈 사람은 나밖에 없었다. 내가 아버지와 큰아버지를 통해,

그리고 다시 팀장을 통해 오 대리에게 나와 호야 이야기를 슬쩍 흘린 건 그 무렵이었다.

아직 겨울을 포기하지 못한 소소리바람이 불기 시작할 즈음, 호야가 며칠째 결근을 했다. 몸이 안 좋다는 핑계였지만 회사에 갈 수 없을 정도는 아니었다. 내가 일어나라고 다그쳤으나 호야는 꿈쩍도 하지 않았다. 곰이나 다람쥐가 아닌데도 겨울잠에 빠지려는 듯 소파에 누워만 있었다. 잃어버린 무언가를 오래 찾아 헤매다가 문득 그 '무언가'가 뭐였는지를 잊어버리고 만 사람처럼 멍했다. 이틀, 사흘이 지나갔다.

미세먼지며 초미세먼지가 똬리를 튼 채 내려앉은 저녁, 뜻밖에 오 대리가 호야를 찾아왔다. 보라색 계열의 체크무늬 목도리를 칭칭 휘감은 호야가 문 앞에 선 오 대리를 멀뚱히 쳐다보았다. 오 대리는 금방 그 목도리를 알아본 듯했다. 나는 루마니아 여행 후 색이 조금씩 다른 목도리를 직원들 모두에게 선물한 바 있었다. 오 대리에게 준 것은 아마도 노란색 계열이었을 것이다. 오 대리가 안으로 들어서며 종이 가방을 들어 보였다.

아프다고 해서 전복죽 사 왔네.

하지만 호야는 오 대리의 목소리에 반응하지 않은 채 소파에 가만히 앉았다. 대책 없이 가파른 절벽을 올랐다가 굴러떨어지기 직전의 상태에 이른 우울한 바다코끼리 같았다. 그 순간 오 대리와 나는 같은 것을 보았다. 심연에서 길을 잃은 거대한 슬픔의 덩어리가 불이 아닌 눈물로 제 살을 태우는 모습…… 그랬다. 그날은 내가 죽은 지 일 년째 되는 날에서 사흘이 지난 날이었고, 호야가 내 유언에 따라 내가 일했던 회사에 들어간 지 여섯 달이 조금 못 된 날이었다.

곽수진 씨와 이혜린 씨처럼 오 대리와 나는 입사 동기였다. 나는 입사 오 년째에 스스로에 대한 포상으로 동유럽 여행을 떠났고 거기서 운명적으로 호야를 만났다. 호야와 나는 그 운명이 그때 이미 음흉한 칼로 내 목을 반이나 긋고 있는 걸 알지 못했다. 사랑에 취한 우리는 시작한 순간 이미 끝을 향해 달려가는 행복의 속성에 관해서도 알지 못했다. 둘 중 누구도 우리의 사랑에 개스트릭 어쩌고 하는 학명을 가진 위험한 놈이 함께했음을 눈치채지 못했다. 호야가 귀엽다고 한 내 딸꾹질은 위선암의 초기 징후였다. 근심 하나 없는 사랑 일 년, 근심만 가득한 사랑 일 년, 그렇게 이 년을 보냈다. 내가 죽은 후 호야는 빠른 속도로 슬픔의 살을 불리며 그 살에 자신을 파묻어버렸다.

오 대리가 호야의 어깨를 두드렸다. 호야가 졸 때마다 거칠게 흔들어대던 신경질적인 손길이 아니었다. 호야 씨! 오 대리가 호야를 거의 안다시피 하며 흔들었다. 의미를 받아들이거나 내보내려는 노력을 포기한 듯한 망아의 덩어리가 힘없이 흔들렸다.

호야 씨. 전에 내가 말했지. 내가 언제 한번 엎어치기 해준 다고.

호야가 겨우 조금, 고개를 움직였다.

오늘 제대로 한번 상대해주지. 자, 일어나봐.

호야의 고개가 조금 더 움직였다. 그의 눈이 분명 오 대리를 보고 있었다.

내가 왕년에 80킬로그램짜리 쌀가마니를 번쩍번쩍 들었다니까?

쌀가마니와는 전혀 다른 세계에 있을 호야의 동공은 아직도 흐리멍덩했지만, 오 대리는 포기하지 않았다.

자, 어서……

오 대리가 호야를 자리에서 억지로 일으켰다. 호야가 겨우 입을 열었다.

왜 이러십니까, 대리님?

오 대리는 대답 없이 다짜고짜 호야에게 덤벼들었다. 인간이 힘을 극한까지 끌어올리면 몸무게의 세 배까지 들 수 있다고 했던가. 만사 철두철미한 오 대리는 틀림없이 자신의 나이와 운동 상태 등을 고려했을 터였다. 제 무게의 두 배를 넘지는 않으니 어떻게든 호야를 넘어뜨릴 수 있다고 생각했을 것이다. 하지만 그가 미처 계산하지 못한 게 있었다. 호야는 오 대리가 잠시만 들었다가 놓으면 되는 바벨이 아니었다. 등에 지고 빠른 걸음으로 옮기기만 하면 되는 쌀가마니도 아니었다. 오 대리의 얼굴에 피가 죄다 쏠렸건만 호야의 몸은 꿈쩍도 하지 않았다.

생전의 나는 오 대리를 연인으로 받아들이지는 않았으나 충분히 신뢰할 수 있는 친구이자 동료로 여겼다. 오 대리는 까다롭고 고지식했지만 살 부딪고 사는 세상살이를 모르지 않았다. 나는 그가 수족관 속 미꾸라지를 살리는 메기 역할을 해주기를 바랐다. 동시에 함께 수족관을 헤엄치는 미꾸라지 역할도 해주기를 바랐다. 오 대리는 한때 좋아했던 나를 위해 조금, 아주 조금 더 힘을 썼다. 사람이 아니라면 불가능한, 반드시 사람이어서 가능한 힘을……

어, 어, 오, 이이런!

부지불식간 바벨과 쌀가마니의 세계로 온 호야가 어벌쩡하게 소리를 지르는가 싶더니, 번쩍 몸이 들렸다. 하지만 점심에 육개장 보통 한 그릇만을 먹는 자의 힘은, 기본으로 곱빼기를 먹으면서 밥 한 그릇을 더 추가해온 자의 무게를 감당하지 못했다. 찰나의 순간 오 대리가 우당탕 넘어지며 거대한 호야의 몸에 깔리고 말았다. 크고 작은 두 덩치가 민망한 자세로 포개졌다. 호야가 간신히 몸을 옆으로 돌리자, 찌부러진 안경 아래로 코피를 철철 쏟고 있던 오 대리가 크게 숨을 내쉬었다.

보라색 목도리가 두 사람을 덮고 있었다. 엎어치기를 시도

한 사람과 엎어치기를 당한 사람이 바투 붙어 누워 있는 모습은 애잔했다. 내가 조용히 다가가자 두 남자가 동시에 나를 바라보았다. 여간해선 울지 않는 오 대리의 눈에 눈물이 그렁그렁 맺혀 있었다. 호야가 낙동강 하류처럼 넓게 퍼지는 눈물을 흘려대며 통곡을 했다. 우는 남자의 어깨를 토닥여준 건 내가 아니라 오 대리였다.

오렌지
하트

거리가 과자 부스러기 흩어진 것처럼 어수선했다. 원래도 바스러짐을 어찌하지 못한 바나나킥이 급기야 봉지째 세게 눌린 후 튀어나와 가루를 날린 듯했다. 그간 어울릴 기회만 노리고 있었을 봄철 꽃가루와 미세먼지가 얼싸안고 뭉쳐 다니는 데다, 거리로 선거 유세를 나온 사람들이 부산스러움을 더한 탓이었다.

건우는 노랗고 부연 공기를 헤집고 전철역까지 가는 일이 피곤하게 여겨졌다. 하필 버스가 파업해서 전철을 타야만 한다는 사실 때문에 더 심란했다. 종각에서 이태원까지 가려면 1호선을 타고 동묘까지 가서 6호선으로 갈아타야 했다. 택시를 타면 간단했다. 하지만 가게 문을 일찍 닫고 나선 마당에,

내키지 않는 더블데이트를 위해 택시비까지 지출하기가 싫었다. 퇴근 무렵이라, 미터기 올라가는 소리만 들으며 꼼짝없이 도로 한가운데 묶일 수도 있었다.

그러지 않아도 건우는 가게 앞에서 구두를 수선하는 양씨가 한소리 하는 것을 들었다. 젊은 사람이 착실히 벌어서 빨리 일어설 생각을 해야지. 무슨 대단한 일이 있다고 일찍 문을 닫고 나가누? 양씨가 보조기를 댄 왼쪽 다리를 쭉 폈다 다시 접으며 말했다. 그는 월남전 파병을 그다지 자랑스러워하지 않아서 빨간 재향군인회 마크나 군복 재킷이라면 질색을 하는 사람이었다. 건우는 자신이 여태 한 번도 상가 휴일 아닌 날 쉬어본 적이 없고 일찍 문을 닫은 적도 없다고 말하려다 그만두었다. 몸이 좀 안 좋아서 간다고 하면 그나마 욕을 덜 먹을 것 같아, 그렇게 변명을 하고는 도망치듯 자리를 떴다.

건우는 홍보지를 주려는 사람들을 피해 급히 걸음을 옮겼다. 그럼에도 불구하고 기어이 누군가에게 붙잡힌 건, 그래도 택시가 낫지 않을까 생각하며 잠시 머뭇거린 탓이었다. 왜가리가 버들치를 낚아챌 때보다 더 빠른 속도로 홍보지 한 장이 건우의 손에 쥐어졌다. 중년의 여인이 머리를 쑥 들이밀며 건우에게 말했다.

혁명배당금당! 주민등록증만 있으면 매달 백오십만 원씩 받습니다. 로또예요, 그냥 로또!

여자가 쓴 오렌지색 모자가 별안간 나선형으로 꼬이며 긴

창의 형태를 만들더니 건우의 눈을 찔렀다. 건우는 반사적으로 눈을 감았다. 음경이나 항문 사이 어디쯤 잠복해 있었을 불쾌한 기운이 혈관을 타고 세포를 휘감으며 스멀스멀 머리 끝까지 올라왔다. 건우는 여자의 모자를 벗겨 멀리 던져버리지 않고서는 발을 뗄 수 없을 것만 같았다. 후욱, 후욱. 크게 심호흡을 했다. 들이쉬고 내쉬고, 들이쉬고 내쉬고…… 아침에 틀림없이 약을 챙겨 먹었다는 사실을 상기했다. 봉지를 뜯고 물과 함께 알약을 삼켰다. 분명히……

총각 어디 아파? 왜 그래?

영문을 모르는 여자가 건우가 떨어뜨린 홍보지를 재차 손에 쥐여주며 물었다. 건우는 여자를 제대로 보지 않으려 눈을 내리깐 채 홍보지를 무기력하게 받아 들었다. 거리 여기저기에서 목청껏 외치는 소리가 들렸다. 홍익당, 혁명배당금당, 결혼미래당, 묘견사랑당…… 건우의 머릿속에 당당당, 소리가 울렸다. 건우가 여자의 검은색 재킷으로 시선을 옮긴 후 가까스로 몸을 돌렸다. 오렌지색 모자에 달려들어 기광을 부리지 않은 스스로가 대견했다.

여자가 너무 바짝 고개를 들이민 탓에 눈이 마주쳤기 때문이었을 것이다. 눈이 마주치면, 눈동자에 그 사람의 축소된 전신상이 들어오면서 순식간에 전부가 보였다. 건우는 누군가를 결코 제대로 보고 싶지 않았다. 그건 너무 고단하고 또 위험한 일이었다. 그래서 건우는 거의 땅만 보며 걸었다. 어깨를 구부정하게 하고서, 정면으로 누군가를 다 보게 되는 일이 없도록 극도로 조심하면서…… 가게에서도 건우는 손님이 내민 휴대전화기만 들여다보고, 건네주는 카드나 현금에만 시선을 두었다. 처음에는 어려웠으나 하다 보니 요령이 생겼다. 문을 열고 들어서는 순간 얼른 고개를 숙이고 인사하며 손님의 신발을 내려다보는 게 방법 중 하나였다. 옷, 모자, 가방 등에는 주황색이 섞여 있어도 신발이 주황색인 경우는 거의 없었다.

건우가 주황색, 그러니까 오렌지색에 민감하고 사람들과의 접촉을 꺼리며 특히 눈을 보지 못하는 건 오렌지 하트 사건 때문이었다. 그 사건 후로 건우는 작은 스트레스에도 엄청난 통증을 느꼈다. 목덜미가 당겼고 어깨가 아팠고 배 속이 온통 뒤틀리는 느낌이었다. 이후로는 오렌지는 물론 귤이며 자몽 등 주황색 나는 과일이 있는 가게 근처에도 잘 가지 못했다. 물론 전적으로 그 사건 때문만이라고는 할 수 없었다. 세번째 직장에 다니던 당시의 건우는 털이나 가죽이나 날카로운 발톱도 없이 매일 포악한 짐승들을 마주해야 하는 원시인처럼 살았다. 잘 때조차 철모, 수통, 탄통 등으로 완전군장을 한 채 행군하는 것 같기도 했다. 혹독한 과정을 치르고 들어간 직장이었는데, 들어간 후 더 혹독한 상황에 놓였다. 건우는 현대 의술로 강박증이 치료가 되기도 한다는 걸 안 후 꾸준히 약을 먹었고 이런저런 대처법을 병행했다. 덕분에 상태가 호전되었는데, 그래도 여전히 지하철은 어려웠다. 건우는 여간해서는 지하철을 타지 않았고 어쩌다 타게 되어도 결코 자리에는 앉지 않았다. 오렌지 하트는 이제 모두 사라졌지만, 건우에게는 여전히 악몽의 흔적으로, 여분의 재앙으로 남아 있었다.

로또라며 광고지를 건네준 여인은 하필 오렌지색 모자를 쓰고 있었고, 심지어 눈이 마주치기까지 했다. 건우는 분노가 치솟으면서 정신이 아득해지려는 것을 가까스로 누른 후 서둘러 계단을 내려갔다.

건우는 홍보지를 건네준 여인 때문에 시간이 지체된 것 같아 초조했다. 동묘에서 갈아타면 삼십 분 안에 약속 장소에 갈 수 있으니 제시간에 도착할 수 있을 거였다. 하지만 아무리 해도 결국 늦을 거 같은, 먼저 온 이들이 모두 불만스러운 표정으로 건우를 맞이할 거 같은 불안감이 치솟았다. 건우는 모처럼 현수와 현수의 여자 친구까지 만나야 하는 날이니만큼 긴장해서 그럴 뿐이라고, 심각한 일은 절대 일어나지 않으리라고 생각하며 마음을 추슬렀다. 하지만 지하철 역사로 향하는 계단을 내려가는 일마저 쉽지 않았다. 건우는 오른쪽에 바짝 붙어서서 손잡이를 붙들다시피 하며 가까스로 걸음을 옮겼다. "주변을 긍정적으로 바라보는 게 중요합니다." 건우가 의사의 말을 떠올린 후 머릿속으로 반복해보았다. 주변을 긍정적으로…… 그러고 보니 올라오는 사람들, 내려가는 사람들 대부분이 오른쪽으로 다니니 가운데로만 가지 않으면 사람들과 부딪히지 않을 것 같았다. 긍정적으로, 오른쪽으로.

건우가 제대한 직후 온 나라에 '우측통행' 안내문이 붙기 시작했다. 이전에 익숙했던 '좌측통행'이, 한여름 아이스커피 잔에 담긴 얼음 녹듯 순식간에 사라지는 것을 보았다. 길에서도 계단에서도 무빙워크에서도 에스컬레이터에서도 사람들은 오른쪽으로 다녔다. OECD, G20, GDP를 운운하며 거론된 시민의식이, 실력 있는 목수에 의해 사람들의 이마 가운데 야무지게 콕 못 박힌 것 같았다. 건우는 의식이나 습관이 그렇게나 빨리 바뀔 수 있다는 사실에 놀랐다.

건우는 '긍정적으로, 오른쪽으로'를 되뇌며 가까스로 개찰구를 통과했다. 떨군 고개를 재빨리 치켜들고는 방향을 잡았다. 한여름에 머플러를 목에 친친 감은 것처럼 갑갑한 느낌이 들었다. 전철에 들어서자 목에 감긴 머플러를 급기야 누군가가 의도적으로 세게 조이는 듯했다. 상상했던 것보다 훨씬, 사람들이 많았고 견디기가 어려웠다. 건우는 아무리 노력해도 옆 사람이나 뒷사람과 부딪치지 않을 재간이 없다는 사실에 승복하기 위해 애를 썼다. 저항은, 밟혔을 때 꿈틀거릴 정도의 힘이라도 있는 사람만이 할 수 있다. 숨쉬기도 어려운 건우는 그런 저항마저 사치라고 생각했다. 서울 천만 인구가 공평하게 감당해야 할 상황을 순순히 받아들이고자 했다. 하지만 의지와 달리 몸이 풀어지나 싶더니 사지에 힘이 빠지기 시작했다. 맑은 물에 떨어진 검은 잉크처럼 천천히, 나른하게……

건우는 해와 달 오누이가 동아줄을 잡듯 전철 손잡이를 꼭 쥔 채 몇 푼 더 벌자고 여섯시에 딱 맞춰 문을 닫은 스스로를 탓했다. 여간해서는 러시아워에 움직이지 않던 그였다. 하지만 높은 깔세를 내고 임시로 얻은 매장이니만큼 오천 원짜리 휴대폰 케이스 하나라도 더 파는 게 절실했다. 처음에 건우는 여기서 그런 게 팔릴 리가 없잖아, 라며 현수의 제안을 거절했다. 하지만 그 일대를 죄다 꿰고 있다는 현수가 장담했다. 무조건 될 거야. 안 되면 내가 인수할 테니 걱정 마. 신기하게도 현수 말이 맞았다. 종로며 종각 근처를 오가는 노인들이 서운치 않을 만큼 매상을 올려주었다. 친구들에게 선심을 쓰려는 건지, 가족들에게 나눠주려는 건지 몰라도 고리형 거치대를 몇 개씩 한꺼번에 사는 사람들이 있었다. 필름을 갈아달라거나 다른 케이스가 없냐며 자주 들르는 단골들도 생겼다. 다행스럽게도 오렌지색 케이스나 액세서리를 특별히 지명하여 찾는 손님은 없었다. 오천 원짜리 지문방지용 필름이건 만 원짜리 강화유리형 필름이건 수월찮게 팔려나갔다. 월급이 밀리거나 대표가 때리거나 투잡을 뛰는 상사가 보험을 강요했던 이전 직장보다야 백배 나았다.

현수는 건우가 세상으로부터 자신을 완전히 밀폐시키려던 순간에 손가락 하나를 끼워 넣고 악착같이 문을 열어준 친구였다. 천성적으로 밝은 현수는 퍼렇게 멍든 손가락을 후후 불며 건우에게 호호 웃어주었다. 그래서 건우는 현수의 이런저런 단점을 못 본 척하며 수용했고 현수의 부탁이라면 거절하지 않았다. 건우가 다른 누군가의 제안이었다면 절대로 받지 않았을 더블데이트를 수락한 것도 그런 맥락에서였다.

야, 만난 지 육개월이나 됐다고? 나한테 이럴 수 있어? 어떻게 감쪽같이……

건우는 현수가 자신을 돈 떼먹고 달아나려는 친구 대하듯 했으므로 윤아를 소개하는 데 동의하지 않을 수 없었다. 현수는 마침 제게도 공들이고 싶은 여자 친구가 생겼으니 같이 만나자고 제안했다.

바지 주머니에 넣어둔 휴대전화기가 짧게 진동했다. '전철 탄 거예요? 괜찮겠어요?' 근심 어린 이모티콘을 덧붙인 윤아의 메시지였다. '괜찮아. 잘 가고 있어.' 건우는 홍보지를 옆구리에 끼운 후 급히 답신을 보냈다. 전철 타기 전에 홍보지를 버렸어야 했다는 생각이 그제야 들었다. 불안했다. 늦으면 안 되는데…… 제 여자 친구를 배려해서 늦지 말라고 당부한 현수도 현수지만 낯선 사람과 만나는 게 두려울 윤아도 걸렸다. 모험을 감수해야 할지 모를 자리로 가면서 윤아 역시 자신과 마찬가지로 적잖이 긴장하고 있으리라 여겨졌다. 더군다나 약속 장소인 이태원은 내국인을 비롯해 외국인까지, 격렬하고 다급하게 시간을 즐기려는 사람들로 북적거리는 곳이었다. 건우와 윤아는 사람 많은 곳을 좋아하지 않았다.

윤아는 가게에 자주 드나드는 오씨 노인의 손녀였다. 노인이 강제로 밀어붙여 이뤄진 어색한 만남이었는데 어찌어찌 이어지고 있었다. 윤아도 건우처럼 수줍음이 많고 조용해서 사실 의외로 잘 맞았다. 윤아는 기지 넘치는 우스갯소리를 할 줄 몰랐고 재기발랄하게 수다를 떨지 않았다. 그림자 쫓는 햇빛처럼 상대의 시선을 집요하게 쫓거나 배경을 캐려 들지도 않았다. 그러므로 언젠가 윤아가 건우에게 사주, 관상 등을 써 붙인 천막을 가리키며 "저런 것도 공부했어요?"라고 물었던 건 약간 의외였다.

건우는 서양철학을 전공했지만 동양철학 관련 서적도 많이 읽었다. 수, 목, 화, 토, 금, 식상생재, 재생관, 관생인, 인생일주, 삼사라, 삼계 육도…… 하지만 건우는 그 모든 게 부질없다고 생각했다. 한 세계가 우주의 원리에 따라 돌아가거나 혹은 참고 견디고 죽어 다시 환생하리라 믿기보다 언제든 그 즉시 옮겨갈 수 있는 다른 세계가 있다고 믿고 싶었다. 가령 매달 백오십만 원을 지원하는 혁명배당금당이나 청년사회상속제를 실천하는 정의당이 정말로 존재하는 세계 같은 곳 말이다. 건우가 학부 논문으로 썼던 에피쿠로스학파의 가설에 의하면 원자들의 우연한 충돌로 그 즉시 옮겨갈 수 있는 다른 세계가 존재했다. 건우는 지금 사는 세상이 신이 선택한 최상의, 다른 세계와 공존 불가능한 완벽한 세계라고 생각하고 싶지 않았다. 건우에게 최상, 완벽 등의 단어는 오히려 탈출 불가능 혹은 영구 수감 등의 단어와 유사하게 다가왔다.

공부 안 했어요, 저런 거. 건우가 약간 화가 난 듯 무뚝뚝하게 답하자 윤아가 어쩔 줄 몰라 했다. 건우는 윤아가 너무 미안해서 오히려 미안해졌다. 윤아를 좋아하게 된 게 그 시점부터였는지 모르겠다. 하지만 건우는 윤아를 현수에게 보여줄 정도로 좋아하는지 확신할 수 없었다. 반년을 사귀었건만 두 사람의 관계는 영화관이나 공원에서 가끔 손을 잡는 정도에 머물러 있었다.

휴대전화기가 또 부르르 떨었다. 현수가 보낸 문자였다. '늦으면 네가 술값 내는 거다.' 아버지가 물려준 꽃집에서 일하는 현수는 아침부터 서둘렀다. 아버지 몰래 가게를 아르바이트생에게 맡겨놓고 일찌감치 광화문으로 간다 했다. 수지는 한마디로 개념녀야, 개념녀. 현수는 매주 수요일마다 일본 대사관 앞 집회에 참석하는 여자 친구를 그렇게 소개했다. 자신에게 과분한 여자라는 말도 덧붙였다. 자기네가 집회 후 세미나에 들렀다가 이태원으로 갈 테니 늦지 말고 일곱시 전에 도착해 있으라는 게 현수의 당부였다. 수지가 시간 어기는 거 엄청 싫어하니까, 꾸물거리지 마라.

시간 어기는 걸 싫어하기로 따지자면 건우도 만만치 않았다. 제가 기다리는 것도 못 견뎠지만 남을 기다리게 하는 건 더 못 견뎠다. 건우는 열 번도 더 했을 과정을 반복했다. 휴대전화기 지도 앱을 켜서 현재 위치를 입력하고 약속 장소까지 걸리는 경로와 시간을 확인한 후, 전철역에서 정확히 어떤 동선으로 가야 할지 머리에 새겼다.

종로3가에 이르자 육군 한 소대쯤은 되어 보이는 사람들이 우르르 들어왔다. 건우는 이미 승복도 했고 저항은 더더군다나 하지 않았건만 심장이 제멋대로 뛰는 걸 어찌하지 못했다. 다시 의사의 말을 떠올렸다. "스트레스를 유발하는 상황을 벗어나는 게 중요합니다. 어디로든 생각을 돌리세요." 건우는 제 몸의 근육이 조금씩 사라지는 세계를 상상했다. 1센티미터씩, 1그램씩 건우의 살이 몸에서 조금씩 떠나가기 시작했다. 입고 있는 검은 점퍼가 헐렁해져갔다. 뼈만 남은 앙상한 몸의 남자가 지하철 창에 비쳤다. 아니야. 그래선 안 되지. 건우가 다분히 엽기적인 형상을 지우려 애쓰며 저도 모르게 고개를 가로저었다. 몸이 뜨거워지면서 관자놀이 부근이 부푸는 느낌이 들었다. 관자놀이에서 하얀 달걀 하나가 툭, 빠져나올 것만 같았다. 다시 한번 숨을 들이쉬고 내쉬기를 반복했다. 배를 부풀렸다 집어넣었다 하는 단전호흡은, 자율신경실조증과 더불어 강박증이 온 후 약보다 더 효력을 낸 방법이었다. 하지만 다른 사람들과 등과 배도 붙은 상황에서 호흡을 제대로 하기란 쉽지 않았다. 건우는 사람들 눈에 띄지 않을 다른 방법을 떠올렸다. 그렇지. 발가락이 있었지. 건우가 발가락을 꼼지락거리기 시작했다. 왼쪽 새끼발가락부터 천천히 오른쪽으로 옮겨가며 피아노 건반을 누르듯 신발 바닥을 짚었다. 넷째 발가락과 셋째 발가락을 분리하는 게 쉽지 않았다. 다시 셋째에서 둘째로, 첫째로, 차분히, 조심스럽게…… 온몸에서 벌떡거리던 게 조금씩 잦아들고 있었다.

전철이 동대문에 이르자 우르르 사람들이 내렸다. 건우는 그들을 따라 내리고 싶은 마음을 가까스로 눌렀다. 얼마나 가뿐할까, 얼마나 시원할까, 부러워하다 보니 전철에서만 내리면 틀림없이 신이 선택한 최상의 세계 같은 곳에 도달할 것 같기도 했다. 그러나 금방, 내린 사람보다 더 많은 사람이 올라탔다. 건우는 한 정거장만 더 가면 비교적 덜 붐비는 6호선을 탈 수 있다는 걸 위안 삼으며 이를 악물었다.

과연, 동묘에서 6호선으로 갈아타자 공간이 훨씬 넓어졌다. 건우는 거듭 시간을 확인한 후 겨우 여섯 역에 불과하다며 스스로를 안심시켰다. 시루떡 쌓듯 일을 쌓아주던 예전 직장 상사에게 종일 시달린 기분이었는데 정작 시간은 겨우 십 분이 지났을 뿐이었다. 생각을 돌려야 했다. 생각을 다른 데로…… 건우는 속으로 되뇌며 검은 창에 시선을 두었다. 뒤로 비치는 사람들이 모두 흐릿해 보여 그나마 다행이었다. 빗줄기처럼 가느다란 선이 창밖으로 떨어져 내리는 걸 보며, 건우는 에피쿠로스학파의 원자 운동을 상상하기로 했다. 논문의 초록이 희미하게 떠올랐다. 원자들이 갑자기 경로를 이탈해 다른 원자와 충돌하는 경우, 예기치 못한 연쇄 반응이 일어나고 이로 인해…… 건우는 수직으로 평행을 이루며 떨어지던 원자 하나가 다른 원자와 툭 부딪히는 이미지를 그렸다. 지금과는 전혀 다른 전철 안 풍경이 펼쳐졌다. 노릇하게 구워진 가래떡을 쩝쩝거리며 먹는 할머니, 지하철 내부를 뛰어다니다가 엄마 손에 붙들려 엉덩이를 맞는 아이, 동그란 손잡이를 운동기구 삼아 턱걸이 운동을 하는 중학생들…… 원자의 충돌로 탄생한 그 세계는 거의 십 년 혹은 이십 년 전 지하철 풍경이었다. 시민의식을 비롯한 갖가지 의식들이 지금처럼 만연해 있지 않던 시절이었다. 건우는 그보다 더 전, 그러니까 가게에 들른 노인들이 입 심심한 걸 못 견디며 읊곤 하던 옛 시절, 아마도 전철보다 버스나 기차가 더 익숙했을 그 시절도 떠올려보았다. 버스 맨 뒷자리에 앉아서 담배 한 대딱 꼬나물고 창문 살짝 열면, 그 연기 날아가는 모습이 얼마나 멋졌는지 몰라. 가평 알아, 가평? 거기 가는 기차 안에서 기타 치고 노래하고 술 마시고 다 했어. 지금처럼 보이지도 않는 이어폰 끼고 혼자 중얼거리면 그대로 미친놈 취급받았을 거야. 하하…… 들어봐. 남자 셋이 식당에 앉아 술을 마시려고 술병을 딱 들었대. 그런데 갑자기 주인 할망구가 기겁하며 병을 빼앗더래. 남자들이 왜 그러냐고 물었더니 할망구가 합죽한 입으로 말했대. 술은 지집이 따라줘야 제맛이지. 노인들은 그런 이야기를 끝도 없이 들려주며 담배 피우는 호랑이처럼 웃곤 했다. 시종 머리를 숙이고 고개를 끄덕이는 건우가 자신들의 추억담을 좋아한다고 여기는 듯했다. 기실 이야기가 흥미롭지 않은 건 아니었다. 하지만 건우는 그런 세상은 아무리 원자들이 부딪쳐도 다시 올 수 없는, 누군가에게는 다시 와서도 안 될 세상이라는 걸 모르지 않았다. 건우가 지금 사는 세상에서는 그런 게 낭만이라는 데 동의하면 오류투성이, 무뢰한 취급을 받기 딱 좋았다. 건우는 오류투성이, 무뢰한 취급을 받은 경험이 이미 있었다.

지하철 안내방송에서 한강진이라고 알리고 있었다. 건우는 마침내 한 정거장만 남았다는 사실에 안도했다. 겨우 한 정거장이다. 건우는 여전히 창에서 눈을 떼지 않은 채 루크레티우스가 원자들의 이탈을 뭐라고 명명했는지 떠올리려 애썼다. 분명 논문 제목에도 그 단어를 썼는데…… 네 글자인 것만은 확실했다. 뭐였더라? 뭐였지? 노려보고 있던 검은 창이 서서히 밝아지더니, '이태원'이라는 글자가 선명하게 보였다. 건우는 생각해내지 못한 네 글자에 대한 미련을 버리고 서둘러 전철에서 내렸다. '이, 태, 원, 역'이라는 네 글자여도 상관없겠다는 생각을 했다.

약속까지 십 분이 남아 있었으므로 건우는 안도했다. 현수가 식당에 먼저 도착했다고 문자를 보내왔지만, 식당은 일 분거리이니 걱정할 게 없었다. 곧 윤아가 언제나처럼 무채색 계열의 수수한 원피스를 입고 나타났다. 건우는 윤아가 다른 젊은 여자들처럼 원색의 옷을 입거나 가방을 드는 걸 본 적이 없었다. 윤아의 몸에 두른 어떤 것이든, 가령 스카프나 작은 액세서리까지도 언제나 조금쯤 숨이 죽은 듯 보였다. 건우는 무료하거나 허무해서가 아니라 그저 약간의 고독을 바랄 뿐이라는 듯한 방어적인 그런 색채가 마음에 들었다. '나를 봐 달라'고 호소하는 듯한 원색은 질색이었다. 특히 오렌지색. 건우는 사건을 빼고 오렌지색에 과민하다는 사실만 윤아에게 간단히 언급한 바 있었다. 윤아는 이유를 설명할 수 없다는 건우에게 꼬치꼬치 따져 묻지 않았다.

남도 음식 전문점이라는 식당은 다행히 크게 붐비지 않았다. 건우는 시야에 선명히 들어오는 오렌지색이 없다는 데에 우선 안도했다. 가끔 무언가를 끓여 먹는 곳에서 손님에게 주는 앞치마가 그 색인 경우가 있었다. 건우는 그런 게 있는 식당에는 절대 가지 않았다. 하긴 그 정도야 현수가 이미 확인했을 거였다. 언젠가 현수가 이렇게 말한 적 있었다. 가끔 주황색 달리아나 장미로 꽃다발 만들면 네 생각이 난다니까? 다행히 너랑 내가 사는 세상에 주황색은 그리 많지 않더라.

건우와 윤아가 들어서자, 티슈로 입술을 닦아내고 있던 수지가 현수와 함께 일어서서 두 사람을 맞았다. 현수 말대로 수지는 술잔에 묻을까 봐 립스틱을 미리 닦아내기도 하고 예의 바르게 일어서서 인사를 할 줄도 아는 개념 있는 사람인 듯했다. 건우는 그때까지도 손에 쥐고 있던 홍보지를 수지가 티슈를 버린, 테이블 아래 쓰레기통에 던졌다. 현수가 먼저 윤아에게 인사했다.

말씀 많이 들었습니다. 궁금했는데 이 녀석이 어찌나 빼던지, 오늘에야 뵙습니다. 반가워요, 정말 반갑습니다.

건우는 현수처럼 길게 말할 자신이 없었다. 머뭇거리다가 겨우 혼자 중얼거리듯 반갑습니다, 했다. 윤아와 수지도 인사를 나누었다. 현수가 미리 안주를 주문해놓았다며, 나름 이태원 맛집이라니 많이들 먹자며 분위기를 돋웠다. 문어숙회며 육전 등의 안주가 술과 함께 나왔다. 배 모양의 긴 나무 접시에 담긴 문어는 보라색을 띤 흰색이었다.

건우가 여자 사귀는 날이 올 줄 몰랐습니다. 허우대만 멀쩡했지, 이 녀석 숙맥입니다. 윤아 씨가 사람 하나 구해줬네요.

입심 좋은 현수가 대화를 이끌며, 진로이즈백 소주를 골고루 따라주었다.

한일 관계가 틀어진 이래, 요즘은 '처음처럼'도 롯데 거라고 잘 안 마신다지.

진로이즈백이 한정판으로 나왔다가 인기를 얻었다는 얘기 들었어요.

아……

한국인 성인이 연간 소주 여든여섯 병을 마신대. 난 생각보다 얼마 안 마신다 싶었어요.

돈 벌면 희석식 말고 증류식 소주 마셔야지.

네……

현수와 수지가 높임말과 반말을 자연스레 섞어가며 이야기하면 건우와 윤아가 고개를 끄덕이거나 작은 감탄사 정도를 추가했다. 술 두 병이 빠르게 비었다. 현수가 새로 소주 두 병을 더 주문하면서 말했다.

어쨌거나 우리 수지랑 이름이 같은 수지가 더는 술 광고에 나오지 않아서 아쉽긴 해.

자리가 어색해진 건 아마 그 순간부터였을 것이다. 연예인이 아닌 수지가 갑자기 젓가락을 탁 소리 나게 테이블에 내려놓았기 때문이었다. 수지는 화가 많이 난 듯 보였다.

현수 씨, 무슨 말을 그렇게 해? 술 광고에 인기 연예인이 나와야 한다는 거야, 그럼?

현수도 아차, 싶은 모양이었다.

아, 그렇지 참…… 맞아. 연예인 때문에 미성년자들까지 술을 미화해서 생각한다니, 그런 건 없애는 게 나아. 여성 연예인 광고, 그런 거 다 없애야 해. 맞아, 맞고말고.

근데 왜 아쉽다고 말했어?

그게……

여자를 성 상품화하는 게 올바른 거야?

그게 아니라……

수지의 공격적인 어투에 현수가 쩔쩔맸다. 건우는 현수를 도와주고 싶었으나 방법이 없었다. 아담이 사과를 먹지 않는 세상이 있을 수 없는 것처럼, 건우가 분위기를 부드럽게 만들 줄 아는 세상 같은 건 있을 수 없으니까. 무슨 말을 해야 할지 알 수 없었다. 수지를 칭찬하는 말을 할까? 퍼뜩 그 생각이 떠올랐다. 수지는 곁눈으로 대충 봐도 보통 미모가 아니었다. 연예인 수지를 닮았다고까지는 할 수 없어도 어느 자리에서나 "미인이시네요"라는 말을 질리게 들었을 법한 얼굴이었다. 하지만 건우는 윤아를 배려해서라도 미인 운운하고 싶지 않았다. 게다가 현수 말에 의하면 수지는 개념 있는 페미니스트였다. 섣불리 외모를 언급했다가, 외모에 대한 평가는 자제해달라며 냉대를 받을지도 모를 일이었다. 긴장이 이어졌다. 수지가 쐐기를 박듯 말했다.

현수 씨, 정말 실망이야.

그런 게 아니라 수지야, 나는 네가……

윤아가 불안해하며 현수와 수지를 흘끔거리는 게 느껴졌다. 건우는 하는 수 없이, 창의적이지 못한 스스로에게 새삼놀랄 것도 없는 상태로 "드시지요"라고 말하며 수지에게 술을 따랐다. 건우가 두 손으로 술을 따랐고, 수지가 두 손으로 술을 받았다. 어색했던 분위기가 조금 진정되는 것 같았다. 현수가 얼른 팔을 뻗어 건우의 어깨를 감싸 안더니 말했다.

어, 우리 건우, 술 따라줄 줄도 아네? 그런데 너 수지한테 뭐 다른 말 할 거 없어?

현수가 조금 더 전폭적인 지원을 원하고 있었다. 하지만 건우는 무얼 더 말해야 할지 알 수 없었다. 문어숙회를 좋아하냐고 물어야 하나? 아니면 현수가 윤아에게 했던 것처럼 말씀 많이 들었다거나 궁금했다고 얘기해야 하는 걸까? 언뜻, 두 사람이 낮에 다녀왔다는 집회에 생각이 미쳤다.

수요일마다 위안부 집회에 가신다면서요?

문어 한 점을 제 접시에 옮기고 있던 수지가 또다시 젓가락을 탁 놓더니 고개를 비스듬히 기울였다. 가르마 없는 쪽으로 긴 생머리가 좌르르 쏟아졌다. 현수가 건우에게 어깨동무했던 팔을 얼른 풀었다.

야, 위안부가 뭐냐, 위안부가. 안 그래도 오늘 그 단어 때문에 한바탕 난리였는데.

어? 난리?

건우는 한기를 느꼈다. 수지의 긴 생머리 하나하나가 끝을 곧추세운 채 건우에게로 달려들 것만 같았다. 이전에 잘하려다가 더 잘못하고 말았던 숱한 일들이 떠올랐다. 그러고 보니 '위안부'가 올바른 용어가 아니라는 걸 들은 기억이 났다. 누가 누구를 위로하고 위안했냐며 오열하던 할머니를 방송에서 본 적 있었다. 하지만 위안부라는 단어가 입에 익어 있었고, 그 단어를 대체할 말이 도무지 떠오르지 않았다. 수지가 또박또박 말했다.

성노예 피해자라고 합니다. 위안부라는 단어를 안 쓴 지 한참 됐는데요.

죄송합니다. 실수했습니다.

그러나 수지는 실수를 너그럽게 혜량하는 유형이 아닌 모양이었다.

그런 단어들 많아요. 아시죠? 사회적 약자들을 고려해서 쓰면 안 되는 단어들.

무언가가 잘못되어가고 있다는 생각이 들었다. 건우는 입술 안에서 '성노예'라는 말을 되새겨보았다. 성노예, 성노예 피해자…… 테이블 아래로 향한 건우의 시선을 어떻게해서든 낚아채 난도질하려는 수지의 의지가 느껴졌다. 다행히 현수에게 그랬던 것처럼 대놓고 화를 내지는 않았다.

아직도 잘못 사용하는 용어가 많잖아요. 들어보셨죠?

수지가 몽매한 누군가를 깨우치는 게 자신의 사명이라는 걸 막 깨달은 선각자처럼 얼마간 누그러진 음성으로 말했다. 건우는 어쨌거나 현수를 위해서라도 성의를 보여야겠다고 생각했다. 문득 구두를 수선하는, 건우에게 가게를 일찍 닫는다고 잔소리를 했던 양씨가 떠올랐다.

예, 압니다. 가령 장애우에 관련된 용어가 많죠. 귀머거리, 벙어리, 외다리, 외팔이…… 그런 단어 모두 없어져야 한다더군요.

건우로서는 엄청나게 길게 말했으니, 그야말로 젖 먹던 힘까지 다 짜낸 셈이었다.

장애우라고요?

하지만 수지는 왼쪽으로 기울였던 머리를 이번에는 오른쪽으로 기울이며 반문했다. 긴 머리가 출렁이며 이쪽에서 저쪽으로 넘어갔다.

장애우라는 단어도 쓰면 안 돼요.

일본의 원전이 아니라 우리나라에 있는 원전이 폭발했다는 소식을 듣기라도 한 것처럼 격앙된 목소리였다. 무언가가 그냥 잘못되어가는 게 아니라 심하게 잘못되어가고 있는 듯했다. 하지만 건우는 알 수 없었다. 장애우가 왜 잘못된 말이지? 장애인을 더 친근하게 일컫는 말 아닌가…… 혹시 장애라는 말 자체를 사용하면 안 되는 건가? 현수 역시 안절부절못하는 걸로 보아, 저도 뭐가 잘못되었는지 모르는 것 같았다. 어쩌지? 수지가 제대로 한심한 인간을 만났다는 듯, 하지만 자기가 여기까지는 참는다는 듯 이전보다 더 또박또박 말했다.

장애인을 장애우라고 하면, 장애인 스스로 자신을 장애우라 불러야 하잖아요. 나를 가리켜 벗이라고 하는 우스운 말이 되는 거죠. 또 나이 든 장애인 어르신을 가리켜 장애우라고 할 수 있겠어요? 게다가 '벗 우' 자에는 동정심이 들어가 있어요. 장애인들은 비장애인들의 동정을 바라지 않아요.

수지의 말에 틀린 점이 없어 보였다. 건우는 아까 전철에서 그랬던 것처럼 관자놀이와 가슴이 뛰기 시작하는 걸 느꼈다. 숨이 가빠오고 사지에 힘이 빠지는 듯했다. 건우는 방송에서 앵커가 할 법한 말을 떠올려보았다. 비장애인들이 장애인들을 좀 더 배려하는 사회가 되어야 합니다. 장애인들은 비장애인들에게 동정이 아닌 이해를 구하며, 그러므로 비장애인들은 장애인들에게…… 어쩐지 혀가 빙빙 꼬이는 느낌이었다.

현수가 어색해진 자리를 수습하기 위해서인 듯 수지를 데리고 담배를 피우러 나갔다. 건우는 역시 더블데이트는 무리였다는 생각을 하며, 필요할 때 한 번 더 먹을 수 있는 약을 슬그머니 꺼내서 먹었다. 윤아가 이유를 물어보지 않아서 고마웠다. 알약을 물과 함께 삼킨 후, 봉지와 손을 닦은 물티슈 등을 휴지통에 버렸다. 윤아가 카운터에서 냅킨과 물티슈를 더 가져와 테이블에 골고루 올려놓았다.

밖에 나갔다가 들어온 현수가 화제를 다른 데로 돌렸다.

난 말이야, 이번에 새로 생긴 흡연당에 가입할 거야. 대한민국 흡연자가 인구의 20퍼센트가 넘어. 시민의식 있는 2할이 뭉치면 무조건 되는 거지.

현수가 휴대전화기를 꺼내 어느 영화평론가가 페이스북에 올린 글을 읽었다. "나는 흡연 구역과 휴지통을 충분히 만들지 않는 국가에 대한 항의로 담배꽁초를 거리에 버린다." 수지도 얼마간 기분이 풀린 모양인지 전화기를 들여다보며 킥

킥 웃었다. 현수는 꽃다발에 리본을 묶다가도 잠시 담배를 피우고 와야 매듭을 마저 지을 수 있을 만큼 골초였다. 현수 못잖게 수지도 애연가인 모양이었다.

재미있네, 이 평론가.

그럼 그럼. 나, 이 사람 좋아해. 어쨌거나 시민의식 있는 흡연가들이 뭉쳐야 할 때야. 안 그래, 건우?

수지의 기분이 풀려 안심이 되는지 현수가 건우를 끌어들였다. 건우는 말없이 고개를 끄덕였다. 건우도 담배를 피웠으므로 그 영화평론가의 말이 틀리지 않는다고 생각했다. 그러나 흡연자를 위한 배려가 없는 사회에 대해 분노하기보다 당장 현금을 착실히 꽂아주는 다른 당들을 지지하고 싶었다. 윤아는 어찌 생각할까? 건우는 윤아에게 물어보고 싶었으나 입이 떨어지지 않았다. 둘이 있을 때는 가끔 윤아를 제대로 바라보기도 했는데 네 명이 함께 있다 보니 고개를 들기가 더 어려웠다. 건우는 다리 위에 얌전히 놓인 윤아의 두 손에 잠시 시선을 두었다.

현수가 계속 선거 이야기를 이어나갔다.

이번에 정말 별별 당이 다 있더라. 묘견사랑당도 특이했어.

개 두 마리와 고양이 한 마리를 키운다는 수지가 바로 말을 받았다.

의외로 거기 표가 꽤 몰릴지도 몰라요. 결혼미래당 같은 것보다야 백배 낫지.

현수가 이제 분위기가 꽤 좋아진 걸 축하하지 않을 수 없다는 듯 건배를 제의했다. 선거를 위해! 모두 서로의 기분을 건드리지 않기 위해 조심하면서 최근 인기 있는 영화나 레트로 카페, 여행지 등에 관한 대화를 이어나갔다. 의견 차이가 거의 없을 무난한 주제들이었다. 사이사이 현수와 수지가 담배를 피우러 나갔다가 들어오곤 했다. 건우도 담배를 피우러 나가고 싶었으나 윤아 홀로 두는 게 꺼려져 그들을 따라가지 않았다.

밖에 나갔다가 돌아온 현수가 소주를 새로 주문했다. 건우가 따라주는 술을 받던 수지가 돌연 처음의 대화, 즉 '장애우'를 다시 들고나왔다. 수지는 뭐든 잘 잊는 성격이 아닌 듯했다.

그런데요, 건우 씨. 장애우라는 말은 정말 쓰면 안 돼요. 동등한 관계가 아니라는 걸 이미 전제하잖아요. 서양에서는 디스에이블드(disabled)라는 말도 부적절하니, 더 순화해서 피지컬리 챌린지드(physically challenged)라는 말을 쓰자는 움직임이 있어요.

현수가 난감한 듯 안주를 하나 더 시켜야겠다고 제안했지만, 수지가 말렸다.

충분해. 지금 먹는 게 중요한 게 아니잖아.

수지가 건우 쪽으로 상체를 기울이는 게 느껴졌다. 긴 머리카락이 출렁였다. 건우는 입으로 조그맣게 '신체적으로 도전을 받은 사람'이라고 되뇌어보았다. 우리 모두 신체적으로 도전을 받은 사람들을 배려해야 합니다. 제16회 신체적으로 도전을 받은 사람들 올림픽은…… 신체적으로 도전을 받은 사람들이 출전하는 종목은…… 수지는 반응 없는 건우 때문에 짜증이 치미는 모양이었다. 립스틱 자국이 묻지 않은 술잔이 단숨에 비워졌다. 건우는 럭, 하며 술 삼키는 소리가 들릴 때마다 자신이 수지에게 꼴깍 삼켜지는 듯했다. 식은땀이 식으면서 등에서 한기가 흘렀다. 건우는 하릴없이 발가락을 다시 꼼지락거리기 시작했다. 왼쪽 새끼발가락부터, 네번째, 세번째…… 하지만 집중이 되지 않았다. 건우는 약효가 나려면 얼마나 걸릴지 생각해보았다. 십 분이나 이십 분, 넉넉잡아 삼십 분쯤 후면 괜찮아질까? 건우는 수지의 눈을 바라보지 않아도 활활 타오르고 있는 걸 느낄 수 있었다.

건우는 더는 앉아 있기가 힘들어 밖으로 나갔다. 현수가 재빨리 일어서서 따라 나왔다. 식당 벽에 그리고 맞은편 벽에도 금연 딱지가 붙어 있었지만, 바닥에 수북한 꽁초가 바로 그 자리가 흡연 구역임을 알리고 있었다. 건우가 피워 문 담배 끝이 빨갛게 달아오르더니 순식간에 재가 되어 떨어졌다. 검회색 재가 전철에서 떠올린 작은 입자들처럼 아래로 향했다. 하지만 담뱃재는 평행을 이루거나 수직으로 떨어지지 않은 채 방종하게, 아무렇게나 날렸다.

어때? 수지 진짜 보통 아니지?

현수는 컴퓨터를 전공한 후 수십 개의 자격증을 따고도 꽃집에서 일하는 게 더 낫다고 말했던 언젠가처럼 태평스러워 보였다. 건우는 수지가 보통이 아니라 여간 뿌듯하지 않다는 듯 말하는 현수에게 어찌 답해야 할지 알 수 없었다. 답 없는 건우에게 익숙한 현수가 저 혼자 실실거리며 떠들었다.

암튼 너도 꼭 흡연당 찍어라. 다른 덴 다 뜬구름 잡는 소리만 할 뿐이야.

흡연당이라…… 건우는 흡연당이야말로 뜬구름 잡는 소리를 하다가 담배 연기처럼 허망하게 사라질지 모른다고 생각했다.

야, 근데 너 윤아랑 계속 만날 거야? 좋아? 어디가 좋아?

현수가 담배 하나를 더 피워 물며 건우에게 물었다. 아까 건우를 구해줬다거나 반갑다거나 하며 윤아에게 했던 말은 그저 인사치레일 뿐이었던 모양이다. 건우는 현수가 무얼 묻는지 모르지 않았다. 같이 만났으니 윤아와 수지가 비교되지 않을 리 없었다. 왜? 너나 네 여자 친구나 외모 언급하며 비하하는, 개념 없는 인간들은 아닐 거 아냐. 건우는 그렇게 말하고 싶었지만 입을 닫고 거리로 시선을 돌렸다. 검거나 하얗거나 갈색의 피부를 가진 여러 나라 사람들이 좁은 골목길에 들어섰다 나가기를 반복하고 있었다. 이태원이라 역시 외국인들이 많구나. 건우는 문득, 흑인을 흑형이라 부르는 것도 차별이라는 말을 들은 기억이 났다. 그들의 운동능력과 음악적 재능을 칭찬하는 단어라 해도 특정 인종을 구별하는 말이기 때문에 당사자들이 싫어한다고 했다. 그러나 흑형이 차별적 단어라면 흑인이라는 말 역시 차별적 단어가 아닐까? 백인, 황인, 홍인 모두 차이를 특정하니까. 그럼 뭐라고 불러야 하나? 아프리카계 미국인? 그러나 아프리카계 프랑스인일 수도 있고, 아프리카계 영국인일 수도 있는데…… 뛰어가서 물어보고 와야 하나? 아프리카계 어디 사람인가요? 그러나 아프리카계라고 분류하는 것조차 차별이 아니라는 보장이 없었다. 아시아계, 유럽계, 러시아계…… 건우는 인간이 호모 로퀜스나 호모 나렌스로 진화하지 않고 호모 사피엔스나 호모 파베르 단계에 그대로 머물렀어야 하는 게 아닌가 생각했다. 이야기하는 인간, 언어적 인간으로서의 단점을 극명히 드러내는 현수를 보니 더 그런 생각이 들었다. 현수는 집요하게 물었다.

윤아가 성격이 좋은가 보지? 도대체 성격이 얼마나 좋은데?

건우는 현수가 의도하는 바를 모르지 않았다. 현수가 더는 윤아의 외모를 평가할 수 없도록, 윤아가 처녀 때 엄마를 닮았다고 말하려 했다. 윤아를 만나는 내내 흑백 사진으로 남은 결혼 전의 엄마 모습과 비슷하다고 생각했던 게 사실이었다. 그러나 '처녀'라는 말도 성차별적 단어라는 생각이 퍼뜩 들어

입을 다물었다. '미혼'이라는 말 역시 올바르지 않을 거였다. '비혼이었을 적 엄마'라고 하려니 아무래도 어색했다. 건우는 '엄마가 아직 젊었을 때 혹은 늙지 않았을 때'라고 말하려다 집어치우자, 싶었다. 젊거나 늙거나로 나누는 기준마저 모호하고 그 또한 차별이 아니라는 보장이 없다는 생각이 들어서였다.

현수가 대답 없는 건우를 향해 다짐받듯 불쑥 말했다.

어쨌거나 너 쟤랑 잘 때, 절대 네가 모텔비 내면 안 된다.

어리둥절한 표정인 건우에게 현수가 그럴 줄 알았다는 듯 설명을 더했다.

잘났든 못났든 윤아가 여자고 네가 남자잖아. 요즘은 뭐 좀 잘못되면 성추행이나 성폭행으로 다 뒤집어써. 자기 의지로 모텔에 갔다고 확실히 못 박아두려면 모텔비는 무조건 쟤가 내게 해.

현수는 심지어 모텔에 가고서도 여자가 섹스하고 싶지 않다고 말하면 확실히 손을 털고 나와야 한다며 훈계를 늘어놓았다. 윤아와 섹스라…… 생각해본 적 없었던 건 아니었다. 하지만 건우는 현수가 제게 남은 유일한 친구만 아니라면 떠드는 입을 스테이플러로 박아버리고 싶었다. 마침 수지가 나와, 캐스터네츠처럼 빠른 박자로 따닥거리는 현수의 입을 막았다. 건우는 혼자 있을 윤아가 마음에 걸려 식당으로 들어가려 했다. 하지만 수지가 붙잡았다.

건우 씨, 아까 제가 너무 공격적이었다면 미안해요.

아닙니다.

잠시 침묵이 이어졌다. 수지가 다시 물었다.

건우 씨 가게에 어르신들이 많이 오신다면서요?

성노예 피해자 할머니들을 돕는 입장이어서인지, 수지는 노인들에게 관심이 많은 듯했다. 건우는 가게에 오는 노인들을 '어르신'이라는 용어로 생각해본 적이 없었다. 사실 손님 중에는 머릿속에서라도 어르신이라 부르기 싫은 사람이 있었다. 건우는 어디서나, 가령 주민센터나 법원에서도 통용되는 '선생님'이라는 단어를 썼다. 물론 '선생님'이라는 단어가 적절하다고는 생각지 않았다. 차라리 '노인'이라는 단어가 중립적이지 않을까? 늙은이, 노인, 어르신…… 모든 게 변명처럼 구질구질, 구차해지는 느낌이었다. 건우가 멍하니 생각에 잠겨 있는데 수지가 재차 물었다.

어르신들이 자주 들르신다던데……

현수가 수지의 물음에 빨리 답을 하라는 듯 건우의 팔을 툭 쳤다.

야, 뭐 해?

건우가 주어를 생략한 후 가까스로 답했다.

예, 많이들 오십니다.

건우는 수지와 대화를 주고받는 게 곤혹스러웠다. 에피쿠로스학파가 궁극적 목표로 삼은 아타락시아, 즉 고요한 마음의 상태가 간절했다. 금방이라도 건우의 입에서 미끄러져 나간 말이 수지의 말과 부딪혀 폭발을 일으킬 것만 같았다. 건우는 시선을 먼 데로 돌렸다. 알약이 물에 녹아 하얗게 부서지며 퍼지는 장면을 상상했다. 그러나 아직도 약이 효과를 내고 있다는 느낌은 들지 않았다. 건우는 온 신경을 그러모았다. 루크레티우스의 그 단어를 기억해내려 애썼다. 원자들의 이탈을 뜻하는 네 글자, 분명 네 글자였는데…… 가슴 두근거림이 점점 심해지고 있었다. 가슴뿐만 아니라 몸 여기저기가 불뚝거리는 것도 같았다. 그런 줄도 모르고 현수의 입은 여전히 바쁘게 움직이고 있었다. 뭔가를 쏟아내는 게 본질인 가상의 화이트홀처럼 끝없이 열렸다.

그런데 윤아 말이야. 저 얼굴에 저 몸에…… 수지야, 너 소개시켜줄 친구 없어? 건우가 얼굴이 반반하잖아. 여자들이 좋아할 외모야.

수지는 여성의 외모를 들먹이는 현수를 나무라지 않았다.

건우는 두 사람을 등지고서 식당으로 들어갔다. 윤아는 일행이 없는 동안 아무것도 하지 않은 채, 심지어 휴대폰도 보지 않은 채 그저 기다린 모양이었다. 통유리창 밖의 거리를 내다보고 있었다. 건우가 테이블 아래로 윤아의 손을 가만히 잡았다.

우리 그만 나가자.

윤아가 다른 손으로 건우의 손을 부드럽게 어루만져주었다. 곧 현수가 들어왔다. 수지는 같이 오더니 화장실에 다녀오겠다며 가방을 들고 일어섰다. 테이블에 반병 정도의 술이 남아 있었다. 현수가 골고루 잔을 채웠다. 건우는 자연스럽게 정리하는 분위기가 되어 다행이라 생각했다.

하지만 금방 자리로 돌아온 수지가 재미있는 생각이 났다는 듯 일행을 둘러보며 말했다.

제가 문제 하나 낼까요? '벙어리장갑'을 순화시켜서 뭐라고 하는지 아세요?

현수가 아둔하게 "언어장애인 장갑?"이라고 말하자 수지가 신이 난 듯 답했다.

손모아장갑이에요. 어때요? 예쁘죠?

현수가 반색하며 동조했다.

정말 기발한데? 손모아장갑, 손모아장갑. 딱 맞는 말이네.

건우는 초조해져서 슬쩍 손목시계를 보았다. 하지만 수지는 기분이 좋은지 말을 멈추지 않았다.

앞으로는 '난쟁이가 쏘아 올린 작은 공'은 '왜소증장애인이나 신체변형장애인이 쏘아 올린 작은 공'으로, '노트르담의 꼽추'는 '노트르담의 척추장애인'으로 모두 바꿔야 해요. 모르고 썼을 때는 어쩔 수 없었겠지만, 알고서야 계속 쓸 수 없는 일이죠.

건우와 윤아가 미온적인 태도로 간간이 고개만 끄덕이자

수지도 마침내 입을 다물었다. 가야겠다, 생각하며 건우가 종업원에게 계산서를 요구했다. 현수가 오늘 만나서 너무 즐거웠다며 마지막이니 거하게 건배나 하자고 제안했다.

자, 사우나 어때? 사랑과 우정을 나누자, 사우나!

그러나 건우도 윤아도 수지마저도, 잔은 들어 올렸지만 '사우나'를 외치지는 않았다. 이제 정말 일어서야겠다, 그렇게 생각하며 고개를 든 건우의 눈에 순간, 수지의 입술에 발린, 너무도 선명한 오렌지색이 들어왔다. 다른 색이라고 설핏 우길 수도 없는 오렌지색 립스틱이 수지의 입술 선을 따라 또렷하게 발려 있었다. 건우의 가슴에서 현수네 꽃들이 전지가위로 꺾이는 소리가 났다. 철컥, 척, 철컥, 척! 주황색 달리아나 장미를 볼 때마다 건우 생각이 난다던 현수는 정작 수지의 립스틱을 보고도 아무 생각이 들지 않은 모양이었다. 아니면 아직 제대로 보지 못했거나. 건우는 가슴을 움켜쥐었다. 좌우 열두 쌍의 갈비뼈들이 일제히 폐를 압박하며 조이는 듯했다. 빗장뼈부터 2번 늑골, 3번 늑골, 4번 늑골, 차례로……

수지가 별안간 건우에게 얼굴을 휙 들이밀며 물었다.

괜찮으세요?

수지의 눈도 코도 귀도 모두 사라지고 오렌지색이 선명한 입술만 목 위에 자리하고 있었다. 건우는 눈을 감았으나 이미 늦었다. 커다란 수지의 입술이 눈꺼풀 안까지 아로새겨져버렸다. 건우는 인상을 잔뜩 찌푸린 채 에피쿠로스학파의 원자 운동에 대해 다시 생각하려 애썼다. 하지만 엉뚱하게도 휴대폰을 사러 왔다가 추억담을 늘어놓던 노인들, 아니 어르신들이 크게 떠드는 소리가 들렸다. 뭐? 외다리 실버를 지체장애인 실버로 불러야 한다고? 그래, 그렇다는 거지. 이제 애꾸눈 선장 하록은 시각장애인 선장 하록이라 해야 해. 이런, 젠장…… 건우는 부지불식간 세차게 고개를 흔들었다. 원자들이 무한한 우주 공간에서 서로 평행 상태를 유지하며 수직으로 떨어지다가 우연히 다른 원자와 충돌하여…… 그러나 다시 노인들의 투덜거림이 웅웅거리며 들렸다. 그럼 벙어리 삼룡이는? 백치 아다다는 뭐라고 불러야 해? 글쎄? 염병, 어렵다, 어려워. 염병도 쓰면 안 될걸? 에라이, 장티푸스! 건우는 이제 머리를 감싸 쥐었다. 무한대로 뻗어가는 빛의 파동과 오감으로 생생히 감지되는 에너지의 유출로…… 갑자기 여태 떠오르지 않던 그 단어가 생각났다. 클리나멘! 클리나멘이었다. 직선 경로로부터 미세하게 방향을 튼 이탈, 수학적으로 미분적 기울기라 칭하는 극미한 치우침. 외부의 힘 때문이 아니었다. 원자들이 충돌하는 이유는 내적인 힘, 과장하자면 자유의지라고도 할 수 있는 내적 동기 때문이었다. 건우가 돌연 수지를, 그리고 테이블에 둘러앉은 모두를 똑바로 보며 물었다.

남자의 성기를 여자에게 삽입한다고 할 때, 그 '삽입'이라는 단어도 차별적이라고 하더군요. 그럼 뭐라고 해야 할까요?

수지가 오렌지색 립스틱 발린 입술을 딱 벌렸다. 현수 역시 꽃대를 자르다 제 손을 자르기라도 한 것처럼 헉, 소리를 냈다. 윤아가 걱정스러운 얼굴로 건우의 팔을 쓰다듬었다. 건우가 자리에서 벌떡 일어섰다. 그야말로 벌떡, 유레카를 외치기라도 할 것처럼 흥분한 채였다.

하지만 그 순간 일을 벌인 건 건우가 아니었다. 윤아가 이전에 보인 적 없는 민첩한 동작으로 냅킨을 쥐더니 수지의 입술을 마구 닦기 시작했다. 수지가 날카로운 비명을 지르며 상체를 젖히다 의자에 앉은 채로 넘어졌다. 놀란 현수가 제 의자를 밀고 일어서서 겨우 한 걸음 내디뎠을 뿐인 짧은 시간에, 윤아가 더욱 날렵하게 달려들어 이번에는 물티슈로 수지의 입술을 닦았다. 식당에 있던 사람들이 이리저리 돌아보기도 하고 자라처럼 고개를 쑥 빼기도 했다. 그들 중 일부가 촬영을 위해 전화기를 꺼냈다. 하지만 놀랍도록 일관되게 신속한 윤아가 재빨리 상황을 정리했다.

수지 씨, 죄송해요.

윤아가 수지를 부축해 일으키고는 의자를 세웠다. 그 동작역시 어찌나 기민한지, 정작 수지를 일으키려던 현수의 손은그저 수지의 등을 살짝 스쳤을 뿐이었다. 수지의 입술은 주황색이 사라진 채 약간 부풀어 있었다. 분위기는 엉망이 되었고, 수습할 방법은 영영 없어 보였다. 윤아가 건우를 끌다시피 하며 식당을 나섰다. 현수와 수지가 무어라 떠드는 소리가뒤통수에서 담뱃재처럼 폴폴거리며 날았다.

윤아에게 손이 꼭 잡힌 채 걷는 건우는 알 수 없는 이유로 경로를 이탈한 원자들의 의지에 대해 계속 생각했다. 어쩌면 알 수 없는 게 아니라 이미 모두가 알고 있는 이유 때문이 아닐까. 가령 '우리는 자유롭지 않을 자유가 없다'는 사르트르 식의 이유. 윤아가 작은 소리로 말했다.

저, 그 오렌지 하트 사건 알아요. 인터넷 검색하다 봤어요.

건우에게 공포증이 생긴 건, 몇 년 전 지하철 좌석 아래에 그려진 주황색 발 모양 스티커 때문이었다. 그날 건우는 늦게까지 술을 마시고, 간신히 마지막 열차를 탄 상태였다. 결국, 인맥이야. 그렇게 말하며 자신의 허벅지에 손을 얹던 여자 과장이 한잔만 더 하자는 걸 간신히 뿌리친 참이었다. 소주에 맥주에 양주까지 주는 대로 받아 마신 건우는 쏟아지는 졸음을 물리칠 재간이 없었다. 한 보험회사와 대학생들이 같이 진행한 프로젝트의 일환으로 지하철 쩍벌남에게 일침을 가한다는 소위 '오렌지 하트'는 보지도 못했다. 며칠 후에 이거 너 아니냐며 사진 한 장을 보낸 게 현수였다. 발자국 모양 하트가 바닥에 일렬로 늘어서 있는 지하철 좌석 한가운데에 양쪽으로 다리를 쩍, 그야말로 쩌억 벌린 채 잠든 건우의 사진을, 현수도 건너건너 알 뿐인 페이스북 친구가 올렸다고 했다. 건우가 기겁을 한 채 관련 기사를 검색했다. 주황색 하트 위에 발을 얌전히 올리고 무릎을 모은 남녀노소의 사진 위에 '오류투성이 인간에게 가하는 예의 바른 권고' 혹은 '행복한 지하 철을 위한 작은 실천' 등의 제목이 붙어 있었다. 오렌지 하트 를 칭찬하는 내용 일색이었다. 그릇된 행동을 하는 사람에게 팔꿈치로 슬쩍 찌르는 수준으로 계도한다는 넛지(nudge)를 언급한 기사도 있었다. 사람들의 반응에 의하면 무릎을 가지 런히 모으지 않은 오류투성이 인간에, 행복하지 못한 지하철 을 만드는 무뢰한이 건우였다. 황당하고 억울했다. 건우에게 낙인처럼 찍힌 주황색을 상큼한 느낌의 오렌지로 칭한 게 황 당했고, 건우에게 올무가 된 발 모양을 따뜻한 느낌의 하트로 표현했다는 게 억울했다. 건우는 그날 밤 제가 다리를 벌리고 잠들었다 해서 누군가에게 피해를 준 건 아니라고 생각했다. 늦은 시각이었고, 건우는 건우 나름대로 고충이 있었다. 여자 과장이 허벅지를 쓰다듬던 순간에 고환 아래에서부터 아랫배 까지 곧장 올라온 그 찌르르한 감각을 다스리는 것만도 벅찬 상태였다. 한잔 더 걸치면 무슨 일이 일어날지 모르는 상황에 서 간신히 과장을 먼저 택시에 태워 보냈다. 건우에게도 택시 를 탈 여유가 있었다면 지하철 계단을 두세 칸씩 뛰어 내려가 막차를 타지 않았을 거였다. 해당 게시글을 올린 사람에게 반 박문을 보내려 했으나 현수가 말렸다. 글을 올린 이의 성향을 보건대 주변의 관심을 끌기 위해 안간힘을 쓰는 사람임이 분 명하므로 공연히 건드렸다가 얼굴이 크게, 그야말로 대문짝 만하게 확대되어 더 낭패를 볼 수도 있다는 거였다. 보이지 않는 공간을 떠도는 험담은 결국 보이지 않을 만큼 덩치를 불렸다. 게시자가 제가 올린 사진에 그나마 눈이 뱅뱅 돌아가는 이모지를 올려준 건, 건우가 앓을 만큼 앓고 너덜너덜해진 후였다.

건우와 윤아는 사람들이 붐비지 않는 길을 따라 천천히 걸었다. 높은 담장이 이어진 한적한 주택가가 나왔다. 건우 씨 잘못 아니에요. 윤아가 혼잣말하듯 말했다. 건우는 돌연 수직으로 평행하게 떨어지던 입자 두 개가 부딪히는 장면을 본 듯했다. 그가 작게 클리나멘, 이라 말하며 윤아의 어깨를 감싸 안았다. 윤아가 다정하게 몸을 기대며 물었다. 클리나멘? 건우는 클리나멘이라 말하고 보니 어쩐지 아멘이라 말하고 싶다고도 생각했다.

다복
한의원

꼬락서니하고는!

꼬락서니. 규리가 다복한의원으로 발길을 돌린 건 그 단어 때문이었다. 나중에 돌이켜보니 단어보다 머리를 휘어잡은 그악스러운 손길이 더 크게 위력을 행사했지 싶기도 했다. 어찌 되었건 여자에게 봉변을 당한 그 순간, 규리는 서른세 살 제 인생이 송두리째 불맛을 낸다는 중국집 웍에 올려진 기분이었다. 빨갛고 파란 불꽃을 받아 깊은 향을 내며 먹음직스러워진 게 아니었다. 불 닿은 숙주처럼 순식간에 숨이 죽어버린 듯, 쪼그라들어버린 듯했다.

고용센터에 가기 위해 버스를 기다리던 중이었다. 다급히 뛰어온 흰 머리 여인이 규리의 머리카락을 쥔 여자를 달래 떼어놓았다. 죄송합니다, 죄송해요. 비슷한 이목구비를 하고 있어 여자의 어머니로 보이는 여인이 여러 번 허리를 굽혔다. 정작 젊은 여자는, 방금까지 쥐고 있던 게 버들가지나 옥수수 수염에 불과하다는 듯 손을 털더니 늙은 여인의 팔짱을 낀 채 정류장을 떠나갔다. 규리는 실업급여 신청하려던 생각을 접고 발길을 돌렸다. 자신을 구경했던 사람들과 버스를 같이 타고 싶지는 않았다. 분위기 파악을 했어도 웃음을 참기 어려웠을 가을 하늘이 입을 틀어막으며 큭큭, 소리를 냈다. 머리카락 한 움큼이 어깨로 떨어져 내렸다.

규리가 여자를 바라본 건 그날따라 휴대전화기를 들여다보지도, 음악을 듣지도 않았기 때문이었다. 엄연히 다닐 직장이 있음에도 불구하고 없는 척 실업급여를 신청하러 가려던 길이니만큼 나름 뒤숭숭해, 딱히 시선을 제어하지 않아서였다. 여자의 유난히 하얀 얼굴도 그랬지만 기묘한 차림이 더 시선을 끌었다. 여자는 결혼 피로연에나 어울릴 법한 오글거리는 흰 블라우스와 주머니 장식이 부자연스럽게 옆으로 튀어나온 검은 치마를 입고 있었다. 규리는 욕실에서나 신는 여자의 슬리퍼를 일별한 후, 이상한 조합을 완성하겠다고 작정한 듯한 커다란 검은 가방을 보았다. 힘 넘치는 십대 남자애들이 잡지나 바벨 등을 넣어 다닐 때 쓰는 스포츠 가방이었다. 규리는 누군가와 통화를 하고 있는지 시종 중얼거리던 여자와 순식간에 눈이 마주쳤다. 여자가 꼬락서니 운운하며 머리채를 잡

앉을 때 규리는 무엇이 잘못되었는지, 다시 말해 자신이 무엇을 제대로 보지 못했는지 비로소 이해했다. 블라우스는 누렇게 색이 바랜 데다 레이스가 군데군데 찢겨 있었고, 치마는 뒤집혀 있었다. 여자는 무선 이어폰을 끼고 누군가와 통화를 한 게 아니었다. 정류장에 있던 다른 사람들은, 필시 자아와 은밀한 대화를 나누던 중이었을 여자에게 시선을 두지 않았으므로 화를 면했을 것이다. 하지만 규리는 부주의했다. 고용센터에 그대로 갈 것이냐, 아니면 대찬 마음으로 한의원에 출근할 것이냐 계속 고민하고 있었기 때문이었다. 여자의 상태를 알았더라면 애초에 쳐다보지 않았거나, 쳐다보았어도 남들처럼 눈치껏 흘깃거렸을 터였다.

여자의 호통이 한의원으로 가는 내내 뒤통수를 때렸다. 여자가 규리보다 딱히 나이가 많아 보이지도 않는다는 사실이 더 충격적이었다. 서른세 살. 규리는, 예수가 다 이루었다고 말하고 하늘로 올라갔다가 부활도 한 나이에 '꼬락서니'에 어울릴 법한 구부정한 자세로 걷고 있는 스스로를 의식했다. 여자에게 휘어 잡힌 정수리 부분이 뜨끔거렸다.

다복한의원은 규리의 집에서 328미터 거리에 있었다. 집도 가깝고 얼마나 좋으냐는 엄마 말에 괜한 반감이 생겨 지도 앱으로 검색해보았기에 알고 있었다. 가까운 게 사실이었다.

아버지 평판 때문에 그럭저럭 유지는 한다더라. 엄마가 이력서를 규리 몰래 한의원에 넣었는데 연락이 왔더라며 던진 말이었다. 집에 얹혀사는 주제에 두 달 넘게 쉬고 있는 꼴을 더는 봐줄 수 없었다는 게 엄마의 변이었다. 면접은 보나 마나지. 엄마의 장담이 틀렸기를 바랐건만, 한때 성당 오빠였던 한용수 원장은 규리에게 바로 일을 시작하면 좋겠다고 말했다. 어린 시절 알던 사람끼리 고용인과 피고용인으로 다시 만나는 게 즐거울 리 없었다. 한 원장은 반갑다는 말과 별개로 떨떠름한 표정이었고, 규리 역시 열심히 하겠다는 말과 달리 의욕이 없었다. 규리는 다음 날 바로 출근을 하겠다고 말하고 나왔지만, 생각이 바뀌어 실업급여라도 신청해볼까 했던 것이다.

그날 규리는 집에서 270여 미터 떨어진 정류장까지 갔다가 한의원으로 되돌아갔으니 600미터쯤을 걸은 셈이었다. 그래도 여전히 가까웠다. 전날 면접을 보면서 인사를 나눴던 이 실장과 유 간호사가 어서 와요, 하며 반겼다. 규리도 언젠가 거울을 보고 연습한 바 있는 부드러운 미소를 지으며 인사했다. 고용센터에 가려던 게 어쩐지 한의원을 배신한 일인 듯했고, 그래서 변을 당했다는 반성이 잇따랐다. 규리는 다복(多福)한의원에서 단복(單福)이라도 받길 기대하자는 마음으로 일을 시작했다.

한의원은 그럭저럭 유지나 되는 정도가 아니었다. 규리는,

어디서 이렇게 많은 사람이 이렇게나 아픈 데가 많아 이렇게도 열심히 찾아오나 싶어 어리둥절했다. 침상이 모두 열네 개였는데, 대부분 오전 열한시가 되기 전에 다 찼고 점심시간 전에 또다시 차곤 했다. 생각해보니 놀랄 일이 아니었다. 침을 놓는 한의원이기 때문이었다. 의료보험 혜택을 적용해 회당 육천 원이 되지 않는 돈을 받고 침을 놓아주니 사람들이 끓는 게 당연했다. 다복한의원은 소위 '요즘 보기 드문' 한의원이었다.

규리가 이전에 일했던 한의원들은 그렇지 않았다. 한의사들은 돈이 안 되는 침을 놓는 대신 수천만 원을 호가하는 기계를 들여다놓고 체성분, 체열, 맥파 등을 측정하여 돈을 벌었다. 체질 따라 다른 약재를 써야 하는 보약보다 공진단이나 총명탕을 파는 데 더 열을 올려 비싼 임대료를 해결하기도 했다.

규리가 직전에 다녔던 한의원의 원장은 직장인이나 수험생의 부모 등에게 스트레스의 심각성과 뇌파의 중요성을 이해시키는 데 실패했다. 원장은 얼굴 보아가며 이름 지을 주변머리도 없었던지, 고가의 원적외선 돔 침대와 전자동 안마 의자를 사들여 더 큰 적자를 초래했다. 삼십 분 사용에 삼만 원을 내려는 사람이 없어지자 한의원은 더 가난해졌다. 간호사와 조무사 중 한 명이 나가야 한다면 당연히 조무사인 규리가 나가야 했다. 요령은 없었어도 성품이 나쁘지 않았던 한의사가, 실업급여 신청에 필시 유리할 해고통지서를 작성해주었다. 규리가 곧바로 급여 신청을 하지 않은 건, 직전 한의원보다 조금이라도 나은 곳을 찾고 싶어서였다. 사실 핑계 김에 좀 쉬고 싶기도 했다.

다복한의원은 의외로 근무 환경이 괜찮았다. 우선 외계인이나 히스테리 환자를 방불케 하는 직장 동료가 없었다. 이 실장은 한 장소에서 오래 일을 한 사람답게, 또 원장 다음으로 자신이 실세라는 사실을 자각하고 있는 사람답게 권위적으로 굴 때가 있었지만 이유 없이 사람을 들볶지는 않았다. 규리보다 한 살 적은 유 간호사는 남에게 도움을 주지는 않지만 폐를 끼치지도 않는 사람 특유의 사무적인 태도를 견지했다. 개인적으로 알았다면 다소 냉랭한 느낌이었겠지만, 직장에서야 더할 나위 없이 좋은 동료였다. 규리가 해야 하는 일역시 특별히 어렵지 않았다. 부항기, 사혈기 등을 소독하고 침을 뽑거나 침상을 정리하는, 다른 곳에서도 익히 해본 일들이었다. 찜질팩이 다소 무겁기는 했지만, 맷집 좋은 규리에게 부담스러울 정도는 아니었다. 유일한 문제는 규리의 새 직장이, 규리가 나고 자랐으며 남들 다 가는 이사 한 번 가지 않고 오래 살았던 동네에 있는 한의원이라는 데 있었다. 하루에도 두어 번 이상 아는 얼굴들이 들어왔다.

아이고, 규리 아니냐?

그렇게 말하며 규리를 반긴 장미 아줌마는 규리의 엄마와 단짝이었다. 아줌마는 힘이 하나도 들어가지 않는 손가락이며 욱신거리는 팔목 때문에 한의원에 왔다. 예전에 '장미미장원'이었던 미용실 간판이 언젠가부터 '로즈헤어갤러리'로 바뀌었지만, 아줌마는 여전히 장미로 불렸다. 얼굴이 아니라 굵고 또렷하게 말린 머리라면 분명 장미를 연상시키는 부분이 있었다. 아줌마는 단골들이 많았다. 하지만 언제부터인가 그 단골들이 자신들의 스타일리시한 머리에 기를 다 빼앗겼을 아줌마의 손을 걱정하기 시작했다. 로즈헤어갤러리는 이제 아줌마의 며느리가 도맡아 운영하고 있었다. 규리는, 엄마를 찔러 이력서를 넣도록 종용한 사람이 장미 아줌마이리라 짐작했지만 내색하지 않았다.

철물점 아줌마도 규리가 잘 아는 사람이었다. 주렁주렁 걸린 플라스틱 비와 먼지떨이 사이 의자에 앉아 졸곤 하던 아줌마를 깨워 전구 하나 사기가 늘 미안했던 기억이 났다. 아줌마는 자리 비운 사이에 손님이 다녀갈까 봐, 멀리 있는 화장실에 자주 가지 못했다. 규리가 가면 아줌마가 신신당부를 하고는 뛰어가곤 했다. 금방 온다고 해라. 오줌만 싸고 금방 온다고. 아줌마는 선반 높은 곳에 있는 스프레이건을 내리려다 미끄러지면서 허리를 다친 후로 내내 침을 맞는다고 했다. 문을 열기가 무섭게 들어와 이 실장이 지시를 내리기도 전에 3번 침대에 가서 드러눕는 아줌마는 더는 철물점 걱정을 하지 않는 것 같았다. 규리가 안마기 버튼을 누르면 아줌마가 큰

소리로 말하곤 했다.

더 높여라, 규리야. 최고로! 어지간해서는 기별도 없다.

아버지와 산악회 동기인 최씨 아저씨도 왔다. 아저씨 역시
망설임 없이 곧장 4번 침대로 갔다. 규리는 언젠가 엄마가,
아버지가 꼭 들어야 한다는 듯 소리를 높여 최씨 아저씨를 칭
찬했던 일을 떠올렸다. 그이가 요즘 이 집 저 집 다니면서 짭
짤하게 수입을 올린다지 뭐요. 고급 빌라에서 퓨즈만 갈아줘
도 출장비가 삼만 원은 된다대. 엄마는 예전에 유리 갈고 끼
우며 살던 때보다 형편이 더 핀 것 같다며 최씨 아저씨네를
부러워했다. 유리를 갈아 마신 듯 얼굴이 벌게진 아버지는 흠
흠, 거리며 자리 피하기에 바빴다. 과연 아저씨는 예전보다
얼굴이 좋아 보였다.

내가 원장님 시키는 대로, 무조건 여기부터 들렀다 일 가기
로 했는데 잘했지 뭐냐. 다 살자고 하는 일인데, 나 죽으면 뭔
소용이 있어. 안 그러냐, 규리야.

엘보가 왔다는 아저씨는 죽을 만큼 아픈 상태가 아닌 듯한
데도 엄살을 부리곤 했다. 원장이 살뜰히 침도 놓고 쑥뜸도
떠주었다.

그 밖에도 꽃집 아줌마, 문방구 할아버지, 그리고 통닭집
아저씨 등이 한의원을 드나들었다. 어깨나 목, 머리가 아픈
그들 모두 침대에 누워 안마와 전기치료를 받고 뜸을 뜨다 가
곤 했다. 적어도 삼십 분, 침을 맞거나 부항까지 뜨면 거의 한

시간씩을 누워 있는 셈이었다. 푹 잠이 들어 코를 고는 사람도 있었다.

아는 얼굴이 많은 건 분명 부담스럽고 당황스러운 일이었다. 아이고, 규리야. 규리 아니냐. 규리가 여기 있었네? 규리야…… 규리…… 그간 그다지 친하지 않다고 여겨졌던 사람들이 순식간에 잘 아는 친구나 가족인 양 굴었다.

규리는 사람들과의 거리가 너무 가깝다고 느낄 때면 이상하게도 정류장의 그 여자가 떠올랐다. 고개가 휙 꺾이기 직전에 코앞에 닥친 여자의 얼굴은 기이할 정도로 하얬다. 관리나 화장술 때문이 아니라 알비노 혹은 유전병 등에서 기인했을 그 피부는 햇빛과 바람, 어쩌면 누군가의 망설임까지도 여지없이 통과시켜버릴 듯 투명했다. 규리는 여자가 언급했던 '꼬락서니'를 반추해보았다. 어느 날에는 꼬락서니가 뭐 어때서, 라고 반발했다가 또 어느 날에는 꼬락서니에 딱 맞게 살고 있으니 됐다며 자조했다. 규리는 주사 놓는 게 무서워서, 월급이 파격적으로 오를 일이 결코 없는 조무사로 십 년 이상 일하고 있었다.

삼 년 전쯤인가, 그 '꼬락서니'에 위기가 닥친 적이 있었다. 엄마가 외할아버지 돌아가시고서 첫 제사 때 지은 것과 똑같은, 근엄한 얼굴로 말했다.

나는 네가 결혼을 꼭 해야 한다고 생각하지는 않는다. 하지만 독립은 해야지.

'자립'이라는 덜 부담스러운 말보다 '독립'이라는 거창한 말을 택해 규리를 압박하려는 엄마의 의도는 명확했다. 수입의 얼마를 내놓을 게 아니면 집을 얻어 나가되 보증금이든 융자금이든 모두 알아서 하라는 의미였다. 사실 엄마의 잔소리는 하루 이틀 이어져온 게 아니었다. 밟아도 꿈쩍 않는 굼벵이가 될 수는 없는 일이었다. 규리는 생애 첫 가출, 아니 독립을 시도했다. 하지만 이단 행거에 주르르 옷을 걸고 상과 이불을 폈다 접었다 하며 지내야 하는 좁은 방에서 석 달 이상을 버티지 못했다. 무엇보다 어떤 약을 뿌려도 없어지지 않는, 신출귀몰한 귀뚜라미가 문제였다. 규리는 바퀴벌레보다 다리 한 쌍이 더 길게 구부러졌을 뿐인 귀뚜라미가 어떻게 피노키오의 친구가 되었는지 이해할 수 없었다. 산뜻한 초록 옷을 입고 선한 눈을 굴리는 귀뚜라미는 현실에 존재하지 않았다. 규리는 한참 후에 그 곤충이 귀뚜라미가 아니라 꼽등이라는 사실을 알았지만, 귀뚜라미나 꼽등이나 마찬가지라 생각했다.

규리는 엄마의 구박이 일제강점기에 옥에 갇힌 독립투사가 당한 것보다 더하기야 하겠느냐는 타당한 결론을 내린 후 집으로 돌아갔다. 이후 월급의 절반을 내주어야 했지만 아무런 군소리도 하지 않았다. 서울 시내 어디를 가도 그 돈을 내고 따뜻한 밥을 먹고 살 순 없다는 걸 깨달았기 때문이었다.

소위 끼리끼리 어울린다는 옛말이 그르지 않아서인지, 친한 친구들도 사정이 비슷했다. 독립이든 자립이든 버젓이 이루어낸 이가 없었는데, 그런 버젓하지 못함에서 기인했을 동질감이 우정을 돈독히 해주었다. 규리와 친구들은 서른이 넘으면서 더 자주 만났다.

규리가 다복한의원에 취직한 걸 계기 삼아 네 사람이 모여 앉았다. 수희가 인스타그램에서 쿠폰을 내리고 예약까지 한 바비큐 맛집에서였다. 수희, 진영, 이정 모두 고등학교 동창이었고 잠깐씩 성당에 다닌 적이 있어서 한용수를 알고 있었다.

원장이 한용수라니, 믿어져?

규리가 누구에게랄 것도 없이 따지듯 물었는데, 수희가 침착하다 못해 쌀쌀맞아 보이기까지 하는 태도로 답했다.

믿어져. 따박따박 월급 나오면 됐지, 뭘 더 바라?

보습학원 선생인 수희의 최근 관심사는 돈이었다. 수희는 2013년, 뮤지컬 「엘리자벳」의 김준수에게 빠져든 후 김준수 이하의 외모를 가진 남자에게는 눈길도 주지 않는, 본인의 하소연에 의하면 주려야 줄 수가 없는 광팬이 되었다. 시아준수가 청담동에 고가 부동산을 사들이는 동안 같은 공연을 보고 또 봤던 수희는 그 지역 부동산 수수료만큼의 돈도 모으지 못한 걸 최근에야 깨닫고 있었다.

아는 사이니 더 편하지, 라는 엄마만도 못한 소리를 한 건 진영이었다. 진영은 시종 우울한 얼굴이었다. 결혼이나 자립에는 자주 관심을 끊었어도 남자에 대한 관심만은 끊은 적 없던 진영이 또 실연을 겪은 직후였기 때문이었다. 진영은 관계가 끝날 때마다 하던 일을 그만두어 재정적 어려움을 함께 겪곤 했다. 직장에 온통 남아 있는 남자와의 추억을 견딜 수가 없다는 설명이었는데, 규리를 비롯한 다른 친구들은 그 추억이라는 게 어째서 직장에 있는지 이해하지 못했다. 진영은 종종 제 슬픔이 가장 심각하다고 여겨 대화 주제를 제 쪽으로만 끌어가곤 했다.

이게 다 내 집이 없어서야. 빨리 적금 모아서 내 공간을 가질 거야.

진영의 적금 운운은 남자와 헤어질 때마다 되풀이되었는데, 친구들이 아는 한 적금처럼 착착 쌓이고 있는 건 연애의 실패뿐이었다. 금방이라도 울음을 터뜨릴 것 같은 진영의 앞접시에, 규리가 야들야들한 돼지 뱃살 한 점을 올려주었다.

바비큐 식당의 음악 소리가, 옆 테이블의 소리를 가려주는 정도를 넘어서서 같이 앉은 사람들의 소리까지 들리지 않을 정도로 커져 있었다. 그 소리를 이겨 먹으려는 듯 이정이 목청을 높여 말했다.

다닐 만큼 다니다가 도저히 안 되겠다 싶으면 그때 때려치워!

웹디자이너로 일하는 이정은 확고한 비혼주의자로 얼마간의 돈이 쌓이면 직장을 그만두고 모은 돈을 털어 여행을 떠나곤 했다. 규리는, 새 직장을 갖는 데 두려움이 없을 이정이 자신을 이해하리라고 기대하지 않았으나 살짝 서운했다. 이정이 예전처럼 자유롭지 않다는 사실을 알지 못했다면 '서운하다'고 말할 뻔도 했다. 베르사유궁이나 버킹엄궁, 노이슈반슈타인성 등을 배경으로 찍었던 이정의 화려한 사진들은 날이 갈수록 수수해지고 있었다.

그나저나 이번엔 어디로 간다고?

규리가 레드락 생맥주 네 잔을 더 주문하며 물었다.

불가리아랑 루마니아. 서유럽이나 북유럽은 이미 관광객들로 오염되었어.

친구들은 이정의 여행 일정이 경비 문제로 오염되었음을 모르지 않았으나 과장되게 고개를 끄덕였다. 수희가 식당의 자랑이라는 버터구이 옥수수 속대에 포크를 꽂은 후 칼로 알갱이를 떼내며 맞장구쳤다.

맞아, 맞아. 루마니아가 숨겨진 보석이야.

최근 수희가 본 뮤지컬이 「드라큘라」였으니, 루마니아를 세상에서 가장 가볼 만한 곳으로 언급하는 건 당연했다. 네 친구는 건배를 한 후, 연한 피 색이 나는 맥주를 들이켰다.

어쨌거나 그 한용수, 기특하네. 한의사도 다 되고.

아무렇게나 막 자르고 그러지는 않겠다.

교통비 따로 안 들고, 비좁은 지하철에 안 시달리고, 좋지 뭐.

규리는 제 입장을 친구들이 헤아리지 못한다는 사실을 받아들였다. 그들 중 아무도, 주야장천 한동네에 사는 데다 직장마저 그 동네인 처지는 아니었으니까. 규리가 받고 싶었던 새 직장에 대한 애도는 배드민턴공처럼 가볍게 튕겨 올라가더니 축하로 바뀌어 내려왔다. 네 사람은 함께해온 시간을 과신하는 데 주저하지 않으며 시원하게 맥주잔을 부딪쳤다.

규리의 엄마는 평소 규리보다 친구들이 더 낫다고 강조하길 주저하지 않았다. 규리는 주사 놓는 것만 못한 게 아니었다. 수능 시험을 비롯해 간호사 시험까지 뭐든 쉽게 통과한 적이 없었다. 규리는 자신에게는 수희처럼 한결같이 팬심을 유지할 순수함도, 진영처럼 연애라는 한 길을 걸을 집념도, 이정처럼 멀리 여행을 떠날 배짱도 없다는 걸 인정했다. 규리가 삼십삼 년 평생, 친구들보다 과단성 있게 추진한 유일한 일은 삼 개월간의 자취를 청산하고 집으로 돌아간 것뿐이었다.

잠깐의 독립 시도 후, 규리는 자세를 훅 낮추어 살길을 도모했다. 다복한의원에 취직하기 전 두 달간 놀면서는 규리답지 않게 아양을 떨기도 했다. 나이 어린 간호사들과 새로 안면을 트고 비위를 맞추는 것보다 엄마 비위를 맞추는 게 더 낫다고 여겨서였다.

엄마 먹는 밥상에 숟가락 하나만 더 얹어서 평생 같이 살면 안 될까? 아빠가 있어도 엄마는 외로울 거야.

등짝만 호되게 얻어맞을 게 뻔한 말을 했던 건 나름 절실했기 때문이었다. 엄마 말처럼 연애나 결혼을 안 해도 자립은 이뤘어야 할 나이였지만, 그게 말처럼 쉽지 않았다. 사실 규리에게는 지하나 반지하 방에서나마 떳떳하게 누리는 자유를 그리는 마음도 없었다. 어설프게 집을 나가면, 고고(孤高)한 독신으로 살기는커녕 고고(孤苦)하게 살다 고독사하기 딱 좋으리라 생각했다. 이런저런 남자를 사귀는 데에도 진력이 나 있었다. 제 성격을 상대가 나가떨어지지 않도록 순차적으로 드러내고 상대의 성격을 인과법칙에 맞게 배열하면서 고개를 끄덕이게 될 때까지 너무 오랜 시간이 걸렸다. 이어 제 단점을 고치고, 적어도 고치려 노력하고 상대의 단점을 수용하거나 최소한 수용하는 척하는 게 또 보통 일이 아니었다. 규리가 경험한 연애는 늘 깊어지나 싶다가 어느 선에 이르면 치사해졌다. 제 상처를 이용해 상대로부터 미안한 마음을 끌어내고, 역으로 상대가 전략적으로 드러낸 상처를 물물교환하듯 수용하거나 모르는 척하는 과정이 반복되었다. 규리는 사랑이라는 게 호르몬의 지배를 받는 동안에만 이루어지는, 착각이라 해도 무방할 덧없는 감정에 불과하다고 결론지었다. 사람을 만나러 다니느니, 물론 그런 기회조차 현격히 줄어든 마당이긴 했지만, 집에서 마지막 장면에 마약이 발린 게 확실한 넷플릭스 드라마를 보는 게 더 낫다고 여겼다.

한의원에서 첫 월급을 받을 무렵, 규리는 비록 개미 눈물만큼이긴 해도 제게 친구들을 능가하는 좋은 기질이 있다는 걸 알았다. 죽는 날까지 대선 출마를 포기하지 않을 허경영에 견줄 만한 인내심이 바로 그것이었다.

아는 사람들을 상대로 업무를 한다는 건 실로 위대한 일이었다. 규리는, 뮤지컬 푯값을 벌기 위해 성악설의 표본인 꼬마들을 상대하는 수희 이상의 아량과 구천을 떠도는 귀신이 되어도 연애를 멈추지 않을 진영을 능가하는 끈기, 그리고 고용불안이라는 배낭을 짊어지지 않고는 여행을 떠나지 않는 이정보다 더 큰 용기가 제게 있음을 알았다. 규리네? 규리구나. 아이고, 규리야. 인내의 화신이 된 규리는 제 이름을 부르는 모든 아는 사람들의 실례와 무례를 견뎠다. 적당히 친한 척하는 데에서 그치지 않고, 규리의 배꼽이 어떻게 생겼는지, 언제까지 이불에 오줌을 쌌는지까지 들먹이는 동네 사람들 전부가 그녀의 시험 무대였다.

규리는 심지어 엉덩이를 툭툭 두드리는 달집 아줌마의 친밀감도 참아내야 했다. 달집 식당의 솥밥은 규리도 좋아했지만, 아줌마의 손길은 달갑지 않았다. 엉덩이 두들김은 세 살이 아니라 서른세 살인 어른이 당할 일은 분명 아니라고 생각했다. 하지만 아줌마는 떨떠름했을 규리 표정을 보고도 물러서지 않았다. 심통 난 꼬마 어르듯 아이구, 다 컸네, 다 컸어, 하며 침대에 벌렁 누웠다. 규리는 영화 「밀레니엄」에 나온 루니 마라만큼이나 무표정한 유 간호사의 얼굴에 모처럼 표정 비슷한 게 생기는 걸 보았다. 좀처럼 감정을 드러내는 법 없는 그녀가 웃는 것 같아 좀 더 절망적이었는데, 규리는 그마저도 견뎠다.

이것 좀 먹어봐라, 규리야. 너 있다고 해서 좀 전에 부친 거 들고 왔다. 들척지근한 기름 냄새를 풍기는 부추전을 들고 들어서는 은지네 할머니도 규리가 감당해야 할 상대였다. 초등학교 때 습관처럼 혀를 자주 내밀던 은지는 정작 외국에 살고 있었건만, 규리는 자신을 거의 친손녀 취급하는 은지 할머니에 의해 손으로 뜯은 전을 먹어야 했다. 알고 보니 할머니는 한의원에 이런저런 음식들을 들고 오는 것으로 유명했다. 이상한 것은 원장도 이 실장도, 심지어 유난히 깔끔떨 것처럼 생긴 유 간호사까지 은지 할머니가 들고 오는 간식을 문제 삼지 않는다는 점이었다. 한의원에 응당 만연해야 할 한약재 향이 음식 냄새를 금방 흡수하지 못하는데도, 웬일인지 불평하는 손님도 거의 없었다. 다리에 힘이 하나도 없어서 침을 맞으려는 할머니 손에는, 다리에 힘 있는 사람도 만들기 어려웠을 것으로 보이는 음식들이 매번 들려 있곤 했다. 풀 죽은 파나 배추로 범벅이 된 전이 가끔 어릴 때의 은지처럼 규리를 향해 메롱, 혀를 내밀기도 했다.

더 난감한 경우도 있었다. 기억도 나지 않는 사소한 다툼으로 멀어진 이래 그간 안부 인사조차 나눈 적 없던 친구 희령이가 산후풍 때문에 왔을 때였다. 어, 여기서 일하고 있었네? 희령의 말이 "고작 여기서 일해?"로 들린 건 어디까지나 자의식 과잉 혹은 자격지심 때문이었겠지만, 아무튼 규리는 그 만남이 달갑지 않았다. 그렇게 말한 희령은 고용이 불안할 일 없는 주민센터 공무원이었고 결혼해서 애를 낳은 상태였다. 육아휴가를 내고 친정어머니 집에서 산후조리를 하는 중이라 했다. 정겨울 것 없는 사이였는데, 이틀 걸러 한 번씩 보다 보니 무슨 말이든 나누지 않을 수가 없었다. 규리는 아기 사진을 보며 마음에도 없는 말을 했다. 똑똑해 보인다. 귀엽네! 희령은 그렇지, 그렇지, 기뻐하며 예전의 앙금 따위 기억도 나지 않는다는 듯 다시 만나 반갑다는 말을 남발했다. 규리는 희령이, 너도 빨리 결혼해서 아기도 낳고 해야지, 라고 하는 말마저 토를 달지 않고 넘어갔다. 손님과 다툴 수는 없는 일이었다.

규리는, 마냥 털털하게만 볼 수 없는 문제들을 요리조리 잘 피해 가는 스스로가 대견했다. 어쩐지 어른다운 어른이 된 느낌도 들었다.

약간 모호한 또 다른 문제는 용수 오빠, 그러니까 원장이었다. 처음에 분명 서로 껄끄러워한다고 생각했는데 그렇지가 않았다. 원장이 저녁을 먹자고 하면서부터였다.

규리야, 된장찌개 먹으러 가자.

규리는 무람하지 않게 말하는 원장의 어조에서 음흉한 기색이나 불순한 의도를 느낄 수 없었다. 두어 번 저녁을 먹은 후 조금이라도 찌뿌둥한 기분이었다면 식사 자리를 거절하든 한의원을 그만두든 했을 것이다. 하지만 그다지 이상할 게 없었다. 원장이 기러기 신세인 유부남이긴 했지만, 전적으로 규리 취향이 아니었기 때문인지도 몰랐다. 삼십대 중후반 나이에 어울리게 몸도 퍼지고 얼굴도 허물어진 원장은 이성애자인 규리에게 결코 매력적인 이성이 아니었다. 식사 때 맥주나 하우스 와인 한 잔이 곁들여지는 때도 있었다. 그러나 언제나 한 잔, 게다가 규리가 원하는 경우에 한해서 한 잔일 뿐이었다. 원장은 체질적으로 술을 마시지 못한다며 한의사와 좀체 어울릴 것 같지 않은 콜라를 시켰고 규리에게 더 마시라고 권하지도 않았다. 친한 척하며 규리 어깨를 두드리는 일도 없었고 실수인 척 손으로 등이나 엉덩이를 스치는 일도 없었다.

원장은 동네 사람들이 안면을 들먹이며 아무리 사정을 해도 다섯시 반이 되면 더는 진료를 보지 않았다. 이것저것 정리할 게 있다며 원장실로 들어가 클래식 음반을 틀어놓고는 나오지 않았다. 이 실장과 유 간호사는 그런 원장에게 익숙한 모양이었다. 마지막 환자가 나가면 그들도 스스럼없이 퇴근했다. 기계들을 점검하고 뒷정리를 해야 하는 규리와 원장이, 한의원을 나서면서 자연스럽게 동네 음식점에 들렀다. 원장과 규리는 더도 덜도 없이 딱 밥 한 끼를 같이 먹었다.

중고교 시절, 특별히 친하지 않았으나 그렇다고 특별히 덜 친할 것도 없던 용수 오빠, 아니 원장 한용수는 예전과 달라 보였다. 예전의 한용수는 규리와 마찬가지로 크게 주목받는 유형이 아니었다. 그나 규리나 빛나는 누군가의 주변인인 데 익숙해서 설령 제게서 빛이 났어도 결코 제 것이라 여기지 않을 부류에 속했다. 한용수가 그나마 규리보다 조금 더 눈에 띄었던 건, 한의원 아들이라는 점 때문이었다. 한의사나 그 가족이 성당에 다니지 말라는 법이 없음에도 불구하고 어쩐지 가끔 그 대목이 사람들 입에 오르내리곤 했다. 다시 만난 한용수는 한의사치고는 특이하게도 클래식 마니아였고, 콜라를 즐겨 마셨으며 환자 한 사람, 한 사람을 부드럽게 대하는 진중한 사람이었다.

그렇게 달라진 그가 퇴근 무렵에는 다시 학창 시절의 한용수가 된 것처럼 스스럼없이 규리를 불렀다.

규리야, 짜장면 먹을래 파스타 먹을래?

선택한 음식에 대한 평을 하다가 성당 이야기를 할 때도 있었다.

나는 그 "내 탓이요, 내 탓이요, 내 큰 탓이로소이다"를 외는 게 제일 싫더라. 뭐가 그리 다 내 탓인지.

그러게요. 남 탓도 좀 하고 살아야 하는데.

내 탓 잘하는 사람들이 남 탓은 또 죽어도 못하지.

밥을 먹는 동안 달 것도 짤 것도 없는 밍밍한 이야기들이 오

갔다. 규리는 미숙한 시절에 같은 장소를 공유해서 대화가 쉽게 이어진다고 여겼다. 생각해보니 그리 모호할 것 없는 관계인 듯도 했다.

제풀에 지친 듯한 더위가 서서히 기운을 빼고 있었다. 규리는 다복한의원의 복닥거리는 분위기에 익숙해져갔다. 하지만 잘 아는 동네 환자들이기에 모르는 사람보다 더 껄끄럽게 여겨지는 건 여전했다. 한의원 문이 열리자마자 들이닥쳐 3번과 4번 침상에 나란히 눕는 철물점 아줌마와 최씨 아저씨가 유독 그랬다. 어느 날 규리는 두 침상 사이에 쳐진 커튼이 이리저리 흔들리는 것을 보았고, 도란도란, 두런두런 높낮이 다른 목소리가 오가는 걸 들었다. 허리가 낫고 나자 하지정맥류가 생겼다는 철물점 아줌마와 엘보가 그리 쉽게 낫는 게 아니라며 출석 도장을 찍는 최씨 아저씨는 분명 지나치게 친해 보였다. 규리는 두 사람이 한의원을 나서면서 서로의 어깨를 두드리거나 팔을 당기는 걸 볼 때마다 기분이 좋지 않았다. 철물점 아줌마의 남편은 그리 가깝지는 않아도 아버지 친구 중한 사람이었다. 철물점을 아줌마에게 맡겨놓고 젊은 시절부터 낚시에 미쳐 있었다는 얘기를 들은 적 있었다. 엄마가 그렇게나 칭찬하는 최씨 아저씨도 엄연히 부인이 있었다. 설마, 한동네에서? 규리는 태연하게 두 사람을 대하려 했지만, 이후로는 어쩐지 눈을 맞출 수가 없었다.

규리가 마침 점심을 먹으러 들른 수희에게 불평을 쏟아냈다. 아이들 학교 수업이 끝난 후 일과를 시작하는 수희는 잠에서 깨는 대로 집을 나섰고, 가끔 친구들 직장으로 불쑥 찾아오곤 했다. 새엄마가 들어온 후, 수희는 집에서 밥을 먹지 않았다.

이게 말이 돼?

말이 아니면 소?

꼬맹이들에게 배운 썰렁한 농담이 입에 익은 수희가 물을 따라주며 실실거렸다.

내일모레 환갑인 분들이 왜 그러시느냐고.

조용필 집 앞에 매일 꽃 들고 가는 사람들 모두 예순, 일흔 넘은 분들이야.

그건 연예인이잖아.

그사이 음식이 나왔다. 철판 위에서 아직도 자글거리며 끓고 있는 함박스테이크와 연어구이였다. 규리의 마음도 시끄럽게 자글거렸다.

그런 게 불륜이랑 같아?

사랑 안에 팬심도 있고, 불륜도 있고, 천륜도……

하지만 한동네 분들이잖아.

아이고, 모르겠다. 머글들 인생은.

'머글'이란 뮤지컬 커뮤니티에서 마니아가 일반인을 지칭할 때 쓰는 말이었다. 수희가 골치 아픈 얘기가 싫다는 듯 손을 흔들며 스테이크를 조금 잘라 규리에게 주었다. 규리도 제 앞에 놓인 연어를 잘라 수희에게 주었다.

맛있다, 이 집.

그러게, 맛있네.

규리는 철물점 아줌마와 최씨 아저씨의 만남도 철판구이 음식처럼 맛있을까 싶었다. 남 일일 뿐인 데다 답도 없다는 수희 말이 맞다고 생각하면서도 마음이 재깍 떨어지지 않았다.

비단 철물점 아줌마와 최씨 아저씨의 관계뿐만이 아니었다. 규리는 날마다, 모르는 게 나을 성싶은 불편한 이야기들을 들어야 했다. 크지 않은 데다 그 흔한 재개발 한 번 안 된 곳이어서인지 동네에는 비밀이 별로 없었다. 슈퍼 할아버지가 옥상에서 비둘기를 잡아 구워 제 개에게 먹인다든가 윗길 세탁소 아저씨가 아랫길 세탁소 담벼락에 방뇨를 했다든가 하는, 사실 여부를 확인할 수 없는 이야기들도 무수히 흘러나왔다. 규리는 슈퍼 할아버지 얼굴에서 털 뜯긴 비둘기를 연상하지 않거나 윗길 세탁소 아저씨가 그렸을 소변 무늬를 상상하지 않기 위해 애를 써야 했다. 유 간호사가 오가며 쉿, 주의를 주어도 동네 환자들 사이의 수다는 끊이질 않았다.

닭기름 냄새 맡기 싫어서 여자가 도망갔다지? 여자 떠난 지가 언젠데 아직도 찾으러 다닌대. 언제 한번 돌아오지 않았나? 그랬지. 하지만 왔다가 또 뛰쳐나갔지. 통닭집 아저씨를 두고 꽃가게 아줌마와 횟집 아줌마가 나눈 대화였다. 큰 병원에서 온갖 검사를 다 했어도 시원한 답을 못 찾았다는 통닭집 아저씨는 두통을 호소했다. 덥수룩한 머리에 수염도 깎지 않은 채로 와서는 손, 팔 그리고 발, 다리에 삼릉침을 맞고 가곤 했다. 규리는 아저씨가, 자립도 제대로 못하고 주사도 놓지 못하는 저만큼이나 딱해 보인다고 생각했다.

타인의 사정을 본의 아니게 알게 되는 건 피곤한 일이었다. 규리는 화장품 병 겉면에 쓰인 깨알 같은 글씨를 읽기 위해 돋보기를 댔을 때처럼 어질어질한 기분이었다.

원장과의 저녁 자리가 묘하게도 그런 피곤함을 상쇄시켜주었다. 규리는 격식을 차리지 않고 편하게 대해도 도를 넘어 친밀하지는 않은 원장과 밥 먹는 게 점점 좋아졌다. 원장과 직원, 성당 선배와 후배라는 관계가, 가로대를 사이에 두고 담긴 짬짜면처럼 한 그릇에 무리 없이 담겼다. 규리는 한의원에서 들은, 지나치게 사적인 소식들을 원장에게 전하지 않으려고 주의했다. 담백한 관계를 유지하려면 담백한 대화만을 나눠야 한다고 생각했다. 간이 안 된 시금치를 먹는 느낌과도 비슷했다. 규리는 철분이나 섬유질은 풍부하겠지 싶은 태도로, 원장 역시 비타민 C가 있으니 먹어줄 만하다는 듯한 태도로 이야기를 나누었다. 규리는 스물세 살이었다면 제대로 잡지 못했을 어떤 균형을 서른세 살이기에 유지하고 있다는 생각에 내심 뿌듯하기도 했다.

산후풍으로 오는 이희령 씨 기억나요? 제 친구예요.

아, 친구였어?

하긴 희령이는 성당 안 다녔으니까, 모르겠네.

규리는 희령이가 매번 아기 자랑, 시댁 자랑을 해서 들어주기 괴롭다는 말은 하지 않았다. 환자에 관한 개인적인 감정을 드러내지 않는 스스로를 자랑스러워할 수 있는 시간이 즐거웠다. 원장도 무리가 없는 소소한 이야기만을 늘어놓았다. 호주로 간 가족 이야기를 잘 했다.

애 엄마가 고생이지. 말도 안 통하는 데서 뒷바라지하느라.

아들이 요즘 드럼을 배운대. 재미있어 한다네.

주거니 받거니의 균형을 맞추기 위해 규리 역시 가족 이야기를 했다. 물론 엄마가 규리 허락 없이 한의원에 이력서를 넣었다는 말은 하지 않았다.

규리는 학창 시절의 두 배가 넘는 나이에 이른 자신과 원장이, 예전과 같은 동네에서 함께 일을 하고 밥을 먹는 게 얼마간 신선하게 여겨졌다. 에스트로겐이나 테스토스테론이 분수처럼 뻗어 올랐던 시절의 기억들이 떠오르기도 했다. 하얀 미사포 사이로 흘금흘금 누군가를 곁눈질하거나, 미사 중 앉았다가 일어섰다가 다시 무릎을 꿇기도 하는 동작들에 산만한 생각들을 조금씩 나눠 담던……

어른이 된 후에는 유치했다고 회상한 바 있는 짓궂은 장난질이 원장과 밥을 먹는 식탁에서 되살아나기도 했다. 원장이 도토리묵 다섯 점이나 메추리알 세 개를 반 이상 먼저 먹는 데 성공하면, 규리가 달걀말이 두 점을 모두 먹어 치우는 것으로 복수를 했다. 해물전의 바삭한 부분을 선점하기 위해, 접시 위에서 젓가락 전쟁을 벌이기도 했다. 규리는 원장이 생선 껍질을 좋아한다고 하자 굳이 생선 껍질부터 먹었을 때만 조금 후회를 했다. 평소에 생선은커녕 닭 껍질도 먹지 않는 규리로서는 괜히 무리를 한 셈이었다. 어쨌거나 성당 교리실로 배달된 피자에 전투적으로 달려들었던 예전과 크게 분위기가 다르지 않았다.

원장은 유행도 맥락도 없는 허무개그도 곧잘 했다.

소나무가 삐친 걸 두 글자로 뭐라고 하게?

소나무가 삐쳐요?

모르지? 칫! 솔이다.

규리는 수희가 했으면 퉁바리나 놓았을 실없는 농담을 웃으며 들었다. 원장의 말장난이 싫지 않았다. 하지만 그의 농담이 도를 넘어서서 정말 허무해지는 때도 있었다.

사람들이 왜 우리 다복한의원에 오는지 아냐?

복 많이 받으려고?

틀렸다. 아파서 오지. 안 아프면 한의원에 왜 오겠냐.

규리는 그런 이야기까지 맞장구를 쳐주지는 않았다. 두 사람은 일주일에 두어 번, 그렇게 밥 한 끼를 같이 먹었다.

규리가 원장에 대해 조금 더 특이한 걸 발견한 건 첫 출근 후 두 달여가 지나고서였다. 호출을 받고 원장실로 들어갔더니, 원장이 처음 보는 젊은 여자 환자를 맥진하고 있었다.

소음 체질이네요.

그렇다고들 하더라고요.

맥이 너무 안 좋습니다. 용을 좀 드시면 좋은데, 일단 약재 먼저 골라봅시다.

원장이 여자를 침대에 눕히고 눈을 감게 했다. 규리가 약재 상자를 원장의 허리께로 들어 올리자, 원장이 약재를 하나씩 꺼내 여자의 오른손에 쥐게 했다. 사이사이 물방울을 뿌리며 여자의 반응을 관찰하는 것 같았다. 이전에 보지 못한 오링테스트의 일종인 듯했는데, 그건 원장이 퇴근 무렵에 헨델의 「울게 하소서」 같은 걸 틀어놓곤 하는 모습만큼이나 낯설었다.

원장이 스물다섯 칸에 든 약재를 순서대로 여자가 쥐게 하고 무언가를 기록한 후 다시 쥐게 하는 일을 반복했다. 규리는 약재 상자를 들었다 내렸다 하는 틈틈이 지시대로 여자에게 물을 한두 방울 뿌렸다. 테스트가 끝난 후 젊은 여인을 대기실로 안내하는데 소란스러운 소리가 들렸다.

아, 언제까지 기다리냐고!

만성적인 성대결절을 앓고 있는 듯한 쉰 목소리였다. 이 실장이 침착하게 환자를 달래는 소리가 들렸다. 원장은 젊은 여인에 대한 기록이 아직 끝나지 않았는지 진료실에서 나오지 않고 있었다. 커튼을 열고 나온 이 실장의 안색이 좋지 않았다.

뜸기 가져다드려.

규리가 연통이 달린 뜸 기구를 밀며 9번 침상으로 가고 있는데, 이번에는 5번 침상의 커튼이 휙 걷혔다. 눈썹 문신이 진한 중년 여인이 신경질을 냈다.

시원하지도 않은 안마나 받으려고 온 게 아니야. 얼마나 더 기다려야 해?

규리는 그제야 원장이 새 환자를 보는 데 시간이 너무 걸렸다는 생각이 들었다. 약재 테스트만 거의 한 시간가량 했지 싶었다. 밖에서 나는 소리가 들렸을 법도 하건만, 원장실에서는 아무런 기척이 없었다.

잠시만 기다려주세요. 곧 나오십니다.

이 실장이 몇 번도 더 했을 말을 기계적으로 반복했다. 감정 표현을 덜 해서 유난히 주름이 없는 게 아닐까 싶은 유 간호사의 미간에마저 가는 주름이 잡혔다. 그러고 보니, 첫 환자들이 대부분 나가고 두번째 환자들이 온 지도 한참 지난 모양이었다. 놀러 오듯 한의원에 오는 동네 사람들이야 세월이 좀먹냐며 누워 있는 데 익숙했지만, 사정이 급한 사람도 있는 법이었다.

결국, 눈썹 문신을 한 여인이 화를 내며 일어섰다. 예약도 했는데 한 시간째 기다리는 게 말이 되냐는 소리가 한의원 내부에 크게 울렸다. 규리는 언젠가 목욕탕 아줌마가 했던 말을 떠올렸다. 약 짓는 데, 그리 자신 없어 한다더라. 아버지가 썼던 처방전만 잘 써먹어도 되겠구먼, 절대 그렇게는 안 한다네. 규리 역시 의아했다. 오 분도 걸리지 않아 약재서를 썼던 옛 직장의 한의사들과는 딴판이었다. 목욕탕 아줌마는 원장의 아버지에 대해 다른 이야기도 했다. 한만호가 다른 사람들 다 고치고 정작 제 병은 못 고친다는 소리 듣기 싫어서 별안간 일을 그만뒀다잖아. 한약을 잘못 먹어 풍이 더 악화됐다는 소문도 있고……

규리는 원장이 아버지 한만호에 대해 다소 예민하게 반응하는 걸 본 적 있었다. 저녁을 먹다가 본의 아니게 아버지를 언급한 건 원장 자신이었다. 오징어볶음을 먹으면서 자연스레 나온, 여느 때처럼 누구에게도 해 될 게 없는 시시껄렁한 이야기 중이었다.

너 문방구 오징어 할아버지가 왜 오징어 할아버지인 줄 알아?

할아버지 성이 오씨여서? 먹물 먹은 티 너무 나서?

아니야. 그 할아버지 예전에 오다리로 불렸던 개그맨 흉내를 엄청 잘 냈대. 팔다리 떨면서 흐물거리는 춤이 기가 막혔단다.

그걸 누구한테 들으셨어요?

아버지한테 들었지.

아버지를 언급해놓고 갑자기 난감한 표정을 지은 원장 때문에, 규리도 난감해졌다. 원장이 은연중에 튀어나온 '아버지'를 가능하다면 꼭꼭 씹어 삼키겠다는 듯한 표정으로 오징어를 씹었다. 규리는 먼저 묻지도, 캐묻지도 않았는데 꼭 제가 잘못한 것만 같아 어찌할 바를 몰랐다.

오징어 먹던 때를 떠올리던 규리가, 어느샌가 원장실에서 나온 원장이 손수 찜질팩 옮기는 것을 보고는 깜짝 놀랐다. 이 실장이 팩을 가져오라고 한 게 그제야 생각났다. 규리가 허둥지둥 다가가자, 원장이 웃으며 팩을 건네주었다. 원장은 곧 아무 일 없었다는 듯 침구실을 돌았다.

이정이 여행에서 돌아왔으므로 친구들이 또 모였다. 장미향 가득한 불가리아와 값싸고 맛 좋은 와인이 넘쳐난 루마니아 예찬이 끝나자, 곧 진영의 푸념이 이어졌다. 진영은 아직 새로운 사람을 만나지 못하고 있었다.

이제 어떻게 살아? 난 이제 어떡하지?

돼지갈비를 먹는 틈틈이 알뜰히 소주로 궁합을 맞춘 진영은 조금 취해 있었다.

곧 다른 사람 생길 거야. 우린 젊어.

갈비뼈를 통째로 들고 뜯으며 말하는 수희의 이가 젊고 건강하다는 데에는 의심의 여지가 없어 보였다. 진영이 고개를 가로저었다.

아냐, 폭삭 늙었어. 일도 할 수 없고, 돈도 떨어졌어.

모두 진영이 왜 돈 걱정을 하는지 알고 있었다. 지난번에 남자와 헤어지면서 의식을 치르듯 잘 다니던 옷 가게를 그만 두었는데, 그 후로 일을 구하지 못하고 있어서였다.

그러게, 일은 왜 자꾸 그만둬?

일 그만두는 거라면 누구보다 잘하는 이정이 약간 신경질적으로 말했다.

네가 할 소리야?

진영이 술기운을 빌려 이정을 쏘아보았다. 하지만 이정은 진영의 눈길에 아무런 반응도 보이지 않았다. 결혼한 오빠 집에 얹혀살면서 새언니를 상대로 맷집을 키운 이정이 제일 잘하는 건 누군가의 새초롬한 눈빛을 무시하는 거였다.

그만하자, 다들.

돈 걱정이라면 누구 못지않게 심각했을 수희가 시큰둥하게 말했다. 보습학원 급료는 오르지 않았지만, 뮤지컬 푯값은 계속 오르고 있었다.

분위기가 음산하게 가라앉았다. 이정이 드라큘라의 고향 시기쇼아라에서 샀다는 가죽 팔찌 하나씩을 나눠주었다. 루마니아가 아니라 홍대에만 가도 널렸을 법한 팔찌였지만, 다들 창백한 활기나마 되찾았다. 루마니아산 팔찌는 가두리 마감이 거칠고 조잡한 게, 홍대에서 파는 팔찌와는 분명 달라

보였다.

규리가 다복한의원에서 일한 지 백 일이 넘어 스스로 대견하게 여길 무렵, 얼굴을 금방 알아볼 수 있는 한 연예인이 한의원을 찾았다. 텔레비전 드라마에서 담백하고 사리 분별 분명한 노부인 역으로 잘 나오는 사람이었는데 본명은 김영숙이었다. 규리는 원장의 아버지 때부터 단골이었다는 그녀를 원장실로 안내했다. 그런데 어쩐 일인지 김영숙은 원장실에 이십 분가량 있다가, 침도 맞지 않고 약도 짓지 않은 채 그냥 가버렸다.

규리가 궁금해서 실장을 바라보자, 실장이 엄격함을 잠시만 거두겠다는 듯 융통성 있는 표정을 지었다. 연예인이라 그런지, 실장이 더 말하고 싶어 안달이 난 눈치였다.

김영숙 씨가 며느리 임신 잘할 수 있는 한약을 지어달라고 했는데, 원장님이 거절했어.

그런 약이라면 규리도 알고 있었다. 몸을 따뜻하게 하고 피를 맑게 한다는 육계와 당귀를 위주로 한 약이었다. 이전 한의원들에서는 임신 한약이라며 수월하게 팔곤 했다. 실장이 아쉬움에서 기인했는지 자부심에서 기인했는지 알 수 없는 표정으로 말했다.

원장님은 본인이 오지 않으면 절대 약을 지어주지 않아.

규리는 신중한 원장이니만큼, 체질 따라 다를 수 있는 약을 함부로 주지 않았으리라 짐작했다. 어쩌면 김영숙이, 며느리가 먹기 싫어할 약을 억지로 갖다 안기려 했을지도 모를 일이었다. 규리는 합리적인 사업가나 지적인 교수 등의 배역과 상관없이, 김영숙 역시 시시한 시어머니구나 싶었다. 며느리, 시어머니를 떠올리자 자연스럽게 장미 아줌마 생각이 났다. 엄마가 혀를 차며 말한 적 있었다. 장미가 미용실 손 놓고 침 맞으러 다니는 거 그거, 다 며느리 때문이다. 사람들이 장미보다 솜씨가 더 좋은 며느리한테 머리 맡기고 싶어 하니까, 무안해서 한의원 핑계 대고 안 나가는 거지. 규리는, 장미 아줌마도 며느리 한약 먹일 생각을 할까, 문득 궁금해졌다. 어쨌거나 원장이 원칙대로 약을 짓고 환자를 보는 건 꽤 괜찮은 일이라는 생각이 들었다.

그날 저녁 규리는 아직도 보글보글 끓고 있는 뚝배기 불고기에서 당면을 죄다 골라 원장에게 주었다. 원장은 뚝배기에 들어간 당면이 제일 맛있다며 늘 탐을 내곤 했다. 규리는 원장이기도 하고 성당 오빠이기도 한 한용수가 성긴 머리카락을 뒤로 넘기며 당면 먹는 모습을 흐뭇하게 바라보았다.

규리는 다복한의원을 멀리하기엔 이미 너무 늦었다고 반쯤 체념한 상태로 마음을 붙였다. 엄마 말처럼, 친구들 말처럼 좋은 점이 더 많다고도 생각했다. 하지만 나란히 누워 손을 맞잡고 어쩌면 그보다 더한 일도 했을 법한 철물점 아줌마와 최씨 아저씨에게는 좀체 편한 기분이 들지 않았다. 규리는 때로 3번과 4번 침상 사이로 오가는 손을 노려보곤 했는데, 그럴 때면 출렁이는 커튼 역시 질 수 없다는 듯 뚱한 표정으로 규리를 노려보곤 했다. 규리는 그들이 나간 후 커튼을 휙 소리 나게 걷는 것으로 화풀이를 했다. 동네 한의원을 직장 삼는 바람에 볼 꼴, 못 볼 꼴을 다 본다며 자조하지 않을 수 없었다.

환자의 사생활에 신경을 쓰는 미숙한 태도를 보이지 말자고 다짐했건만, 규리는 어느 날 도저히 참을 수 없는 지경에 이르고 말았다. 제 부모가 각자의 내연 상대와 그러고 있는 것만 같았기 때문이었다. 그러지 말자고 다짐했음에도 불구하고, 저도 모르게 불쑥 원장에게 묻고 말았다.

혹시, 김정순 아줌마랑 최진호 아저씨 관계 알아요?

솥밥을 다 먹은 후 누룽지를 뜨고 있던 원장이 숙였던 고개를 들었다. 누룽지처럼 뿌연 눈망울이었다.

3번, 4번 침상에 나란히 누워 계시는 분들?

네. 그 두 분 각자 가정이 있는데 손도 잡고 그래요. 이상한 관계란 말이에요.

그랬구나.

그래도 되는 거예요?

그러면 안 되나?

규리는 적잖이 놀랐다. 황급히 물을 들이켰다.

누룽지 먹어봐. 구수하다.

원장이 손도 대지 않은 규리의 누룽지 솥을 가리켰다.

아, 진짜……

원장이 누룽지를 후후 불며 말했다.

매번 음식 들고 오시는 황숙희 할머니 알지?

규리는 할머니 손녀가 초등학교 때부터 친구라 잘 안다고 답했다.

그분이 시장 골목 초입에 있는 고깃집부터 이 동네에 점포만 세 개나 갖고 있어. 예전에는 정육점을 직접 했지.

규리는 그 역시 대충 알고 있는 사실이라 고개를 끄덕였다.

할머니가 왜 수고롭게 음식을 해 와 우리에게 나눠주는지도 아나?

알지 못했다. 규리는 은지와 수년간 얼굴 한 번 본 적이 없었다. 만든 김에 그냥? 유달리 손이 커서? 규리는 제게 전을 집어주던, 4B연필로 여러 번 금을 그은 듯한 할머니의 주름진 손을 떠올렸다.

그럼 원장님은 알아요?

하지만 규리는 대답을 듣지 못했다. 카운터를 비웠다가 돌아온 달집 아줌마가 후식으로 먹으라며 감을 깎아 들고 왔기 때문이었다. 아줌마가 규리 옆에 앉아 원장 덕분에 족저근막염에 확실히 차도가 있다는 말을 시작으로 수다를 떨기 시작했다. 규리는 아줌마가 또 엉덩이를 두들길까 봐 의자를 살짝 옆으로 옮겼다. 식사는 이미 끝나 있었다.

계단을 내려가면서 원장이 규리에게 시선을 두지 않은 채 말했다.

너랑 나랑은 뭐가 다른가?

규리는 깜짝 놀랐다. 원장, 아니 한용수, 용수 오빠, 아니, 아니…… 원장이든 한용수든, 무어라 말을 하고 싶은데 그럴 수가 없었다. 분명 달라도 너무 다르다든가, 갖다 붙일 게 없어서 그런 걸 갖다 붙이냐고 쏘아붙이고 싶은데 이상하게 입이 떨어지지 않았다. 규리는 그대로 등을 돌려 집으로 향했다. 너랑 나랑은 뭐가 다른가? 말도 안 된다. 어째서 말도 안되지? 그럼 같다는 거야? 규리는 혼자 계속, 아무렇게나 묻고 답했다. 집으로 걸어가는 내내 어쩐지 분했다. 달집 식당에서 집까지는 이백 미터도 채 되지 않았다. 아, 가깝다는 건 정말이지……

그 후 며칠간, 규리는 몸에 잘 맞지 않는 원피스를 입었을 때처럼 불편한 기분이었다. 목 부분에서 수직으로 떨어져야 할 앞선이 비뚤어지고 천이 우는 채로 치맛단이 마감된, 기묘하게 뒤틀린 옷을 입었을 때의 느낌 그대로였다. 원장의 말이 침처럼 따끔따끔 몸을 찔러댔다. 규리는 저녁에 학원에 다니기로 했다는 핑계를 댄 후 더는 원장과 같이 밥을 먹지 않았다. 거짓말을 하고 싶지 않아 간호사 자격증을 딸 수 있는 학원에 진짜로 등록도 했다.

가을이 살짝 닿는 듯하다가 떠나고 겨울이 오자, 한의원은 더 분주해졌다. 미끄러운 길에서 넘어진 사람들이 많았다. 철물점 아줌마와 최씨 아저씨는 한동안 뜸한가 싶다가도 어느새 3번과 4번 침대를 차지하고 누웠다. 두 사람은 리모델링을 새로 한 동네 음식점이나 구청 주최 바자회 등에 대해 떠들다가 사이좋은 유치원생처럼 다정하게 같이 나가곤 했다.

한동안 발길을 끊었던 통닭집 아저씨도 다시 왔다. 두통이 재발한 모양이었다. 장사가 잘된다고 들었는데 아저씨의 행색은 여전히 추레했다. 여러 연예인이 숨겨진 맛집으로 소개하고 최근에 가수 비도 다녀간 덕에 통닭집 형편이 폈다는 소문과는 무관해 보였다. 규리는 아저씨의 배에 온열기를 올려주고 특별히 일회용 커버를 두 장 더 얹은 마사지 모자를 씌워주었다. 엉기고 떡 진 아저씨의 머리카락이 비로소 안심이 된다는 듯 편하게 늘어졌다. 규리는 기름 냄새 맡기 싫어서 오래전에 집을 나갔다는 아저씨의 아내를 떠올렸다. 마사지기를 켜고 온열기의 온도를 맞추었다. 고맙다, 규리야. 아저씨가 말하며 오른팔을 이마에 올렸다.

설이 지나자 환자들이 더 늘었다. 다들 가족과 친척을 챙겨야 하는 명절이 끝나자마자 자신을 챙겨야겠다는 결심을 일제히 굳힌 게 아닌가 싶었다. 어깨가 결린다는 사람, 소화가 안 된다는 사람, 목이 돌아가지 않는다는 사람 등이 모두 전기치료나 찜질을 받았고 침을 맞았다. 규리는 이렇게 많은 사람이 이렇게나 아픈 데가 많아서 이렇게도 열심히 한의원을 찾는구나, 하는 생각을 새삼 다시 했다.

무릎인대를 다쳤다는 젊은 남자의 침상에 13그램짜리 거대 쑥을 가져가고 있을 때였다. 원장실에서 여자 우는 소리가 났다. 그냥 우는 게 아니라 통곡을 하고 있었다. 규리는 침구실에 있느라 누가 원장실에 들어가는지 보지 못했다. 잠시 후 원장실에서 나온 이는 놀랍게도 희령이었다. 눈 주위가 퉁퉁 부어 있었다. 규리는 못 본 척하는 게 나을 것 같아 얼른 시선을 다른 데 두었다. 희령이 산후풍뿐만 아니라 산후우울증을 극심하게 앓았다는 사실을 나중에야 알았다.

은지 할머니도 여전히 끙끙거리며 한의원을 드나들었다. 할머니의 사연은 대단한 비밀도 아니었다. 한의원에 자주 오지 않는 부동산 아저씨나 속옷 가게 아줌마도 알고 있을 정도였다. 할머니가 한의원에 오는 건 달리 갈 곳이 없어서였다. 할머니는 유산 때문에 싸우던 자식들이 집에 우르르 들어온 후로 동네 창피해서 가까운 친구들 만나기를 꺼렸다. 게다가 자식들은 서로를 견제하느라 들어가 사는 시늉은 해도 밥 한 끼를 같이 먹지 않았다. 할머니는 아주 가깝지는 않으나 자식들보다는 가까울 한의원 사람들과 음식을 나눠 먹었다.

그사이 이정은 처음으로 장거리 국내 여행을 다녀왔다. 이

정은 한반도 남동쪽에서 발견한 기암괴석이 스칸디나비아반
도의 피오르만 못할 게 없다며 수십 장의 사진을 보여주었다.
수희는 방만한 호텔 경영과 임금 체불 등의 의혹을 받는 시아
준수로부터 돌아서지 않기 위해 안간힘을 쓰고 있었다. 떠나
가려는 마음을 잡느라 살이 2킬로나 빠졌다는 게 허언은 아
닌 듯 얼굴이 해쓱했다. 진영은 양말 파는 가게에서 같이 일
하는 두 살 어린 남자와 목하 열애 중이라 더는 징징거리지
않았다.

글쎄, 거기 동양 최대 동굴 법당이 있더라니까? 기네스북
에도 등재되었대.

마이클 리를 눈여겨볼 필요가 있다는 거지, 내가 준수를 버
렸다는 게 아냐. 마이클의 성실하고 열정적인 태도가 마음에
든다는 정도지.

내 가슴에 난 창문을 열어 보이고 그 사람 가슴에 난 창문을
열어보는 중이야. 그런 일은 아무리 해도 싫증이 나지 않아.

한참을 떠들던 친구들이 유난히 잠잠한 규리를 문득 의심
스럽게 쳐다보았다. 규리가 두 달도 못 가서 학원을 그만뒀다
는 건 이미 다들 알고 있었다. 남 사는 데 관심을 가질 정도로
여유를 되찾은 진영이 물었다.

한의원은 어때, 요즘?

규리는 원장 이야기를 하고 싶지 않았다. 어느 날 퇴근을
하는데, 원장이 아무리 집이 가까워도 따뜻하게 입고 다니라

는 말을 하며 제 목도리를 둘러주었다는 말을 할 수는 없었다. 규리는 자신에게 '꼬락서니' 운운했던 여자의 어머니가 한의원에 온 일을 얘기했다.

백발을 뒤로 질끈 묶은 여인은 규리를 알아보지 못하는 것 같았다. 규리는 단번에 알아보았다. 원장과 여인은 진료실로 들어가더니 한참을 나오지 않았다. 약재 상자를 들고 있으라며 규리를 부르지도 않는 걸 보니 자주 드나드는 손님인 모양이었다. 규리는 침구실을 들락거리며 수시로 진료실을 살폈지만 무슨 이야기를 주고받는지 알 수 없었다. 수신 상태가 좋지 않은 라디오를 틀어놓은 것처럼 흐리마리한 소리만이 떠다녔다. 반 시간이 지나고서야 여인이 나왔다. 바싹 마른, 지푸라기 같은 몸을 간신히 지탱하고 있는 듯 보였다. 여인이 계산을 치른 후 붉은 보자기에 싸인 공진단 상자를 들고 나갔다. 남 일에 대해 떠드는 법 없는 유 간호사가 웬일로 낮게 속삭였다. 정기적으로 보약 지어 드시고 안 좋을 때는 저렇게 공진단도 사 가요. 딸보다 하루 더 사는 게 소원이시래요.

친구들 모두 놀랍고도 안타깝다는 반응이었다. 규리는 딸이 자기보다 어려 보였다는 말을 덧붙였다.

그러고 보니, 우리 이제 서른넷이다. 설마…… 만으로 아직 서른셋 아냐? 그렇게 따지면 생일 안 지났으니 서른둘이지. 아무렴 어때. 규리와 친구들이 한참을 떠드는 사이, 한 살 더 먹은 데 대한 애도가 테니스공처럼 경쾌하게 날아가더니 한 해 더 성숙해진 걸 자축하며 튕겨 나왔다.

원장은 여전히 새 환자를 상대할 때마다 오랜 시간을 소비했다. 수십 번 맥을 짚었으며 한약재를 고르는 데 한참을 고민했다. 아버지 한만호처럼 침을 놓고 추나요법을 실시했지만 아버지처럼 시원스레 약을 처방하지는 않았다. 장미 아줌마와 신나게 쇼핑을 하고 돌아온 엄마가 지나가는 말처럼 툭 던졌다. 원장 아들이 좀 아프다더라. 그래서 애들 엄마가 멀리 데리고 갔대.

규리는 언젠가 원장이 했던 시시한 농담을 떠올렸다. 사람들이 왜 우리 다복한의원에 오는지 아냐? …… 아파서 오지. 안 아프면 한의원에 왜 오겠냐.

두 달째 원장을 피하던 규리가 원장에게 먼저 '밥 한 끼'를 청했다. 한용수 원장이든 용수 오빠든 밥 한 끼 같이 먹고 싶어서였다. 사십대를 바라보는 남자의 눈이 규리와 밥을 먹는 동안 잠시 십대 소년의 눈으로 돌아가는 게 뭐 대수랴 싶기도 했다.

서른넷이라니 믿기지 않아요. 마흔넷이 되면, 상황이 좀 나아질까요?

표면에 윤기가 흐르는 족발 한 점을 집으며 규리가 물었다. '꼬락서니'가 좀 나아질까요, 라고 하고 싶었으나 나름 순화시킨 질문이었다. 고기 가두리에 붙은 콜라겐 성분이 푸석푸

석한 피부에 직접적인 영향을 미치느냐, 아니냐를 두고 가벼운 실랑이를 한 뒤였다. 한용수가 성긴 머리카락을 습관처럼 쓸어올리며 콜라를 한 모금 마셨다.

글쎄, 네가 쉰넷, 내가 쉰일곱이 되면 알 수 있으려나?

규리는 그런 건, 자신이 예순넷, 한용수가 예순일곱이 되어도 알지 못하리라 말하려다 그만두었다. 아울러 무언가를 알기에 충분한 나이 같은 건 없다는 생각이 들었는데, 일부러 원장에게 말할 필요는 없을 것 같아 고개만 가로저었다.

언제 성당 한번 가볼래요?

뭐? 왜?

서른셋에 다 이룬 예수님이 다소 무료하실지도 모르니까.

원장이 웃으며 고개를 갸웃거렸다. 규리는 까까머리 시절의 한용수가 「알함브라 궁전의 추억」 같은 걸 기타로 치려다 계속 음이 틀리자 고개를 갸웃거렸던 걸 떠올렸다. 멀고도 가까운 추억이었다.

원장과 규리는 맛있게 먹은 족발이, 피부든 어디든 분명 좋은 영향을 미치리라는 데 동의하며 식사를 마쳤다. 만연해 있지만 진하지 않은, 얇디얇은 맛을 내는 저녁 한 끼였다.

레슬링

첫 라운드는 괜찮았다. 허벅지 근육 파열로 한동안 쉬다 돌아온 짱돌과 방자하기 이를 데 없는 이방자와의 한판 싸움에서, 짱돌이 방자에게 제대로 초크슬램을 먹이고 승리했기 때문이다. 물론 프로레슬링 경기에서 승패만이 중요한 것은 아니다. 목을 잡고 뒤로 던지는 동작이 얼마나 아름다운지 혹은 바닥에 부딪히는 동작이 얼마나 실감 나는지도 관건이다. 그런대로 좋았다. 방자의 몸이 탄력 있는 매트리스에 부딪혀 출렁이는 순간 철판 울리는 소리가 요란하게 났고, 이어 짱돌 밑에 깔린 방자의 고통스러워하는 표정이 완벽하게 관객들의 만족감을 끌어냈기 때문이다. 사람들은 환호했다. 재활의 고통을 겪었을 짱돌이 승리하지 못했다면, 모두의 기분은 서민을 쥐나 개돼지로 보는 정치가들이 여전히 건재하다는 사실을 알았을 때만큼이나 나빠졌을 것이다.

그렇다. 기분 전환. 프로레슬러로서의 성공은 사람들의 기분을 풀어줄 수 있느냐 없느냐에 달려 있다. 잘 때리거나 잘 피하는 것은 '프로'가 할 일이 아니다. 잘 때리거나 잘 피하는 게 아니라 잘 때리거나 잘 피하는 '시늉'을 훌륭히 해내고, 동시에 그 시늉에 관중들을 몰입하게 만드는 게 진정한 프로다. 그러므로 근육 진통제 옥시코돈의 섭취량이 한 알에서 두 알, 세 알, 여러 알로 늘어날 때까지, 프로레슬러들은 오로지 자신만을 상대로 싸워야 한다. 잘 때리고 잘 조르고 잘 던지는 거 못지않게 잘 맞고 잘 졸리고 잘 던져질 수 있도록 스스로를 괴롭혀야 한다. 그들은 궁극적으로 자신만이 극복 대상인 예술가들과 하등 다르지 않다.

예술가는, 개뿔.

나는 예술 운운한 내 말에 역정을 내는 사장에게 굽신거린다. 나는 '굽신거린다'고 말하는 게 부끄럽지 않다. 레슬러들에게 그들의 역할이 있듯이, 내게는 내 역할이 있기 때문이다.

저기 무슨 예술이고? 쇼지, 쇼.

네, 쇼죠.

명심해라. 쇼다.

네, 쇼입니다.

그나저나 아직도 저 자리들 텅 빈 거 봐라. 이라다가는 월세도 못 내고 빤스 바람으로 나앉게 생겼다 아이가.

나는 호피 무늬든 아메바 무늬든 나와는 아무런 상관도 없을 사장의 팬티가 머릿속에 떠오른 것이 거북하지만, 내색해 봤자 소용없을 것을 알기에 그저 열심히 고개를 끄덕인다.

노력하고 있습니다.

내가 시킨 대로 확실히 바깠제?

네, 말씀하신 대로 진행했습니다.

마, 내는 큰 욕심 없다. 대세를 따르면 그뿐. 해보면 알기지.

사장의 팬티는 예상외로 아무런 무늬가 없을 수도 있다. 어쩌면 지금 링에 등장하는 늑대 청년 울프의 바지처럼 천박한 붉은색일지도 모른다.

울프는 레슬러라기보다 탤런트가 어울릴 것 같은 잘생긴 얼굴을 갖고 있는데, 멀끔한 외모와 아무런 상관이 없는 악역을 연기하고 있다. 부모의 지갑에서 푼돈을 훔치거나 약자를 괴롭히고 다니면서도 당당하게 큰소리를 치는 '양아치'가 그의 포지션이다. 벽에 걸린 대형 프로젝션을 통해, 유행 지난 스키니진을 입은 울프가 초등학생들로부터 돈을 뜯어내는 영상이 소개되고 있다. 한쪽으로 쏠린 앞머리를 끝없이 뒤로 제치며 그가 하는 멘트는 한결같다. 나중에 꼭 갚는다. 나, 멋진 늑대인간, 울프란 말이다!

악역이긴 해도 잘생겼다는 점 때문에 울프에게는 그를 응원하는 약간의 팬들이 있다. 하지만 팬들이 아무리 그를 좋아해도 그의 인기는 언제나 딱 그 자리다. 악역이기 때문이다. 그러나 지난번 경기에서 울프가 야만스럽게 백스핀 블로우로 아랑을 제압한 뒤로, SNS 등을 통해 그의 인기가 오히려 올라갔다. 사장은 자신의 예상이 맞았다며 좋아했다.

울프의 인기를 올린 장본인인 아랑은 프로레슬링계에 몇 안 되는 여성으로 링 안에서만큼은 여신 대접을 받고 있다. 아랑은 울퉁불퉁한 근육질 몸매에도 불구하고 여자라서 예뻤고, 예뻐서 선했으며, 선해서 사랑받았다. 사람들은 미친 황소처럼 힘이 센 레슬러를 좋아하지만, 힘이 세지 않아도 미친 황소처럼 날뛰는 약한 레슬러도 좋아한다. 관중들은 상대적으로 약할 수밖에 없으나 약한 척하지 않고 사력을 다해 몸을 던지는 아랑의 모습에 감동했다. 물론 이때, 그 장단에 맞춰 고이 춤을 추는 상대편이 반드시 있어야 했다. 아랑을 무지막지하게 다루는 듯한 인상을 주어야 하고 결코 봐주기 따위는 하지 않는 듯 보이는 남성 레슬러 말이다. 사실 금지되어 있는 깨물기, 머리카락 쥐어뜯기, 가랑이 걷어차기 등이 버젓이 아랑에게만 허용될 때도 그것들은 결코 반칙으로 간주되지 않았다. 그건 약한 자의 정당한 몸부림일 뿐이었다. 아랑은 약해서 악하지 않았고, 악하지 않으므로 이겨야 했다. 따라서 아랑이 지는 경우는 드물었는데, 간혹 진다 해도 그것은 대개 다음 경기에서의 더 큰 복수전을 예고할 때뿐이었다.

하지만 지난 경기에서 울프와 아랑은 이제까지와는 다른 경기를 펼쳤다. 울프는 아랑을 여성 레슬러가 아니라 남성 레슬러처럼 상대했다. 연기 9할, 실제 1할이던 여느 때와 달리 연기 7할에 실제가 3할이나 되는 강도 높은 경기를 펼쳤던 것이다. 울프는 프로레슬링이 아니라, 진짜 레슬링을 하는 것처럼 과격했다. 인정사정없이 아랑을 꺾고 누르고 던졌으며, 악역답게 상대의 약점을 끝까지 물고 늘어지기도 했다. 아랑은 제대로 된 반격 한번 해보지 못한 채 평범한 여성처럼 나약하게 졌다.

그런데도 경기 후 울프에 대한 비난보다 칭찬의 목소리가 높은 것은 신기한 일이었다. 울프가 아랑이 여성이라는 점을 전혀 고려하지 않았다거나 그가 경기 내내 아랑에게 야한 농담을 던졌다거나 하는 불만은 쏟아지지 않았다. 아랑을 동정하는 분위기가 있기는 했지만, 오히려 늑대인간의 외모나 개인기에 대한 찬사가 더 많았다. 이제야 할 말을 해서 시원하다는 듯 "솔직히, 여자가 상대가 되겠어?"라며 대놓고 울프를 두둔하는 사람들도 있었다. 어쩌면 바로 그런 부분이 사장이 말하는 '대세'인지도 몰랐다.

어쨌거나 이제까지의 흐름대로라면 오늘 경기에서 아랑은, 한 달간 절치부심한 후 더욱 강해진 모습으로 나타나야 했다. 하지만 아랑은 나오지 않을 것이다. 내가 그렇게 각본을 짰기 때문이다.

아랑 대신 난쟁이 돌풍이 등장하자, 잊는 것만큼은 남에게
뒤지기 싫어하는 관중들이 순식간에 아랑을 잊고 발을 구르
며 환영을 표한다. 요절한 가수 비스트의 비장한 음악 「블러
드」가 울리는 가운데, 키는 작아도 담은 클 것 같은 돌풍이 두
손을 마주 잡고 좌우로 흔들며 무대에 선다. 울프가 심판으로
부터 마이크를 빼앗아 대사를 읊는다.

아랑은 여태 거울 들여다보며 아직도 울고 있는 거야? 나
늑대인간 울프에게 제대로 도전을 해야지, 비겁하게 꼬맹이
를 흑기사로 보내?

울프는 그녀의 가슴을 겨냥한 저속한 손 모양을 유지한 채,
쿵후 몇 동작을 선보인다. 관중석에서 웃음이 터지기도 하고,
야유가 쏟아지기도 한다. 하지만 울프는 비난이 찬사이기라
도 하다는 듯, 허리를 굽히고 없는 모자를 들었다 내리는 시
늉까지 하며 인사를 한다.

난쟁이 똥자루, 덤벼라!

울프가 말없이 어깨를 풀고 있는 돌풍에게 손짓을 하자, 링
바깥에서 펑, 하는 효과음과 함께 연기가 피어오른다. 비난인
지 감탄인지 분간할 수 없는 관중석의 소음이 연기를 따라 함
께 떠오르다가 돌풍의 재바른 공격으로 끊어진다. 돌풍은 몸
을 공처럼 동그랗게 말아 울프의 배를 향해 돌격한다. 배를

쥐고 고통스럽다는 듯 몸을 웅크린 울프에게 이어 가해지는 돌풍의 이단옆차기. 돌풍, 돌풍을 외치는 관중들의 함성이 어둡고 뿌연 실내를 가득 채운다. 이어 승기를 이어가려는 듯, 돌풍이 로프에 몸을 부딪친 후 반동을 이용해 타격을 시도한다. 하지만 울프가 수월하게 공격을 피한 후 작은 몸을 통째로 들어 메쳐버린다. 떨어질 때 고개가 잘못 꺾이면 죽을 수도 있다는 일명 바디 슬램. 관중들이 실망을 표현할 사이도 없이 울프가 급작스레 몸을 날려 돌풍의 몸 위로 떨어진다. 사실 체급으로는 말도 안 되는 경기를 하고 있는 셈이다.

여성 레슬러와 마찬가지로 핸디캡이 있는 레슬러 또한 악역보다는 선역을 수행하는 경우가 많다. 억울하기 쉽고, 박해당하기 쉽고, 무력하기 쉬운 그들을 강자로 만드는 것 또한 프로레슬링계의 기본 서사이기 때문이다. 선역을 맡은 이들은 궁지에 몰리기도 하고 지기도 하지만 언제나 다시 일어나 건방진 악역들을 응징하곤 한다. 텔레비전 드라마에서 '막장을 유발하는 우연'이 핵심 요소인 것처럼, 프로레슬링에서는 '선의 궁극적 승리'가 핵심 요소가 된다.

진짜 그리 생각하나?

언젠가 사장이 그 문제에 대해 물었을 때, 나는 유들유들하게 질문을 피해 갔다.

그렇게 생각하지 않으십니까?

사장과 일한 후로, 나는 답을 질문으로 되받아 불똥을 피하는 법을 익혔다. 사장이 원하지 않는 말을 해서 면박이나 당하는 것보다 백배 나았던 것이다. 게다가 사장이 진짜로 내 대답이 궁금해서 물어보는 경우는 많지 않았다. 그는 대개 제 할 말을 하기 위해 질문을 던지곤 했다. 그가 다시 물었다.

사람이 뭣으로 산다 생각하노, 니는?

두번째 질문이 워낙 뜬금없었지만, 나는 몸에 익어 어려울 것도 없는 겸손한 태도로 되물었다.

무엇으로 사는데요?

어쨌거나 답을, 아니 질문을 하고 보니 사장의 생각이 정말 궁금했다. 하지만 그는 뜸을 들였다.

지금부터 같이 알아보자, 마.

키가 두 배는 큰 울프가 돌풍을 완전히 장악하고 있다. 카운트가 들어간다. 원! 투! 그러나 셋을 세기 전에 돌풍은 가까스로 몸을 일으킨다. 원, 투…… 아쉬움과 긴장감을 고조시키기 위해 투에서 멈추는 카운트다운은 몇 번 더 계속될 것이다.

나는 입구에 서 있는 사장을 홀로 두고 대기실 안으로 들어간다. 대기실은, 몸에 오일을 바르거나 손에 압박붕대를 감거나 신발 끈을 조이는 선수들로 부산하다. 다량의 진통제로 아픔을 잊은 근육들이 출전을 앞두고 씰룩대고 있다. 나는 그들의 어깨를 툭툭 두드려주기도 하고 주먹으로 옆구리를 치는 시늉도 하며 사기를 북돋아준다. 촬영기사가 나를 따라다니며 나중에 유튜브에 올릴, 보여줄 만한 장면들을 포착한다.

감독님, 근데 정말 이래도 되는 거예요?

데뷔 초반부터 악역만 도맡아온 광마가 걱정스레 나를 불러 세운다.

몰라. 사장님 아이디어니 따라야지, 뭐.

사람들이 좋아하지 않을 텐데요. 잠깐 자극만 줘야죠. 계속 그러면……

딴생각 말고 넌 네 역할이나 제대로 해.

그의 등에 검게 새겨진 미친 말이 근육의 움직임에 따라 콧구멍을 벌렁거린다.

풍산랑, 광마, 준비해!

조감독이 외치는 소리를 듣고 광마가 어깨를 으쓱하며 멀어져간다. 덩치에 어울리지 않게 잔걱정이 많은 녀석이다.

밖이 소란스럽다. 관중들이 '레슬코'가 아닌 '우'소리를 길게 끄는 걸 보니 각본대로 돌풍이 진 모양이다. 선역이 이길 때 그들이 지르는 함성은 레슬코, 레슬링 코리아의 줄임말이다. 지난 연말 행사에서는 레슬코, 레슬코를 외치는 소리가 낡은 건물을 무너뜨릴 뻔하기도 했다. 전 좌석 매진인 유례없는 한때였다. 하지만 올봄을 지나 여름에 이르면서 관중석의 빈자리가 눈에 띄게 늘어갔다. 경기 여파라거나 날씨가 더워서라는 말은 사장에게 위로가 되지 않았다. 대책이랍시고 사장이 내놓은 것은 내 상식으로는 납득이 가지 않는 안이었다. 하지만 나는 그의 지시를 거스를 수 없었다. 허름한 건물이나마 대여료를 내고 장비를 장만하고 인력을 움직이는 데 전적인 권한을 갖고 있는 사람은 내가 아니기 때문이다. 사장의 계획이 얼마만큼 성공을 거둘지는 오늘 경기를 보면 알 일이었다.

풍산랑과 광마가 준비를 마치자, 제 역할을 충실히 한 울프와 돌풍이 땀에 흠뻑 젖은 채 대기실로 들어온다. 오늘 밤, 이긴 자도 진 자도 용량을 늘린 진통제를 먹지 않고는 잠을 이룰 수 없을 것이다.

수고했다.

나는 경기가 끝난 후 오히려 더 큰 싸움, 즉 통증과의 싸움을 벌여야 할 그들에게 진심으로 치하를 한다. 울혈성 심부전증이 있는 돌풍이 기운 없이 약통을 뒤진다. 실제로는 양아치도 아니고 악한도 아닌 울프의 표정이 말단비대증을 앓았던 레슬러, 앙드레 더 자이언트만큼이나 우울하다. 우울한 감정에 이입되지 않기 위해 그 자리를 서둘러 벗어나려는데, 울프보다 더 우울한 표정의 조감독이 내게 달려온다.

뱅 또라이 녀석, 경기할 수 있는 상태가 아닙니다.

선역을 맡은 트리플 뱅 무리 중 유독 사고를 많이 치는 똘이 녀석이 또 술이 덜 깬 상태로 나타난 모양이다. 캐릭터 이름은 똘이지만 다들 또라이로 부르고 있었다. 밤새 퍼마시고 몸도 가누지 못하는 녀석의 모습이 훤하다. 나는 난감한 상황에 의연히 대처하는 모습을 조감독에게 보여주고 가르치기 위해 침착하게 말한다.

뺨 몇 대 때리고, 걸을 수만 있으면 나가게 해.

네?

어쩔 거야? 나가면 또 잘하겠지.

레슬코의 총감독으로서 나는 어떤 경우에도 조감독이나 다른 레슬러들에게 당황한 모습을 보여서는 안 된다. 확신이 없으면 레슬러들은 결코 링 위나 링 밖으로 나가떨어지면서 제 몸을 성심껏 학대하지 않는다. 조감독의 얼굴이, 글씨가 적히는 종이처럼 가감 없이 감정을 드러낸다. "믿을 수 없습니다"와 "이렇게 무책임하셔도 되는 건가요?"와 같은 구절들이 그의 얼굴에 선명하게 쓰여 있다. 나는 조감독으로서의 경험이 그의 인생 경험을 넘어서려면 아직 한참 멀었다고 생각한다.

그럼 어쩔 거야? 어쨌거나 트리플인데, 둘만 내보내? 상대방들은 또 어쩌고? 한 달 치 월급이 걸린 문제야.

나는 조감독이 스스로를 돌아본 후 결국 얻어야 할 교훈만을 얻을 수 있도록 남겨둔 채 직접 똘이를 보러 간다. 다른 멤버 둘이 녀석을 화장실로 끌고 가 뭐라도 토해내게 하려고 애를 쓰고 있다. 하지만 음식물이고 술이고 아무것도 나오지 않을 것이다. 녀석의 배는 무언가가 진입하면 자동으로 퇴로가 막혀버리는 요새와 다르지 않다. 토하는 것은 녀석보다 근육이 덜 단단한 자들에게나 가능한 일이다. 나는 조감독에게 지시했던 일을 내가 직접 한다. 근육맨의 얼굴이 여러 차례 이쪽저쪽으로 돌아간다. 순식간에 뺨의 실핏줄이 터지면서 벌게진다.

네가 이러고도 레슬러냐? 트리플 뱅은 오늘로 해산이다. 너 때문인 줄 알아. 또라이 너, 너 말이야!

술에 취한 거인이 깊이 고개를 숙인다. 몸이 멋있으니 따귀를 맞은 얼굴이 더 슬퍼 보인다. 술 문제만 아니면 괜찮은 녀석이다. 다른 두 명이 얼굴이 빨개진 동료를 간신히 일으킨다. 물론 해산 같은 건 없을 것이다. 언제나처럼 늘 하는 말일 뿐임을 나도 알고 녀석들도 안다. 어쩌면 트리플 뱅의 해산보다 레슬코 자체의 해체가 더 빠르게 진행될지도 모른다.

세 경기가 끝나고 휴식 시간이 시작됐다. 통상 전반 네 경기, 후반 네 경기를 진행해야 하지만, 이번에는 전반 세 경기, 후반 네 경기로 모두 일곱 경기를 예고한 바 있다. 나는 관중들의 반응을 보기 위해 매점 앞과 화장실 주변을 어슬렁거린다. 콜라를 홀짝거리며 관전평을 하는 두 젊은이 옆에 서서 휴대폰을 들여다보는 척한다.

오늘 경기 좀 이상하지 않아?

그러게. 아랑도 안 나오고. 악역들이 두 번 연속 이겼어.

풍산랑이 광마에게 진 건 진짜 의외야. 저번에도 졌잖아.

그래도 재미없진 않았어.

사장이 기대하는 대로 가고 있는 것일까? 상당히, 간밤 자기 직전에 먹은 라면이 다음 날 아침 얼굴을 붓게 하는 딱 그 정도로 티가 났음이 분명하다. 하지만 관중들은 아직 오늘의 경기가 좀 이상한 차원을 넘어 완전히 다른 형태로 진행되리라는 것을 모른다. 실제로는 라면 먹고 부은 얼굴이 아니라 주먹에 깨져 부은 얼굴만큼 달라질 것이다. 다들 눈치채지 못했겠지만, 지난번 경기에서 이미 선역과 악역의 승률이 같았다. 통상 5대3이거나 6대2, 심지어는 7대1의 비율로 선역이 이겼던 이전 경기들과는 사뭇 다른 진행이었다. 오늘은 전반부의 세 경기 중 두 경기에서 선역이 빛을 발하지 못했다. 후반부는 악역이 모두 이길 것이다. 나름 혁신이라면 혁신이었다. 나는 비관적이었지만 사장은 그렇지 않았다.

막간을 이용해 전반부에 출전한 레슬러들이 물건을 늘어놓고 장사를 하고 있다. 레슬러의 얼굴이 박힌 티셔츠며 엽서, 레슬코 영문 이니셜이 들어간 모자 등을 잔뜩 펼쳐놓았다. 사람들은 줄을 서서 가판대로 몰려들지만 기념품을 사기보다 사진을 찍고 사인을 받는 데 더 열중한다. 그들은 기념품 판매 수익금이 레슬러들에게 얼마나 요긴한지 모른다. 경기를 하고서 레슬러들이 받는, 말하기도 민망한 액수의 돈은 모두 다음 경기를 위해 병든 닭이라도 먹고 진통제를 사는 데 든다는 것을 알지 못한다. 선수들이 엽서 쪼가리라도 팔아야, 남는 게 별로 없는 반팔 티라도 팔아야, 프로 의식을 잃지 않은 채 간신히 링으로 다시 돌아올 수 있다는 사실을 정말 모른다. 아니다. 모르지 않을 것이다. 그들도 선수들처럼 그저 '시늉'을 하고 있을 뿐인지 모른다.

레슬코를 살리려는 사장의 계획은 적어도 '시늉'은 아니었을 것이다. 사장은 우선 빈자리를 없애야 한다고 했다. 마치 자리를 채움으로써 빈자리를 없애는 게 아니라, 빈자리 자체를 폭파시켜 없애버리겠다는 듯 비장하게 말했다.

전 좌석 매진되면 바로 푯값 올릴 끼다. 레슬코 입장료가, 백번도 천번도 돌릴 수 있는 영화표 값 쪼매 웃돈다는 기 말이나 되나 말가.

사실 레슬코 전체를 통틀어 사장이 제일 많은 수익금을 챙기고 있었다. 하지만 사장은 늘 차 떼고 포 떼고 자신에게 떨어지는 것은 빚밖에 없다며 우는소리를 했다. 관객이 줄어든 올봄부터는 특히 심했다. 그는 나로 하여금 내 상식으로는 납득이 가지 않는 대책을 받아들이게 했다. 어쨌거나 목표는 뚜렷했다. 전 좌석 매진, 입장료 인상!

반응이 나쁘지 않더라. 니도 봤제?

사장도 분위기를 살피고 온 모양이다. 그는 수입의 증가로 이어질 수 있는 지금의 긴장감을 즐기는 듯하지만, 나는 위험 부담에 대해 경고하지 않을 수 없다. 이쯤에서 한번은 욕을 먹어야 나중에 빠져나갈 구멍이라도 생긴다.

반감이 심해지면 오히려 더 나빠질 수도 있습니다.

집어치라라, 마. 사람이 이래 부정적이어서야!

나는 당장 반성한다. 균형감을 상실해 사장을 노엽게 만들었으니…… 지나침이 모자람만 못하다는 점에서 나는 내 역할을 제대로 수행하지 못한 셈이다. 그렇다. 이제 소중한 머리털을 더 빠지게 만들 수도 있는 어쭙잖은 고민은 그만두어야겠다. 사장의 지시를 따르면 그뿐. 복권이나 주식, 경제성장률, 하다못해 대통령 선거에서도 내 예측이 맞았던 적은 한 번도 없었다.

레슬링 코리아를 운영하기 전 사장의 경력은 해괴하다면 해괴했고 화려하다면 화려했다. 나를 사장에게 추천해준 군대 상사는 친구라는 그를 한마디로 정의했다. 미친놈이야! 사장은 아주 젊었을 때부터 남들이 하지 않는 일만을 했다고 한다. 자선사업이랄 수도 없고 문화 육성 사업이랄 수도 없는 괴상한 일들을 벌였다는 것이다. 그가 최초로 손을 댄 건 떠돌이 유랑극단을 부활시키겠다며 전국을 수소문해 결성한 '팔도유랑단'이었다. 사장은 그 유랑단이 스케이트보드를 타는 애들만도 못한 재주를 선보이다 해체되자 곧바로 '전택련'

이라는 택견협회를 설립했다. 춤인 듯 춤이 아닌 택견이야말로 최고로 인기를 얻을 수 있는 우리 고유의 전통 무술이라 여겼던 그의 생각은 오판이었음이 드러났다. 하지만 그는 다시, 더는 오판 따위는 없을 것이라는 듯 의기양양하게 씨름 전용 체육관을 열었다. 씨름 육성 학교들조차 선수를 구하지 못해 애를 먹고 있다는 사실을 몰랐던 사장은 단 한 명의 지원자도 받지 못한 채 체육관을 닫았다.

그러나 신기하게도 사장은 완전히 망하지 않았다. 그가 하나를 끝낼 때 그의 수중에는 늘 다음 사업을 할 수 있는 돈이 있었다. 병든 코끼리나 이 빠진 호랑이 한 마리 없는 서커스단을 인수했다 정리했을 때는 여러 마리의 앵무새가 그를 구했다는 소문이 돌았다. 무당들의 굿판을 뮤지컬에 맞먹는 공연 문화로 탈바꿈하려 했을 때도 마찬가지였다. 칠살을 맞았다는 선녀 무당에게 꼬여 카드빚만 잔뜩 지게 되었는데, 사장은 그때도 의연히 다시 일어섰다. 어찌 됐든, 놈은 살아남아. 아주 망하지는 않을 테니까 걱정 말고 잘 따라다녀봐. 군대 상사는 그렇게 말하며 나를 격려했다. 그러니까 사장은 평생 돈이 되지 않을 것 같은 일에만 손을 댔는데도 돈이 없어 죽어 나가지는 않은, 가히 전설적인 인물이었다.

하지만 레슬코를 연 사장은, 돈이 될 것 같지 않은 일에만 손을 댔다는 게 믿기지 않을 만큼 돈, 돈, 돈을 입에 달고 살았다. 그는 프로레슬링이야말로 흐느적거리는 아이돌 가수들에 댈 게 아닌 유망 엔터테인먼트 사업이며, 따라서 머잖아 레슬코가 갈고리로 돈을 긁어모으게 될 것이라 장담했다. 물론 나를 소개한 사장의 군대 동기나 나나 그의 장담을 신뢰하지 않았지만, 당시의 나로서는 가타부타 따질 상황이 아니었다.

사장을 만나기 전, 그러니까 삼 년 전의 내 몰골은 말이 아니었다. 태권도, 태권도…… 어딜 가나 태권도장만 가득한 데다 대학에서 태권도를 전공한 이들이 넘쳐나는 마당에 태권도 전공자도 아닌 내가 설 자리는 없었다. 전직 레슬링 선수였으나 레슬링으로 국가대표 선수가 된 것도 아닌 내가 할 수 있는 일이라곤, 남들이 받는 급여의 반도 받지 못한 채 꼬맹이들의 축구팀이나 농구팀을 이끄는 게 다였다. 이 체육관 저 체육관을 떠돌다가 레슬코 감독 자리를 소개받은 나로서는, 사장이 썩은 동아줄이든 성한 동아줄이든 잡지 않을 수 없었다.

어쨌거나 레슬코는 어언 삼 년째 명맥을 유지하고 있었다. 심지어 한때는 사업이 마구 번창할 기미가 보이기도 했다. '프로레슬링은 먹어도 먹어도 질리지 않는 짜장면처럼 분명히 마니아가 있다'고 한 사장의 확신이 맞아서인지, 아니면 김일이니 역도산이니 하는 전설적인 레슬러들에 대한 동경이 아직 남아 있어서인지, 그도 아니면 지지리 운이 없던 사장이나 내게 드디어 하늘이 얄량한 동정심을 보여서인지는 알 수 없었다. 레슬코는 어쨌거나 대통령 탄핵으로 광장의 열기가 하늘을 치솟을 무렵까지는 최소한 적자는 면하고 있었다.

니 WWE 경기 한 번 열릴 때 사람들이 울매나 몰리는지 아나? 표가 울맨고 아나 말이다.

객석이 눈에 띄게 비기 시작했을 무렵, 사장이 내게 답답하다는 듯 물었다. 나는 관람료가 정확히 얼마나 되는지는 몰랐으나 미국에서 그 어떤 엔터테인먼트보다 인기 있는 WWE를 모르지 않았다.

정세가 바꼈다, 마. 우리도 방법을 바까야 한다는 말이다.

사장은 그렇게만, 말해도 내가 척하니 알아들었을 거로 생각한 모양이었다. 하지만 나는 정치와 프로레슬링 사이에 무슨 연관이 있는지 알 수 없었다. 그는 실망스러울 것도 없다는 듯 담담하게 말했다.

마, 내 시키는 대로만 따라온나. 알았제?

내가 고개를 끄덕인 데 대해 만족스러워하며 그가 말했다.

이 감독, 니 참 괜찮은 친구데이. 조만간 내, 구체적으로 알려주끄마.

후반부 첫 경기는 합기도 유단자인 선풍과 주짓수를 익힌 태호의 시원한 대결로 열린다. 선풍은 선역을, 태호는 악역을 맡고 있는데, 사람들은 두 선수의 개인기가 워낙 뛰어나 승패에 딱히 큰 의미를 부여하지 않고 있었다. 누가 이겨도 레슬코, 레슬코 하는 함성이 터져 나올 만큼 두 사람의 연기력이 뛰어나서였다. 뛰고 날고 구르고, 맞고 눌리고 튕겨 나가기를 수십 차례. 각본대로 오늘은 태호가, 서 있는 선풍의 가랑이 사이로 손을 넣은 후 제대로 한 바퀴를 돌리고는 핀폴 3초를 얻어내 이긴다.

　나는 관중들이 전반부에 이어 또 악역이 이겼다고 투덜대지나 않을까 싶어 조마조마하다. 하지만 막간을 이용해 스크린에 쏜 전 챔피언 선우, 불사조 피닉스의 등장으로 순식간에 분위기가 바뀐다. 불사조 선우는 여성 레슬러 월하와 연인 관계임을 알리면서 팬들의 호기심을 자극했는데, 어이없게도 최근 월하로부터 상습적인 구타를 당했다는 사실이 알려지면서 주목을 받은 바 있다. 스크린에서 선우는 월하에게 단지 심리적인 문제가 있을 뿐이라며 그녀를 옹호하고 있다. 힘이 없어 맞은 게 아니라, 애인을 사랑해서 맞아주었을 뿐인 멋진 남자 이미지를 여지없이 소화해내고 있다. 기특한 불사조! 약간의 휴식을 취한 후 빠른 시일 안에 링에 복귀할 것을 약속하는 그를 향해 관중들이 레슬코를 외치며 응원의 삼박자 박수를 보낸다.

　사내라면 저래야 한다.
　사장은 선우의 대사 하나하나를 코치한 사람이 나라는 사실을 모르지 않건만 화면을 쳐다보며 자랑하듯 말한다. 어쨌거나 그 덕분에 또 악역이 이긴 후반부 첫 경기도 무사히 넘어간다.

이어 피 흘리는 재주로는 온 나라를 통틀어 따를 자가 없다는 청마 김명철이 등장한다. 그는 상대 선수가 그를 쳤나 싶은 순간에 스스로 상처를 만들어 피를 줄줄 흘리므로 유혈 청마로도 불린다. 스크린에 비치는 청마는 다양한 수법으로 보험금을 타내는 자해공갈범이다. 그의 파트너는 어머니가 몽골인인 삼보 이재승. 그는 혼혈이 맞느냐는 사람들의 의심을 가라앉히기 위해 사시사철 변발에 털옷 차림으로 등장한다. 삼보는 어려운 다문화가정 출신임에도 불구하고 건강하게 성장한 착한 청년으로 통한다. 여자와 장애인이 선역을 맡는 것과 같은 이유로 삼보 역시 선역을 맡고 있다.

두 사람 모두 레슬러로서보다 연기자로서 더 뛰어나다. 물론 연기가 뛰어나다는 것은 제 몸에 위해를 더 잘 가한다는 말과 크게 다르지 않다. 삼보의 팔꿈치 공격을 받은 청마의 이마에서 주르르 피가 흘러내린다. 팔꿈치 공격만으로 피가 흐를 리 없건만 맥락에 상관없이 탄성이 터져 나온다. 제 피를 보고 더 흥분했다는 듯 청마가 탈색한 긴 머리를 찰랑거리며 삼보의 등을 가격하자, 삼보는 매트리스 아래 철판이 다 내려앉는 소리를 내며 무릎을 꿇는다. 덩치들의 난투극이 치열해지기 시작한다. 두 사람 모두 상대 선수와 싸우는 게 아니라 경기장 바닥이나 로프를 상대로 싸우고 있다. 어쨌거나 효과음은 확실하다. 관절 꺾이는 소리, 피부 터지는 소리, 기합 소리, 신음…… 두 사람은 내상이 너무 깊어 도저히 일어설 수 없다는 듯 링 이쪽과 저쪽에 널브러져 있다가 심판이 열을 세기 직전에 가까스로 일어나 다시 싸운다. 원! 투! 스리! 그러나 셋을 넘어서면, 사람들은 오직 '텐'으로만 카운트를 이어간다. 텐, 텐, 텐…… 한편으로는 승부가 나기를 바라나 다른 한편으로는 아직 승부가 나지 않기를 바라는 관중들이 끝없이 '텐'을 외치며 레슬러들의 연기에 동참하는 것이다. 그렇게 두 선수 모두 드러눕기를 일여덟 차례. 사람들이 슬슬 지치기 시작하자 마침내 청마가 피투성이 얼굴로 다시 일어나고, 삼보가 완전히 뻗어버리면서 경기가 끝난다.

나는 청마의 명연기에 감동을 받은 관중들이 다시금 잘 잊는 재주를 발휘하기를 바란다. 하지만 이번에는 잊으려야 잊을 수가 없는 모양이다. 그들은 악이 또 이겼다는 사실에 분노한다. 전반부 한 경기를 제외하고 네 경기에서 모두 악역이 승리했으니, 화를 낼 만도 하다. '우' 소리를 길게 빼는 것만으로는 충분히 항의할 수 없다고 여겼는지 모두 발을 구르고 있다. 좋을 때도 쿵쿵쿵 발을 구르나 불만스러울 때도 쿵쿵쿵 발을 구른다. 나는 하릴없이 사장을 바라본다.

구체적인 지시를 내리기 위해 사장이 나를 다시 부른 것은 지난달 경기 직전이었다. 그와 일한 삼 년 동안 무수한 회식이 있었지만 단둘이 음식점에 앉기는 처음이었다. 나는 그만큼 레슬코의 사정이 심각한가 싶어 적잖이 긴장했다. 사장의 표정만으로는 분위기를 짐작할 수 없었다. 그는 풍부한 육즙에 쫄깃한 식감이 갈매기살만 한 게 없다며 한꺼번에 4인분을 주문했다. 고기가 익기도 전에 연신 내게 소주를 권하던 사장이 뜻밖에 미국 대통령 얘기를 꺼냈다.

니는 트럼프가 와 계속 대통령을 해먹는다 생각하노?

그야 세상이 미쳐 돌아가니 그런 거 아닙니까⋯⋯

빈속에 소주 서너 잔을 들이켠 나는 평소의 조심성을 잃었다. "왜 그렇다고 생각하십니까?"라고 반문하거나 혹은 그저 묵묵히 사장을 쳐다보는 대신 불쑥 떠오른 대로 뱉어버린 것이다. 사실 레슬코가 해체될지도 모른다 생각하니 울적했다. 게다가 나는 갈매기살을 좋아하지 않았다.

문디, 그런 추상적인 대답 말고 좀 구체적인 답을 해봐라.

그게, 미국이⋯⋯

나는 좀 더 긴장했다. 사장이 간만에 진짜 대답을 기대할지 모른다는 생각이 들어서였다. 물론 나는 트럼프에 대해, '개구리 올챙이 적 시절 생각 못하는 이기적인 미국인들의 실수'라거나 '동냥하려다가 추수를 못 보는 근시안적 사고' 운운한 기사들을 읽은 적이 있었다. 그 외에도 언론, 러시아, 선거 제도, 힐러리, 북한 등 들은풍월을 얼마든지 읊을 수 있었다. 하지만 사장이 그런 사실을 몰라서 내게 물어보지는 않았을 거였다. 사장은 기름방울이 아직도 표면에서 찌글거리고 있는 고기 한 점을 후룩 입에 넣으며 말했다.

니, 잘 들어봐라. 어떤 여자가 남편 몰래 수년째 다른 남자를 만났단다. 남편은 잘생기고 착하고 돈도 잘 벌고…… 여자 지 입으로도 지가 와 그라는지 모리겠다 할 정도로 남편한테는 흠이 없었단다. 여자는 친한 친구들에게 그 사실을 고백하고는 지가 나쁜 년이라고, 괴로워 죽겠다고 말했다지. 친구들이 욕을 하고 충고를 하면 여자는 엉엉 울면서 당장 관계를 끊겠다고 다짐했단다. 하지만 그때뿐이고…… 행실을 고치지 못한 여자는 얼마 안 가 또 친구들한테 찾아와, 스스로가 밉고 느무 비참하다며 울었디라. 친구들은 여자가 지겨워죽을 지경이 됐지. 그러던 어느 날, 그중에 좀 똑똑한 아가 꾀를 냈단다. 친구들이 작당해서 여자한테 이리 말했다 안 카나. "죄책감 가질 거 없다. 착한 남편한테 상처 줄 수도 없고 사랑하는 사람 버릴 수도 없다 아이가. 마, 사랑은 죄가 아이다. 니 잘못 아이다." 그러고 그 후로는 다들, 여자가 어떤 나쁜 짓을 털어놔도 절대로 여자를 비난하지도, 혼내지도 않았단다. 오히려 여자가 잘못한 거는 없다며 위로했더란다. 여자가 우쨌는지 아나?

남자관계를 끝냈나요? 칭찬은 고래도 춤추게 한다, 뭐 그런……

그기 아이라카이.

어쨌는데요, 그럼?

잘 생각해봐라. 그기 오 감독 니가 연구할 일 아이겠나?

사장이 새로 술 한 병을 주문하며 의기양양하게 웃었다.

사장이 간만에 '내가 연구할 일'이라고 못 박자, 나는 출석일수만 겨우 채웠던 대학 시절이 약간 후회되었다. 체육특기생으로 입학했지만 나는 서류상 정치외교학과생이었다. 다행히 사장도 내 능력을 아주 높이 평가하지는 않은 모양이었다. 빙빙 돌려 얘기하던 걸 멈추고 명확하게 말했다.

악역이 다 이기게 맹글어봐라. 토 달지 말고.

명확한데 도무지 이해가 가지 않았다. 사실 말도 안 되는 주문이었다. 나는 '토 달지 말라'는 사장의 말에 토를 달고 싶었으나 그가 자꾸 술을 권하는 바람에, 또 언제부터인가 가출이 잦아져 결국 돌아올 길을 잃은 배짱 때문에 고개를 끄덕이고 말았다. 하지만 술에 취해가는 중에도 사장의 아이디어가 허무맹랑하다는 생각을 지울 수 없었다. 다 그렇지는 않겠지만 레슬코에 오는 관중들 대부분은 십만 원, 이십만 원도 넘는 오페라 공연을 보러 다니는 자들이 아니었다. 백만 원이 넘는다는 해외 유명 스포츠 경기의 암표를 구하지 못해 안달하는 자들도 아니었다. 레슬코의 관중들은 포장해서 말하자면 소박했고, 까놓고 말하자면 가난했다. 그들은 별반 가진 게 없는 자신들을 선한 편에 이입한 후 선이 악을 혼내주는 놀이에 잠깐이라도 동참하고자 레슬코를 찾았다. 극단적인 이분법을 통해 그 순간만큼은 분노를 풀고 승리감에 젖어 보고자 하는 이들이었다. 다양한 이유로 다양하게 억울한 사람들이 선역 레슬러를 통해 후련하게 울분이라도 삭이려 하는 게 아니라면, 프로레슬링을 도대체 무슨 맛으로 보러 오겠는가 말이다. 나는 악역이 내리 이기는 경기를 끝으로 레슬코가 정말 끝장이 나버릴지도 모른다고 생각했다.

지난달 경기 결과가 예상외로 좋지 않았더라면, 나는 사장에게 굽신거려야 하는 내 입장을 팽개치고서라도 강력하게 '안 된다'는 말을 했을지 모른다. 하지만 승률이 5대5로 같았던 지난달 경기 이후 신기하게도 이달 티켓 판매량이 늘었다. 날이 더 더워져서 판매가 부진할 거라 각오를 했는데도 말이다. 물론 여전히 전 좌석 매진은 가당찮아 보였지만 지난달보다 호전된 게 사실이었다. 나는 속이나마 편하기 위해 그 오랜 세월 동안 '돈이 없어 죽어 나가지는 않은' 전설적인 사장을 믿어보자고 마음먹었다. 어쨌거나 딱히 다른 뾰족한 수가 없기도 했다.

챔피언 타이틀 매치를 제외하고 가장 인기 있는 두 팀의 경기가 시작되자, 다행히 관중들의 소요가 가라앉는다. 로열 엘리트 3인과 트리플 뱅 3인의 대결이다. 먼저 마이크를 잡은 레슬러는 관중들이 가장 싫어하는, 책을 든 엘리트 현자성이다. 그는 마이크를 입 가까이 바짝 붙인 채 빠르게 말을 쏟아내기 때문에, 사람들은 그가 무슨 말을 하는지 거의 알아듣지 못한다. 다만 느낌상으로, 그가 못 배운 자, 돈 없는 자, 받쳐 줄 배경이 없는 자들을 욕한다는 것을 알 수 있을 뿐이다. 공맹의 도 어쩌고 하는 소리도 들리고, 소크라테스니 플라톤이니 공부가 짧은 사람도 대강은 아는 철학자들의 이름이 언급되기도 하는데 요점은 항상 하나다. "우리는 악하지만, 악이란 능력이고, 많이 가진 것이고, 따라서 세상에서 가장 좋은 것이다."

공자성, 맹자성, 현자성이라는 별명으로 활동하는 그들이 마이크를 잡고 떠드는 시간은 다른 악역 레슬러들에 비해 훨씬 길다. 경기를 진행하지 않고 떠들면 떠들수록 지루해진 관중들이 더 격렬하게 반응하기 때문이다. 그들은 아우성이 높아갈수록 번쩍이는 찻잔을 내려놓고 코트를 벗고 안경을 벗는 일련의 동작들을 천천히, 더 천천히 한다. 물론 소품들은 다음번에도 다시 써야 하기에 성난 관중에 의해 망가지거나 깨지는 일이 없도록 진행요원에 의해 조심스레 치워진다.

로열 엘리트 팀의 상대로 트리플 뱅이 등장하면 극성팬들이 달궈진 냄비에 떨어진 미꾸라지 튀듯 튀어 오른다. 일어선 앞사람들 때문에 시야가 좁아진 뒷사람들까지 툴툴거리며 같이 일어서지 않을 수 없는데, 사람들은 대개 툴툴거리면서도 그 과정을 즐긴다. 곧 스크린에, 순박하고 천진하기 이를 데 없는 뱅 멤버들의 모습이 비친다. 그들은 동네 개구쟁이들에게 먹던 솜사탕을 뺏기기도 하고 고약한 할머니의 짐을 산 꼭대기까지 날라주기도 한다. 사람들은 로열 엘리트를 미워하는 만큼 트리플 뱅을 사랑한다. 악이면서도 악 아닌 척을 하는 악, 나름의 사연이 있어 동정의 여지가 있는 악, 제대로 된 서사가 없어 숫제 악인지 아닌지도 잘 분간할 수 없는 악이 아니라 너무도 선명한 악인 로열 엘리트를 상대하는 자들이 바로 트리플 뱅이기 때문이다. 그러므로 관중들은 정작 뱅의 멤버 중 한 명이 자주 술이 깨지 않은 상태로 나오는 것을 알지 못했고, 뱅의 경기력이 다른 팀에 비해 현저히 떨어지는 것 또한 알지 못했다. 어쩌면 "알지 몬하는 건 마 알고 싶지 않은 기야"라고 했던 사장의 말이 맞을지도 몰랐다.

3인 이상의 그룹끼리 붙는 경기는 흔히 링 밖에서 더 활기를 띤다. 선수들이 로프 밖으로 내던져지거나 밖에 있는 상대를 공격하기 위해 뛰어나오면, 링 바로 앞 좌석에 앉은 관중들이 기민하게 움직인다. 다른 좌석보다 가격이 비싸도 레슬러를 바로 눈앞에서 볼 수 있고 운이 좋으면 만질 수도 있으므로, 그 자리는 늘 나름 마니아라 자처하는 사람들이 앉곤 한다. 트리플 뱅의 대머리 장이 3단 로프와 2단 로프 사이를 한 바퀴 돌며 킥을 날리자 로열 엘리트 중 안경을 썼던 공자성이 제대로 나가떨어진다. 다른 멤버 현자성이 재빨리 톱로프에 올라가 반격을 시도하는데, 장은 어느새 링을 빠져나간다. 그를 쫓아 현자성이 링 밖으로 몸을 날리자 근처에 앉은 관객들이 무섭다는 듯, 하지만 동시에 신도 난다는 듯 열광하며 피한다. 이때 여전히 술이 깨지 않았을 똘이와 맹자성이 링 안에서 또 다른 볼거리를 제공한다. 이른바 손바닥으로 가슴 때리기. 주먹을 쓰는 게 반칙이므로 손바닥으로 때린다지만, 그들의 때리기는 절대로 애들 장난이 아니다. 근육질 손바닥에 얻어맞은 상대편의 가슴은 금방 피멍이 든다. 무엇보다 효과음이 아니라 실제 음이 울린다. 찰싹! 철썩! 짝! 쩍! 트리플 뱅, 트리플 뱅을 외치는 소리가 경쟁이라도 하듯 점점 높아간다. 잘 때려줘서 고마워! 잘 맞아줘서 고마워! 진짜로 때리고 진짜로 맞다니, 감동이야!

분위기가 고조될수록 내 한숨은 깊어간다. 이번에도 악역인 로열 엘리트가 이긴다면 관중들은 더는 참지 않을지 모른다. 광분한 사람들이 무언가를 집어 던지는 일이 없도록 입장 시 가방을 수색하거나 매점에서 병 음료를 못 팔도록 한 조치가 아무 소용없을지 모른다. 그만큼 로열 엘리트에 대한 반감은 크다. 방심할 수 없는 경기인 줄 아는 안전요원들의 얼굴에도 긴장감이 감돈다. 레슬러들의 대흉근들이 벌떡거리고 이두근, 삼두근들이 요동을 치며 허리 쪽 기립근들까지 바짝 일어서는 동안, 응원과 야유의 목소리는 로프를 타고 링을 돌다 마침내 체육관 조명까지 찔러버리고 만다. 펑! 펑! 라이트 두 개가 잇달아 나간다. 그러나 회전하고 부딪치고 바닥에 나뒹구는 근육맨들은 멈추지 않는다. 마침내 로열 엘리트의 현자성이 턴버클 위에 올라가 몸을 곧게 편 채 날아내리자, 미처 몸을 가누지 못하고 있던 트리플 뱅 두 명이 단번에 나가떨어지고 만다. 그런데 바로 그 순간, 아직 술이 덜 깼을 혹은 술은 깼으나 기억을 잃어버렸을 똘이가 각본에 없던 반격을 시도한다. 아뿔싸!

자, 자, 또라이놈, 와 저라노?

사장의 안면 윤곽이, 어두운 방에서 끈적거리고 물컹거리는 뭔가를 밟았을 때처럼 불길하게 뒤틀린다. 이런 때야말로 제대로 밥값을 해야 하는 나는 경기장 가까이로 성큼 발을 내딛는다. 때마침 링 밖으로 던져진 대머리 장에게 재빨리 귓속말을 한다. 똘이놈 제정신을 차리지 못하고 있어. 무슨 일이 있어도 각본대로 가야 해!

하지만 관중들은 의연히 일어선 똘이에게 환호작약하고 있다. 내리 악역들이 이겼으므로 당연히 이번엔 선역이 이기리라 기대하고 있는 데다, 그 기대감이 틀려서는 안 된다는 강박관념에 사로잡힌 게 틀림없다. 그러나 기대는 채워지지 않을 텐데……

이상 없을 겁니다.

나는 다시 사장의 옆으로 돌아와 사장처럼 팔짱을 끼고 링을 바라본다. 술이 덜 깬 똘이에게 신호를 보내느라 다른 두 멤버가 애를 쓰는 게 눈에 보인다. 맞고 나가떨어지랴, 공격하는 척하랴, 설쳐대는 똘이를 제지하랴 두 사람이 너무 바쁘다. 어쨌거나 이번 경기도 선역이 져야만 한다. 악의 대거 승리! 그래야 관중들은 미친 듯 날뛸 것이고, 그래야 모든 게 잘될 것이다. 내가 아는 한 이것이 사장 전략의 핵심이다.

말 잘 듣는 두 명의 뱅 멤버와 모처럼 제대로 한을 푼 로열 엘리트가 궁합을 맞춘 덕에, 경기는 결국 악역의 승리로 끝난다. 공자성이 똘이의 어깨를 누른 상태에서 다리 하나를 꼼짝 못하게 꺾어 스리 카운트 핀폴로 상황을 종료시킨 것이다.

잘했다 마!

사장은 가격 대비 맛이 매우 흡족한 설렁탕을 먹었을 때처럼 기분 좋은 얼굴로, 퇴장하는 선수들의 어깨를 두드려준다. 그들은 온몸의 뼈가 직소 퍼즐처럼 조각난 느낌일 텐데도 사장의 격려에 행복하기만 하다는 듯 멀겋게 웃는다. 관중석은 완연히 다른 분위기다. 수렵을 하던 원시시대의 유전자를 재주껏 복원해낸 듯한 사람들이 야만스럽게 씩씩거리고 있다. 걱정하지 말자고 다짐을 했는데도 걱정을 안 할 수가 없다. 잘못하면 레슬러뿐만 아니라 스태프들까지 모두 뭇매를 맞을지도 모른다. 항의하는 목소리가 한여름 암컷을 부르는 수매미 울음처럼 맹렬하다.

오늘 뭐 하자는 거야?

푯값 물어내!

레슬코 문 닫을 거야?

그러나 신기하게도 누군가가 '레슬코'를 외치기 시작하자, 다들 경기장이 떠나가라 함께 레슬코를 외치기 시작한다. 마지막 경기가 남았으니 절대 실망시키지 말라는 당부로도 들리고, 다음 경기까지 망치면 제대로 혼을 내주겠다는 다짐으로도 들린다. 평생 처음으로 내 집 장만을 한 이들이나 가질 법한 기이한 흥분이 장내에 가득하다.

드디어 일곱번째 경기다. 무려 열 달 가까이 타이틀을 방어해온 드래곤 이세룡이 링 위에서 긴 망토를 벗고 있다. 스크린에서는 챔피언이 그간 도전자를 물리쳤던 명장면들이 하나씩 소개되고 있다. 톱로프에 올라가 문설트를 날리는 모습, 앞으로 회전하며 킥을 날리는 모습, 상대 선수를 다리 사이에 끼고 카운트를 받아내는 모습, 챔피언 벨트에 입을 맞춘 후 높이 들어 올리는 모습…… 그의 캐릭터는 동네의 소소한 말썽을 모조리 해결하는 특전사 출신 포장마차 주인이다. 유일한 약점은 치매를 앓는 어머니. 어머니로 인해 벌어진 다양한 사건들이 일화로 소개되면서 그의 인기는 정점을 찍고 있었다.

관중들이 저마다 예상하고 있는 도전자의 이름을 외치기 시작한다. 이전 경기에서 다음 도전자를 예고하는 게 관행이었으나 그때 비밀에 부쳤기 때문에, 사람들은 누가 나오는지 모른다. 하이에나! 일지승! 철권! 알 만한 악역들의 이름이 모두 거론되고 있다. 심지어 공자성, 맹자성 하는 소리도 들린다. 하지만 순간적으로 불이 꺼졌다 켜진 순간, 무대에 등장한 레슬러는 다이몬 K다. 그를 바로 알아본 사람들이 일차로 야유를 보내고, 먼저 알아본 이들의 설명을 들은 사람들이 뒤이어, 그리고 도저히 그를 알아볼 길 없는 나머지가 몰라도 상관없다는 듯 얼결에 소리를 지른다.

원래 이종격투기 선수였던 다이몬 K는 레슬코 초창기, 막강 악역으로 활약한 바 있었다. 그는 소소하게 나쁜 짓을 해대는 가벼운 악당 캐릭터가 아니었다. 그의 뻐드렁니와 일그러진 한쪽 눈은 미국의 식인 연쇄살인범 오티스 툴을 연상시켰다. 다이몬의 캐릭터는 그의 실제 생활이 링 안에서의 역할 못지않게 악하다는 소문이 돌면서 더욱 힘을 얻었다. 갑자기 사라진 후 강간죄로 고소를 당했다는 둥, 진짜 폭력 조직에 가담했다는 둥, 전국에 체인을 둔 유명 노래방의 방화에 연루됐다는 둥 말들이 많았으나 확실한 건 아무것도 없었다. 레슬코가 그에 관해 전혀 알지 않았기 때문이고, 실은 그가 감독인 나와도 연락을 끊어버렸기 때문이었다. 사장이 갑자기 다이몬 K가 올 거라 말했을 때 나는 그가 나오리란 사실보다 사장이 그와 여태 연락하고 있다는 사실에 더 놀랐다. 사장이 그리 치밀하고 섬세한 사람이었던가, 새삼스러웠다.

나, 레슬코의 챔피언 드래곤 이세룡은 오늘 예상치 못한 도전자를 맞았습니다. 그는 예전 챔피언 타이거 강혁의 손가락을 모조리 부러뜨려놓고 낄낄대며 웃었던 악당 중의 악당입니다. 그의 반칙으로 인해 치명적인 부상을 입고 영원히 레슬링계를 떠나야 했던 선수들도 많습니다. 감히 다시 링 위에 선 다이몬 K에게 저 이세룡, 드래곤의 막강한 힘을 보여주겠습니다!

폭풍 전야의 구름떼처럼 웅장함이 묻어나는 드래곤의 선언에 무자비한 폭풍을 기대하는 관중들이 고조된 함성으로 응답한다. 이어 다이몬의 비열한 개인기가 영상을 통해 소개되는 가운데, 사회자가 마이크를 옮긴다. 그러나 다이몬은 조용히 마이크를 밀어낸다. 말이 필요 없다는 뜻이다. 그의 음울한 태도에 장내 가득, 긴장감이 감돈다.

심판의 선언으로 경기가 시작된다. 두 거인은 간을 보기 위한 어설픈 동작은 아예 시도도 하지 않는다. 곧바로 치명적인 공격. 다이몬이 먼저 어깨로 드래곤의 가슴을 들이받는다. 하지만 드래곤은 쓰러지지 않고 로프에 자신의 몸을 튕긴 후 역으로 팔뚝 가격을 시도한다.

저거 제대로 맞으면 얼굴 으깨진다. 진짜 맞아뿐 거 아이가?

사장이 제대로 맞은 시늉을 하는 다이몬을 가리키며 감탄을 한다. 사실 온 힘을 다 받은 건 아니겠지만, 2할이나 3할쯤은 틀림없이 맞았다고 봐야 할 것이다. 얕은수를 쓰지 않는 두 사람은 실전만큼은 아니어도 분명 상당한 타격을 주고 또 받을 것이다. 반격을 시도한 다이몬이 드래곤의 머리를 그러쥐더니 그대로 바닥에 메쳐버린다. 철판 울리는 소리가 크게 나자, 관중들이 자신도 모르게 아아, 하고 비명을 지른다. 다들 자기 머리에 뇌진탕이라도 생긴 듯할 것이다. 하지만 드래곤은 재빨리 일어나 다이몬의 얼굴에 제대로 오른발차기를 먹인다. 링 왼쪽의 관중들이 '멋지다!'를 외치자 오른쪽 관중들이 '드래곤!'으로 받는다. 멋지다! 드래곤! 이긴다! 드래곤! 간간히 다이몬을 응원하는 목소리도 들리나 압도적인 다른 소리에 묻혀버린다. 최강자 레슬러들의 몸싸움으로 실내는 불가마처럼 달아오른다. 에어컨이 용량 달리는 소리를 내며 맹렬히 돌아가지만, 무용지물이 된 지 오래다.

탈모를 일으키는 걱정은 사장에게 넘기자고 몇 번을 다짐했는데도 나는 도무지 불안감을 떨칠 수가 없다. 미국 대통령이나 바람난 여자가 도대체 우리 레슬코와 무슨 관련이 있다는 말인가? 나는 조감독이 내게 그러는 것처럼 질문을 얼굴에 선명하게 띄운 채 사장을 바라본다. 그리고 보니 조감독은 그런 표정을 내게서 배우고 그대로 따라 했음이 틀림없다. 착실한 친구다. 차라리 내가 조감독이었으면 좋겠다는 생각을 한다. 실수로라도, 아니면 두 레슬러의 변덕에 의해서라도 다이몬이 졌으면 좋겠다는 생각도 한다. 하지만 두 사람 모두 내가 쓴 각본을 절대로 무시하지 않을 것이다. 도대체 왜 사장은 이렇게 무리한 설정으로 나를, 레슬러들을, 관중들을 괴롭히는 것일까? 나를 사장에게 소개해준 군대 상사의 말처럼

'미친놈'인 걸까?

　경기 직전에 사장이 내게 이번 전략을 완성하기 위해 본인이 직접 준비했다는 '필수불가결한 옵션'을 제안하지 않았더라면, 나는 정말로 사장을 미친놈 취급했을지 모른다. 나는 선택을 뜻하는 옵션에 왜 필수불가결하다는 말이 붙는지를 따질 겨를도 없이 내 선택을 애초부터 무시한 관성에 의해 고개를 끄덕인 바 있다. 사장은 내가 레슬러들에게 잘 그러는 것처럼 내 어깨를 두 손으로 쥐고 흔들며 말했다.

　이 감독, 니만 믿는다.

　그러나 지금 이 순간, 나는 나를 믿을 수가 없다.

　사장님.

　소용없으리란 걸 알지만, 사장을 불러본다.

　와?

　지금이라도……

　사장은 다이몬의 머리를 팔 사이에 넣고 뒤로 넘어지는 중인 드래곤에게서 눈을 떼지 않는다.

　니 겁나나?

　겁나는 게 아니라 그래도……

　걱정 마라. 다 잘될 기다.

　어찌 다 잘되겠는가? 어찌 걱정을 안 할 수가 있겠는가? 경기장 전체를 통틀어 나만 홀로 근심에 빠져 있는 것 같다. 관중들은 불만스럽던 순간을 잊고 경기 자체에 흥분한 채, 파도까지 만들며 응원을 이어가고 있다. 나는 결연하게, 마지막이라는 듯 사장에게 묻는다.

트럼프 얘기야 대충 알 것도 같습니다만…… 바람피운 그 여자, 그 후로 어떻게 됐다는 겁니까?

사장이 고작 그런 게 궁금했냐는 듯 피식 웃는다.

우찌 됐기는, 마 원래 친구들하고 절교하고는 지를 혼내키줄 또 다른 친구들을 찾아댕깄지.

네? 왜요?

생각을 좀 해라, 생각을. 더 웃긴 거는 그 여자 원래 친구들이었대이.

그 여자의 친구들은 또 왜요?

하지만 사장은 더는 내 질문에 답할 생각이 없는 듯 무대를 손가락으로 가리킨다.

저 봐라, 저.

두 거인이 뿜는 열기 때문에 링이 끓어넘치기 직전의 곰국처럼 자글거리고 있다. 드래곤이 기선을 제압해 다이몬의 머리를 다리 사이에 끼우자 카운트가 시작된다. 원! 투! 물론 셋을 세기 전에 다이몬이 벌떡 일어난다. 곧바로 이번엔 드래곤이 다이몬의 헤드록에 걸린다. 무자비하게 주먹질을 하는 다이몬을 향해 흥분한 관중들이 우, 소리를 길게 뱉는다.

나는 스스로 답을 찾기 위해 애를 쓴다. 여자가 자기를 혼내줄 다른 친구들을 찾아 나서다니…… 눈이 펑펑 내리고 있는데도 눈을 치워야 했던 군 시절의 어느 날처럼 막막하다. 눈은 언제 그치려나? 눈을 다 치울 수나 있을까? 게다가 여자의 친구들은 또 어쨌다는 걸까? 다 죽어버리기라도 한 걸까? 아, 정말이지……

내가 사념에 빠져 있는 사이, 경기는 더 급박해지고 있다. 이제 관중들은 경기장을 통째로 부숴버리겠다는 듯 발을 굴러대고 있다. 가까스로 헤드록에서 빠져나온 드래곤이 다이몬의 뒤에서 허리를 안고 뒤로 구르는 롤업을 시도하지만 다이몬은 순식간에 나무 꼭대기까지 올라가는 다람쥐처럼 날쌔게 빠져나가고, 드래곤만 링에 떨어진다. 다이몬이 다시 드래곤의 왼쪽 팔을 꼬아 돌린 후 등 위로 올라가 연속 두 바퀴를 구르자, 관중들의 야유가 극에 달한다. 그래도 여전히 드래곤을 응원하는 소리. 파이팅! 드래곤! 파이팅! 레슬코! 다이몬의 선전에도 불구하고 누구도 드래곤의 승리를 의심치 않는다. 하지만 나는, 모두의 기대가 물먹은 소금처럼 녹아내리리라는 걸 안다. 드래곤은 챔피언 타이틀을 다이몬에게 뺏길 것이다.

아슬아슬한 몇 번의 카운트다운을 거쳐 마지막 장면이 전개된다. 다이몬이 바닥에서 비틀거리며 일어서는 사이, 드래곤이 파이널 공격을 위해 톱로프로 올라간다. 이전과 같았다면, 드래곤이 자신의 주특기인 '뒤로 돌아 내려 차기'로 다이몬을 제압하며 경기를 끝냈을 것이다. 하지만 오늘 각본은 그렇게 짜여 있지 않다. 로프에서 막 발을 떼며 뛰어오르려는 드래곤에게 다이몬이 재빠른 다람쥐도 울고 가게 만들 속도로 달려가 제대로 킥을 날린다. 순식간에 균형을 잃은 드래곤이 미리 대피할 준비도 하지 못한 관중들에게로 나가떨어지고 만다. 사람들의 몸을 거쳤다고는 해도 그대로 바닥에 떨어진 것과 다름이 없다. 실제'적'인 게 아니라 실제 그 자체라 느낀 관중들이 공포에 찬 비명을 지른다. 기절한 것으로 보이는 드래곤은 진행요원들에 의해 들것에 실려 나간다. 심판이 다이몬의 승리를 선언한다.

관중들이 손에 쥐고 있던 것들을 아무렇게나 던지기 시작한다. 반쯤 찢긴 팸플릿, 구겨진 티켓, 과자 봉지, 플라스틱 컵 등이 무대로 날아든다. 다이몬 K가 뻐드렁니를 드러내며 벨트를 들어 올리지만 아무도 호응하지 않는다. 욕을 하는 사람, 삿대질하는 사람, 제 티셔츠를 벗어 들고 흔들어대는 사람들로 관중석이 아수라장이다.

우리 계획은 실패했나 봅니다. 레슬코는 망했어요, 완전히 망했다고요. 나는 그렇게 쓰여 있는 얼굴을 사장에게 보여주기 위해 고개를 돌린다. 그런데 방금까지 옆에 있던 그가 보이지 않는다. 순간, 경기장 전체에 불이 나간다. 스크린이 조용히 새로운 영상을 내보내고 있다. 이미 알고 있던 대로, 주인공은 나다.

딴생각 말고 넌 네 역할이나 제대로 해.

광마에게 말하는 내가 클로즈업되고 있다. 화면 속의 내 모습은 전직 레슬링 선수답게 우락부락하고 험상궂다. 어두컴컴한 골목길에서 기억나지 않는 누군가와 이야기를 나누는 내가 보인다. 돈 봉투로 보이는 것을 건네받은 후 재킷 안주머니에 넣고 있다. 술집에서 갈매기살을 뒤적이는 내 모습도 보인다. 물론 반대편에 앉아 있던 사장의 모습은 비치지 않는다. 대기실 레슬러들의 옆구리를 때리고 이어 뱅 또라이 녀석의 따귀를 때리는 나, 레슬러들에게 악역이 이기도록 세세히 지시하는 나, 심지어 조금 전의 경기에서 대머리 장에게 귓속말을 하던 내 모습까지…… 내가 봐도 나는 비열한 음모를 꾸미는 놈, 철저한 악당으로 보인다. 이리저리 편집된 내 목소리가 조용한 경기장 안에 쩌렁쩌렁 울리고 있다.

그럼 어쩔 거야? 돈이 걸린 문제야.

너희들은 해산이다.

그게 레슬코랑 무슨 상관이야? 무슨 일이 있어도 각본대로 가야 해!

어차피 레슬코는 망할 거야.

내가 하는 모든 말이, 내가 은밀한 거래를 진행하고 있는 천하에 나쁜 놈임을 증거하고 있다. 촬영기사가 조금 전까지도 최선을 다해 영상을 제작한 것임이 틀림없다. 각오했는데도 절로 다리가 후들거린다. 성난 관중의 주먹들이 거대한 하나의 주먹으로 뭉쳐 나를 날려버릴 것만 같다. 힘이 빠져 어 벌쩡하게 서 있던 내게로 갑자기 하이라이트가 쏟아진다. 나 는 모노드라마를 연기하는 주인공처럼 시선을 한 몸에 받는 다. 사람들이 나를 향해 야유를 퍼붓고 발을 구른다. 갑자기 경기장 전체 조명들이 다시 켜지는가 싶더니 누군가가 나를 링 안으로 던져 넣는다. 모두의 얼굴이 보인다. 악역을 연기 하는 방자, 광마, 울프, 로열 엘리트들 그리고 선역을 연기하 는 짱돌, 풍산랑, 돌풍, 아직도 술이 덜 깬 또라이를 포함한 뱅 무리까지…… 어느새 여신 아랑이 등장해 마이크를 쥐고 서 나를 가리키며 말한다.

이 악당이 우리들의 감독입니다. 그는, 레슬코가 망하든 말 든 상관하지 않고 우리를 상대로 돈을 벌려 했습니다.

관중들은 더는 질서정연하게 '우' 소리를 외치거나 발을 구 르지 않는다. 알아들을 수는 없어도 욕설임이 분명한 소리들 이 내 얼굴로 쏟아진다. 아랑이 갑자기 나를 들어 올리나 싶 더니 메다꽂는다. 이어 팔을 비틀고 허벅지를 내리친다. 근육 이 모두 지방으로 바뀐 지 오래인 나는 날렵한 제비 같은 아 랑의 공격을 피할 도리가 없다. 사실 피해야 할 이유도 없긴 하다.

사장의 마지막 카드가 먹히고 있다. 관중들이 기뻐하고 행 복해하는 걸 뚜렷이 알 수 있다. 내가 아는 한 레슬코 창립 이 래 관중들의 환호 소리가 이렇게 높았던 적은 없다. 두들겨 맞고 조이고 던져지는 동안, 나는 사장의 묘수가 먹혔음을 확인한다. 그는 역할을 잘해내고 있는 나를 어디선가 흐뭇하게 바라보고 있을 것이다. 그렇다. 이게 진정한 내 역할이다. 사람들은 결코 '시늉'일 리 없는 이 반전 때문에 영화표보다 조금 더 비싼 레슬코 입장권을 산 데 대해 후회하지 않을 것이다.

나는 '시늉'이 아니라는 인상을 주기 위해 예전의 기억을 더듬어 최선을 다해 연기한다. 제법 기술적으로 보일 만한 반격을 시도함은 물론, 두개골 쪼개지는 소리나 근육 터지는 소리를 효과적으로 내려고 애도 쓴다. 아랑 역시 혼신의 연기를 펼치고 있다. 관중들이 목이 터져라 외친다. 아랑아랑, 아랑랑! 사랑해요, 아랑랑! 아랑은 프로레슬링계의 여신답게, 온 몸을 던져 웅장하게 나를 제압한다.

제35회 레슬코! 사장과 내가 '필수불가결한 옵션'을 붙인 이 마지막 경기는 모두를 위로하고 모두를 만족시키고, 나아가 다음 경기 전 좌석 매진, 입장료 인상으로 이어질 것이다. 맞고 졸리고 던져지는 동안, 나는 확신에 찬다. 보이지 않는 곳으로부터 사장의 목소리가 흘러나온다.

사람이 뭣으로 사는지가 중하나? 뭣으로든 살기만 하믄 되지!

귀향

토라진 도시는 승재를 반기지 않는다. 이십여 년 만에 고향을 찾은 승재에게 다정한 할머니들의 '툭박지나 따스운' 손 같은 걸 내밀 의향이 없다. 한반도 남단에 제법 안정적으로 자리를 잡은 통영은 윤이상의 유골이 드디어 고국, 고향으로 돌아와 성대한 국제음악제를 여는 마당에 승재 따위가 끼어든 게 못마땅하다. 승재의 눈 역시 못마땅한 듯 가늘고 길게 늘어나 있다. 통영은 그의 눈길까지 막을 도리는 없으므로 노한 입김만 내뿜는다.

통영은 어린 시절의 승재에게는 그러지 않았다. 승재가 이혼한 아버지를 따라 서울로 가기 전까지, 봄이면 벚꽃 그늘로 승재의 수줍음을 덮었고 여름이면 시원한 바닷물로 기쁨을

끼었었으며 가을이면 향 진한 금목서로 고독을 씻어주었다. 겨울에는, 도시가 저로서도 황폐함을 견디기 어려웠을 그 겨울에도, 살을 깎는 아픔을 견디며 바람의 노래를 불러 승재의 영혼을 달랬다. 그러므로 통영은 열한 살 승재가 마치 그날만을 기다렸다는 듯 미련 없이 떠났을 때 배신감을 느꼈다. 승재를 아끼고 위하며 키운 보람이 동피랑 너머로 흩어지는 구름만큼이나 가뭇없이 사라졌다고 생각했다.

통영시립박물관도 그간 고향을 깡그리 잊은 듯한 승재가 탐탁지 않다. 그러나 승재가 원하는 자료를 이것저것 내주지 않을 수 없다. 시종 한산하던 박물관이 모처럼 서울에서 내려온 손님을 홀대하기란 사실 좀 어렵다. 일제강점기에 3·1만세운동을 비롯한 항일운동에 참여한 기생들을 소개하려는 누군가를 막을 명분이 없는 것이다. 술과 몸을 팔던 창부가 아니라 학문과 재색을 겸비한 예인으로서의 그네들을 재조명하는 일은 박물관의 오랜 염원이다. 그러므로 통영 예기조합 소속 33인에 관한 자료들이 앞다투어 제 속을 꺼내 보인다. 기록물들은, 1919년 4월 2일 정홍도와 이국희를 필두로 한 예기들이 허리에 수건을 두른 소복 차림으로 만세를 불렀다고 증언한다. 하지만 그 정도 사료야 이미 승재의 머릿속에 빼곡하다. 승재가 정작 원하는 예기들의 곡진한 사연들은 무한히 계속되는 숨바꼭질 중이거나 치매 환자처럼 길을 잃은 게 분명하다. 정홍도와 이국희를 스승으로 모셨다는 제자들의 녹

취록이나 음반만이 감동적일 것 없는 버선코를 살짝 내밀 뿐이다. 박물관은, 이 모든 게 관리를 제대로 하지 못한 역사관의 탓이라는 듯 화가 난 채 돌아서는 승재로 인해 열패감에 휩싸인다.

곧 음악당 내 윤이상 묘소에서 열리는 추모식이 승재를 부른다. 목마른 기다림이 출구 없이 갇혀 있던 세월을 느리게 풀어내는 동안, 복잡한 이해관계를 가진 이념의 끈들이 미역이나 톳, 청각 줄기처럼 통영 앞바다로 흩어지고 있다. 유해로 돌아온 예술가의 귀향은 기가 막힌 사연들을 하나씩 녹여내며 승재를 자꾸 곁눈질한다. 하지만 조급하게 승재를 다그치지는 않는다. 승재의 감정은 멀리서 수면 아래 잠복했을 뿐인 느긋한 파도처럼, 일 때가 되면 일 예정이다. 따라서 지금 기사를 작성하는 승재의 펜은 어떤 비난이나 비판도 회유할 무난한 단어만을 수집하고 있다. 가장되지 않은 승재의 진짜 감상은 여백으로 자리한다.

이어 개막제를 거행할 콘서트홀이 파란 불빛을 깜빡이며 승재를 자리에 앉힌다. 만원인 관객들로 한껏 거만해진 보훔 심포니 오케스트라가 기대를 저버리지 않으며 음악제의 포문을 연다. 윤이상의 작품 「광주여 영원히」가 청중의 눈물을 다량 짜내고, 스티븐 슬론이 지휘하는 스트라빈스키의 「불새」가 콘서트홀 내부에 불을 지른다. 정경화의 브람스 연주와 황수미의 소프라노도 승재의 취재 노트에 안정적으로 착지한다.

열시 공연 예정인 음악극 「귀향」은, 공연 시간까지 기다리지 않고 떠나는 승재를 굳이 잡지 않는다. 어차피 2회차, 3회차 공연이 다음 날과 그다음 날에도 있을 테니까. 게다가 서양음악과 동양음악을 접목한 「귀향」이 정작 기다려야 할 사람은 승재가 아니라 그의 동료 기자 이정호니까. 이 기자의 빨간 렉서스는 오전에 인천공항을 출발해 곧장 통영으로 오고 있다. 레저용 SUV 차는 지금쯤 납작한 스포츠카처럼 속도를 내고 있을 것이다.

소수의 마니아 독자를 상대로 아직은 그럭저럭 손익분기점을 맞추고 있는 국악 잡지는, 박승재와 이정호를 편집장으로도 과장으로도 대리로도 부려먹고 있다. 하지만 두 기자의 불만은 오래전에 불거지기를 포기했다. 또박또박 나오는 월급이 딱히 두 사람을 구슬려서는 아니었다.

개막제가 끝나자 제대로 정리되기를 원하는 기사 초안이 승재를 조용한 중국집으로 내몬다. 방문하는 사람마다 소위 '통영다찌'로 불리는 회 정식을 감탄하며 먹는 데에 자부심 있던 도시는, 승재가 굳이 탕수육에 소주를 시켜 먹기 위해 중국집으로 들어서자 허탈해한다. 승재의 취재 노트가 오히려 미안함을 느끼며 팔랑거리지만 정작 승재의 얼굴은 덤덤스럽기만 하다.

스마트폰에 뜬 문자가 승재의 표정에 미미하게나마 변화를 일으킨다. '혹시 통영 왔어? 음악제 취재하러 기자들 많이 왔다던데.' 승재의 미간에 자리한 세로 주름 서너 개가 당장 거리를 좁힌다. 승재의 손가락이 따라락, 따라락 테이블을 두드리는 사이 문자가 또 뜬다. '은주가 네 연락처 알려달라고 또 성화다. 나도 더는 말 돌리지 못하겠다. 알려준다?' 스마트폰은 승재의 손가락 지문이 강화유리에 어지러이 찍힐 일 없다는 것을 이미 알고 있다. 승재의 정성이 초등학교 때 친구인 동민에게 뻗치지는 않을 테니까. 대신 승재의 후회가, 그러니까 군대 가기 직전에 서울 교보문고 한가운데서 동민을 우연히 만나 전화번호를 교환한 데에 대한, 그리고 이후에 몇 번 동민의 번호를 차단할 기회가 있었는데도 그러지 않은 데에 대한 후회가 덩치를 키울 것이다. 통영을 떠나면서 성격으로 굳은 승재의 냉랭함이 그때 잠시 무방비 상태였던 건, 어디까지나 입대에 따르는 불안과 쓸쓸함 때문이었다.

문자로 인해, 지극히 동양적인 은주의 얼굴이 승재의 저녁 식사를 방해하기 시작한다. 선명하지 않음에도 불구하고 강한 흡착력을 가진 기억이 탕수육 소스처럼 찐득하니 승재에게 들러붙는다. 어렸지만 다 컸다고 자만한 소년이 고아 소녀에게 행했던 선행에는, 코 아래에서 윗입술까지 길게 난 수술 자국에 대한 위로, 이를 두고 '언청이'라 놀리던 홍철이인가 재열이인가와의 싸움, 친구가 없는 은주와 도시락을 함께 먹은 상냥함, 뜻밖의 사고로 죽을 뻔한 은주를 살려낸 용기 등이 포함되어 있다. 두서없이 얽힌 생각이 탕수육의 튀김옷을 무르게 만드는 동안, 소주는 잔에서 승재의 배로 자리를 옮기며 착실히 제 소임을 다한다.

어쨌거나 동민의 오지랖이 승재에게 불쾌감을 준다. 이십여 년 끊어진 인연 역시 새삼 그때 이랬느니 저랬느니 하며 소멸한 친밀감을 억지로 끌어올리고 싶지 않을 터이다. 승재의 마음을 잘 아는 승재의 추억이 작게 말한다. 안 받으면 되잖아, 전화. 중국집은 식욕 없이 일어서는 승재에게 굳이 남은 음식을 들려 보내지 않는다. 그새 비어버린 소주병이 처음 그대로인 탕수육 접시를 보며 끌끌 혀를 찼을 뿐이다.

5성은 아니지만 5성'급'이라는 호텔은 뻔뻔하다. 음악당에서 택시로 오 분이라거나 동피랑, 서피랑 사이 강구안이 내려다보이는 최고의 전망이라는 광고가 허위라는 데에 일말의 가책도 느끼지 않는다. 먼지 앉은 바랜 풍광을 들킨 데다 고릿한 생선 비린내를 풍기면서도 당당하기만 하다. 한적함마저 없었더라면 승재의 스포티지는 더는 참지 못하고 호텔을 떠나자며 아우성쳤을 것이다. 스포티지는 취재가 끝나는 대로, 환대를 모르는 도시를 뜰 만반의 태세를 갖추고 있다.

스포티지의 불만에 아랑곳하지 않는 호텔은 자기합리화에 능수능란한 자 특유의 건들거리는 태도로 승재를 반긴다. 샤워기를 뚫고 나간 물이 누적된 승재의 피로를 벗기려 노력하는 동안 취재과 관련한 상념이 욕실 수증기와 함께 피어오른다.

최근 몇 년간 이정호와 함께 승재가 공을 들인, 일제강점기 예인들의 사랑과 항일운동 기획 기사는 국악 잡지에만 실리기 아까울 정도로 훌륭했다. 소복이 피로 물들 때까지 독립만세를 외친 수원 예기조합 출신 기생 김향화를 비롯해 우리나라 최초의 비행사 중 한 명을 연인으로 둔 이진봉, 소설가 김유정의 사랑을 끝내 거절한 박녹주 등에 관한 이야기가 그녀들이 부른 민요, 판소리, 가곡 등과 함께 소개되어 쏠쏠한 반향을 일으켰다. 사실 승재의 이번 출장은 만세운동을 기획하다 실패한 통영 향교 출신의 젊은이들과 당시 예인들 사이에 있었을 법한 러브스토리를 발굴하는 걸 목표로 했다. 워낙 허술한 자료가 가능성을 확 낮추었지만, 산전수전 다 겪은 승재의 서른두 해는 희망을 놓지 않았다. 그의 전 생애가, 우연이 운명의 괴이한 속성일 뿐이라는 걸 증명하는 사건들로 점철되어서이기도 했다.

기실 아일랜드의 민속음악 수집가 게릿 더 브룬과의 인연도 기사를 위한 방대한 자료들 틈에서 우연히 이뤄졌다. 과로로 게슴츠레해진 승재의 눈이, 1976년 한국을 방문한 게릿이 상당량의 음반과 녹음테이프를 아일랜드로 옮겼다는 사실을 기적적으로 포착했다. 같은 해에 개최된 제1회 대한민국음악제는 당시 가야금 명인으로 이름난 황병기를 비롯해 배뱅이굿의 대가 이은관 등을 내세웠다. 전 세계를 여행하며 민속음악을 연구하고 수집하던 게릿이 그 음악제에서 유명한 한국 소리꾼들과 인연을 맺고 교류를 이어갔으리란 추측이 가능했다.

박승재 기자의 호기심이 이정호 기자의 '민족문화 발굴 및 보존'이라는 다소 거창한 신념과 닿았다. 강남 유수 학원을 섭렵한 바 있는 이 기자의 영어 실력이 오랜만에 빛을 발했다. 2017년 까다로운 비서를 거친 게릿과의 접촉이 성공하였고, 마침내 자료가 있는지 알아보겠다는 호의적인 메일이 도착했다. 그러나 2018년 1월 돌연 게릿 더 브룬이 저녁 식사 도중 쓰러졌고 곧바로 장례식이 치러졌다는 소식이 날아들었다. 귀중한 자료가 아일랜드 중앙은행 금고에 갇힌 채 영원한 잠에 빠질 확률이 높았다. 승재와 정호의 의욕이, 신념이 직장에 등장한 데에 강한 거부감을 보인 국장의 의욕과 대치했다. 싸움은 곧 끝났다. 잡지사의 빠듯한 경비와 이 기자 개인의 휴가가 아일랜드 출장길을 가까스로 열었다. 단, 통영음악제 취재를 소홀히 하지 않아야 한다는 단서가 붙었다.

이 기자가 아일랜드에서 보낸 몇몇 소식은 국악과는 관련이 없을지라도 경이로웠다. 게릿 더 브룬이 그 유명한 기네스 가문의 상속자라는 사실이 날아들었고, 이어 기네스 소유의 록테이 호수며 루갈라 저택 사진들이 국장의 찬사마저 자아내게 했다. 하지만 정작 게릿의 금고는 문을 열지 않았다. 유산을 받은 게릿 친척들의 관심은 깊이 잠든 한국 음악으로 조금도 기울지 않았다. 이정호의 탄식만이 기네스 별장을 품은 위클로 산 곳곳에 배어든 채 이정호를 배웅했다.

승재의 탄식 또한 스마트폰으로 틀어둔「울지마라 가야
금아」의 애절한 가락 사이사이 배어들고 있다. 울지마라 가
야금아 너머저 날 울리면 애끓는 이내간장 굽이굽이 눈물진
다…… 어쩌면 게릿의 금고에도 있을 안향련의 목소리가 가
뜩이나 습한 호텔 방을 더 눅눅하게 만든다. 안향련, 김옥심
의 음반 외에 세상에 나갈 기회만을 노렸을 한 많은 노래가
어둡고 비좁은 금고 안에서 쿵쿵 문 두드리는 소리.

승재의 탄식을 돌연 멈추게 한 것은 스마트폰의 알림음이
다. '호텔 도착. 내일 아침에 봐.' 이 기자의 문자에, 승재의
손가락이 습관적으로 이응과 키읔을 누른다. 종일 승재의 긴
장이 풀어지기만을 애타게 기다린 잠이 승재를 성급히 껴안
아 눕힌다.

다음 날 호텔은 승재의 비위를 맞추기 위해서인 듯 의외로
괜찮은 아침 식사를 제공한다. 이만하면 번드르르하지? 신선
한 해산물과 윤기 흐르는 해조류 등이 거드름을 피우고 있다.
전날 저녁에 외면당하다시피 한 승재의 위장이 뒤늦게라도
허기를 채우려고 채신없이 날뛴다. 문득 이정호의 노곤한 얼
굴이 승재의 코앞에 모습을 드러낸다. 긴 하품이 켜켜이 쌓였
을 여행의 피로를 호소한다.

"이제야 저쪽 시차가 적응되려는 모양이야. 밤새 못 잤어."

승재의 의자와 닮은꼴인 정호의 의자가 서둘러 팔을 벌린다. 테이블에 놓인 도다리쑥국이 타지에서 온 손님을 호들갑스레 맞이하고, 김치가 외지인을 향해 빨갛게 웃어 보인다. 정호의 입이 헤벌쭉 벌어진다.

"아, 김치 먹으니 살 것 같다. 이 쑥국 기막히게 맛있네, 맛있어."

개막제 취재 내용과 전반적인 분위기가 박승재 기자를 징검다리 삼아 이정호 기자에게 건너간다. 절차를 기다리던 작은 봉투는 더는 기다리지 못하고 서둘러 정호의 손을 떠난다.

"거기 물가 비싸더라. 엽서 몇 장밖에 못 샀어."

얇은 봉투가 열 장쯤 되는 엽서를 쏟아낸다.「해리포터」촬영지 중 하나였다는 롱룸, 하프 페니 다리가 있는 리피강, 빨갛거나 노란 현관문 등을 찍은 엽서가 우쭐거리며 늘어선다. 사진 하나가 돌연 승재의 시선을 낚아챈다. 동그란 바퀴 같은 걸 아우라처럼 뒤에 붙인 고풍스러운 십자가.

"켈틱 십자가야. 성스러운 마음이 막 솟구치지?"

이 기자의 장난스러운 질문이 조금 더 솟아올랐을 승재의 기억을 얼른 수면 아래로 가라앉혀버린다.

"특이하네."

"켈트족 후예라잖아, 아일랜드인들."

태양신 숭배에서 유래했을 동그란 원이 꽈배기 모양 장식이 있는 십자가를 감싼 채 낮게 으르렁거린다. 우린 이렇게 뒤섞어버려. 섞어서 흐리게 만들지 않으면 살 수 없잖아. 안 그래? 승재의 살짝 떨리는 손이 십자가 엽서를 다른 엽서 뒤쪽으로 슬며시 밀어 넣는다.

"그래…… 그나저나 개막식 기사는 내가 정리해서 보낼게."

승재의 어수선한 머리를 눈치채지 못한 정호의 머리가 기운차게 오르락내리락한다.

"고마워, 고마워."

"쓸 만한 걸 건지지 못했어. 조금 더 찾아보긴 할 텐데, 별거 없으면 오후에 돌아가려고."

사실 통영에서의 체류는 승재에게는 기획 기사를 작성하는 데에, 정호에게는 국제음악제를 취재하는 데에 쓰일 예정이었다. 승재로서는 일제강점기 예인들에 대한 다른 자료가 없다면 굳이 통영에 더 머무를 이유가 없는 셈이다. 하지만 승재가 한 말은 어린 연인들이 섹스 없는 연애가 가능하다고 우길 때처럼 억지스러운 데가 있다. 정호의 칭얼거림이 승재의 계획을 무산시킬 게 뻔하기 때문이다.

"같이 좀 다녀주쇼. 아직도 영 어질어질하단 말이야."

사실 승재의 하루나 이틀은 통영에 있든 서울에 있든 잡지사의 무궁한 발전에 기여하지 않을 것이다. 승재의 하루는 이틀을 먹어치우는 데 능숙하고 승재의 이틀은 하루를 뱉어내는 데 능숙하기 때문이다. 승재의 하얀 스포티지만 기운이 빠지겠지. 승재의 눈이 입을 대신해 깜빡인다. 그러고 싶지 않지만 어쩔 수 없이 그러겠다는 신호로 받아들인 정호의 안색이 대번에 밝아진다.

"놀랄 만한 게 있어."

정호의 스마트폰이 한 장의 사진을 띄운다. 풍채가 건장한 게릿과 양옆에 상대적으로 왜소해 보이는 동양인 여러 명이 주르르 서 있는 장면이다.

"게릿의 비서가 1976년인지는 모르겠으나 한국 사람들과 함께 찍은 걸로 보이는 사진을 발견했대. 좀 전에 받은 거야. 허탕 쳤다고 생각했는데, 그 여자 뒤늦게 미안했던 모양이야."

사진 속 대금이며 장구 등의 악기 그리고 한복 차림이, 그들 모두 악사거나 소리를 하는 예인임을 알리고 있다.

"자세히 봐. 아는 얼굴 없어?"

승재의 뇌리에 그간 무수히 써낸 기사 속 얼굴들이 스친다. 궁초댕기 에헤라, 하는 순간 왠지 마음의 창살 하나가 부러지는 듯한 느낌을 주는 김옥심 명창, 눈도 코도 도톰한 입술도 일관되게 슬퍼 보이는 김초향 명창, 카네기 홀에서 공연을 했으니 게릿과의 인연도 없지 않을 법한 가야금 산조 인간문화재 성금연…… 승재의 양 엄지가 화면 위를 이리저리 오가며, 눈썹이 연하거나 코가 작거나 볼이 통통한 흑백의 인물 하나하나를 크게 확대한다.

"분명 우리나라 예인들인데, 어째서 모두 모르는 얼굴들일까?"

정호의 목소리가 신호이기라도 하듯, 돌연 인물 하나가 스마트폰 사진 속에서 도두뛰어 나온다. 윗입술에서부터 코까지 희미하게 상처가 있는 나부대대한 얼굴이 승재와 제대로 눈을 맞춘다. 이어 윤곽이 불분명한 입술에서 젖먹이 놀소리 같은 가락이 웅얼웅얼 흘러나온다. 초롱초롱 빛나는 나의 별이여, 밤하늘에 등불 되어 반짝반짝…… 동요풍임에도 어쩐지 애잔한 민요를 연상시키는 노래가 크게 일렁이더니 마침내 오랜 세월 꺼진 듯했던 불잉걸 한 토막을 살려낸다. 승재의 입이 무아몽중 벌어진다.

"삼희순."

"뭐라고?"

이정호의 음성이 기대로 떨린다. 순간 승재의 입은 놀란 해삼처럼 움츠린다.

"아니야."

"뭐가 아니야?"

움츠러들었던 승재의 입이 느물느물 딴청을 피우며 펴진다.

"얼굴에 흉터가 있는 여자도 예인이 될 수 있었나?"

"그러기 어렵지. 왜? 아는 얼굴 있어? 흉터가 있어?"

정직하지 않은 승재의 엄지와 검지가 커다랗던 여인의 얼굴을 순식간에 작게 만들어버린다.

"아니야. 잘못 봤어."

정호의 전화기 속 화면은 가슴 콩닥거린 일이 전혀 없다는 듯 시무룩하게 가라앉는다.

"커피 마시자."

승재의 다소 거친 동작 때문에 죄 없는 의자가 홍두깨를 맞는다. 거의 넘어질 뻔한 의자가 커피를 내리러 가는 승재의 궁둥짝을 흘겨본다. 커피가 도도하게 잔에 내려앉는 사이, 도리질 치는 승재의 머리는 방망이질 치는 가슴을 진정시키느라 바쁘다. '삼희순. 분명 희순 누나다.' 얇은 커피 크림이 애매하다는 듯 거품 몇 개를 터뜨린다. 그럴 수도, 아닐 수도……

곧, 천진한 하늘이 승재의 시선을 창밖으로 꾀어낸다. 혼례치르는 신부 어머니처럼 부산스러운 구름이 몽글몽글 모여들더니 이내 삼희순의 모습을 만들어낸다. 내다. 알아보겠제? 일여덟 살 어린 승재를 친동생처럼 보살펴준, 그래서 승재 역시 친누나처럼 쫓아다녔던 삼희순. 통영을 잊었어도, 봉수골을 잊었어도 자기를 잊을 수는 없었으리라 굳게 믿는 얼굴이 말갛게 웃는다. 사실 승재의 오감은 통영에 도착하자마자, 아니 통영에 오기도 전부터 내내 그 얼굴을 쫓고 있었을지 모른다. 독특한 성씨라 다른 이름보다 곱절은 쉽게 기억되고 마는 이름, 삼희순. 언제든 튀어 오르고야 말았을 누나에 대한 기억이 한 장의 사진을 통해 봇물 터지듯 터져 나온다. '하지만 어째서 삼희순의 얼굴이 게릿의 사진에 있는 걸까?' 혼란스러운 승재의 마음이 갈 곳 몰라 허방을 딛는 사이, 정호의 졸음이 적시에 승재를 구한다.

"먹으니까 졸리네. 한숨 자고 이따 만나."

삼희순의 형상이, 허정거리며 식당을 나서는 정호를 배웅하더니 점점 또렷해진다. 지극히 동양적인 그 얼굴은 한 번 잡은 승재의 시선을 놓을 생각이 없어 보인다. 하지만 이십 년 전 스무 살이 채 되지 않았을 삼희순이 사십 년도 더 전에 찍힌 사진에 들어 있는 건 모순이다. 승재의 한숨이 유리창을 뚫을 듯 세게 터져 나온다. 호텔은 이런 순간에, 아마도 승재의 정념이 깨어난 듯한 그 찰나에, 강구안 전체는 아니어도 바다 일부를 승재에게 보여줄 수 있어 뿌듯하다. 드넓은 태평양과 틀림없이 이어져 있을 통영 앞바다가 가슴 먹먹해졌을 승재에게 적선하듯 작은 위로를 던져준다.

그 시간, 흐드러지다 못해 흐무러진 벚꽃을 안은 봉수골이 승재를 떠올리고 있다. 오르막길 끝에 있는 커다란 벚나무 역시 양팔을 벌려 자신을 안곤 하던 소년의 몸 냄새를 되새김질하고 있다. 왕초라는 별명을 가진 그 벚나무는 슬레이트 지붕을 인 삼희순의 집과 그녀가 잔심부름하며 드나든 고등학교 교장네 집 모두를 덮고 있었다. 그 나무가 뿌리를 뽑아 올리고 스무 번쯤 굴러 내려오면, 물론 나무는 그런 무모한 시도를 한 적이 없지만, 승재 집 대문을 두드릴 수 있었을 것이다. 그 대문에는 향기로운 꽃을 피워 벌들을 미치게 만드는 등나무가 휘감겨 있었는데, 그 등나무가 가지를 모두 엮어 뻗으면 골목 끝 영희네 집까지 닿을 수 있었을 것이다. 물론 등나무 역시 그런 시도를 한 적은 없었다.

영희네 다락방은 동네에 놀 만한 친구들이 없을 때, 낄 수 있는 놀이가 없을 때 승재에게 구원의 놀이터를 제공했다. 인체해부도가 크게 인쇄된 백과사전이나 영희의 큰오빠가 숨겨놓은 만화책, 성인 잡지 등이 엉큼한 눈으로 영희와 승재를 맞곤 했다. 오후의 평화로운 햇살은 아이들을 쉬 놓아주지 않았다. 하지만 긴 벽시계의 추가 여섯 번 댕댕거리면 예사로 빨갛게 부르트곤 하는 작은 손들이 미련 없이 책을 던졌고, 앙증맞은 네 개의 발이 삼희순의 집으로 향했다. 교장 가족을 위한 음식과 빨래와 청소를 하는 동안 거추장스레 두 다리를 휘감았을 희순의 치맛자락이 멀리서부터 반갑게 펄럭이는 그 집으로.

혼자 사는 희순의 외로움은 승재와 영희가 와야 자취를 감추었다. 기와가 창창한 교장의 집에서 얻은 기름진 음식이 승재와 영희의 입으로 앞다투어 들어갔다. 어린 승재의 코는 희순의 분홍빛 손가락들에 자주 집혔다. 거스러미가 인 그 손가락들이 더러운 줄도 모르고 승재의 누런 콧물을 뽑아냈고, 까맣게 익은 버찌를 승재 입에 떨어뜨렸다. 희순이 정성껏 다린 후박나무 껍질 물은 실력 발휘할 기회만 엿보다가, 승재의 배 앓이 소식을 듣자마자 옳다구나 뛰어들곤 했다. 삼희순의 엄마가 가르쳐줬다는, '초롱초롱'으로 시작하는 동요풍 노래는 희순의 혀끝에서 영희의 입, 승재의 입을 타고 올라가 어김없이 밤하늘을 울렸다. 돈 많이 벌어서 꼭 돌아온다고 했다지만 십 년간 오지 않은, 누구의 눈에도 띈 적 없고 아마 그 후로도 끝내 돌아오지 않았을 희순 엄마에 대한 반감이 어린 승재를 조숙하게 만들었다. 그 무렵 있으나 마나 한 친엄마가 아니라 삼희순이 엄마로 나오는 꿈이 자주 승재를 찾았다.

기선을 제압한 망각이 언젠가부터 승재로 하여금 벚꽃 만발한 고향도 희순 누나도 영희도 모두 잊게 했다. 아니, 단순한 망각이 아니었다. 슬픔, 두려움, 혐오 외에도 설명할 수 없는 복잡한 감정이 고향으로부터 승재를 멀어지게 만들었다. 어째서였을까? 전조 증세를 내비친 사춘기, 예상했고 따라서 간절히 바라기까지 한 부모의 이혼, 그리고 서울로 이사하자마자 놀림감이 된 사투리 등만이 이유는 아니었을 것이다. 공포에 가까운 그 감정은, 어쩌면 아직은 아니지만 머잖아 드러나게 될 부끄러운 초상에 닿아 있을지 모른다.

승재의 과거가 이 기자가 보여준 한 장의 사진, 희순 누나일 리 없지만 분명 똑같이 생긴 여자가 있는 사진으로 인해 기지개를 켜며 깨어나고 있다. 마침 눈치 빠른 호텔 식당 벽의 시계가 열시를 알린다. '통영시 호텔조합'이라는 글자가 새겨진 시계는 승재에게 오후 네시로 예정된 「귀향」 공연까지 시간이 아주 많이 남았다는 사실을 깨우쳐준다.

유네스코 지정, 음악 창의 도시임을 자랑하는 시청사가 떨떠름하게 승재를 맞는다. 사실 시청은 전날의 시립박물관보다 더 자신이 없다. 아니나 다를까 문서 보관실은 통영에서 가장 오래되었으나 수년 전에 폐업했다는 음반 가게 전화번호만을 건넸을 뿐이다. 시청은 하릴없이 돌아서는 승재에게 의례적인 손짓 한 번 보내지 않는다.

공연 전까지 세 시간을 더 보내야 하는 승재를 맞이한 건 결국 봉수골이다. 아침에 승재를 떠올린 봉수골이 막상 승재를 마주하자 놀란다. 소년에서 남자로 자라는 사이 타락한 향이 배지나 않았을지 경계하며 냄새를 맡는다. 승재의 코는 승재의 코대로 바람에 따라 뜨기도 하고 곤두박질치기도 하는 연처럼 불안하게 킁킁거린다. 지극히 동물적인 경계 상태가 수 분 이상 지속된다.

승재의 기억에 존재하던 거대한 왕초 나무는 없다. 길 중간쯤이라 생각되는 곳에 있어야 할 승재의 집도 없다. 오래된 건물과 새 건물이 뒤섞인 곳에서 어떤 집도 승재에게 확신을 주지 않는다. 나지막하게 연결된 집 모두가 여기야, 여기, 하며 부르는가 싶더니 곧 여긴 아니야, 여긴 아니라고, 하며 심술궂게 웃는다. 작지만 혹은 작아서 정겨웠던 영희네 골목도 자취를 감추었다. 신통방통한 도깨비방망이가 희순 누나네 낡은 집도 교장네 큰기와집도 어딘가로 뚝딱 옮긴 듯하다.

무엇보다 길이 너무 짧아져 있다. 왕초 나무가 몇 번을 굴러야 하는 거리, 등나무가 가지를 엮어 뻗어야만 할 거리 자체가 있을 성싶지 않다. 아름드리 벚나무가, 당황한 채 몇 번이나 같은 길을 오가는 승재에게 낙심한 꽃잎을 흩뿌린다.

승재의 전화기가 부르르 몸을 떤다. 끊어졌다가 다시 울린다. 승재가 알지 못하는 번호를 띄운 최신형 아이폰은 전화를 건 상대방의 간절함을 제대로 전달하지 않는다. 제 일이 아니라는 듯, 아이폰은 곧바로 무심해진다. 그러나 잠시 후 포기하기를 포기한 듯한 메시지가 도착한다. 대문 글자가 모습을 드러낸다. '잘 지냈나? 동민이한테 연락처 받았다. 통화……' 승재의 연락처가 동민을 통해 기어이 은주에게로 넘어간 모양이다. 하지만 어린 승재가 품었던 동정심에 가까운 우정은 어른 승재에 의해 가차 없이 버려진다. 낯간지러운 감사 인사, 새삼스러운 추억 놀이는 지금의 승재 취향이 아니다. 이십여 년 만의 재회는 필시 덜 익은 감처럼 개운치 않은 떫은맛만 남길 것이다. 그러나 또 다른 대문 글자가 기어이 승재의 발목을 잡는다. '니한테 꼭 돌려줘야 할 게……' 은주가 보냈을 문자는 주려는 게 아니라 '돌려'주려는 거라고 못박고 있다. 의문이 돌연 몸집을 키운다. '내가 준 무언가를 돌려주겠다는 말인가? 뭐지?' 이제껏 미온적인 태도만을 유지했을 4월의 바람이 갑자기 작심한 듯 거세게 분다. 벚나무들이 재채기를 하며 하얀 꽃잎을 승재의 머리 위로 쏟아낸다.

이어 작은 원을 숄처럼 두른 십자가 종이 몹시 주저하며 희붐하게 모습을 드러낸다. 작지만 청동의 중량감을 여지없이 과시하는 종소리, 따랑. 그 종소리에, 승재의 고집으로 전신을 드러내지 못한 문자가 흠칫 몸을 떤다.

 잠깐 사이 백 년의 먼지를 얹은 듯한 승재의 구두가 지친 채 음악당으로 향한다. 내심 승재가 오기를 바랐을 음악극 「귀향」이 이정호 기자 옆에 그를 털썩 앉힌다. 이십 년 방랑을 짊어진 오디세우스의 발이 승재의 발만큼이나 지친 채 무대 위에 오른다. 트로이 전쟁 영웅의 피는 제 행위의 정당성에 대한 의문으로 탁해져 있다. 헬레나의 신변을 책임져야 했던 영웅들의 맹세가 애초에 오디세우스의 머리에서 나왔기 때문이다. 그 머리가 친구와 동료, 부하들을 저주해야 마땅할 운명으로 이끌었다. 그러니 살아남은 오디세우스가 패배자나 교활한 사기꾼이 아니라는 증거는 어디에도 없었다. 한탄하고 증오하며 늙었을 페넬로페의 침대가 여전히 오디세우스를 누일 자리를 비워두었으리라는 보장도 없었다. 어쩌면, 수십 명을 한꺼번에 뚫을 수 있다는 영웅의 활이 비겁자에 불과한 오디세우스를 내칠지도 몰랐다.

 오디세우스의 고뇌를 모르는 척하는, 어쩌면 정말 모르는 음유시인들의 노래가 그의 귀환을 축하한다. 회한이나 두려움을 일축하려는 듯 기타와 첼로와 바이올린 등이 한껏 활을 부풀린다. 돌연 악단 사이로 잘생긴 얼굴 하나가 튀어나와 무방비 상태인 승재의 눈을 찌른다. 승재와 영희가 몰래 훔쳐볼 잡지를 다락에 숨겨놓곤 하던, 기타를 퉁기며 유행가를 부르던, 투덜거리는 승재와 영희 얼굴에 담배 연기를 훅 내뿜던, 또 거울 앞에서 반월형 빗으로 머리를 빗기도 하던 청년의 아주 잘생긴 얼굴. 승재의 유약한 영혼은 상대적으로 강해 보이는 그 영혼을 증오하느라 와들와들 떨곤 했다. 조심하느라 더 크게 났던 숨소리, 하악, 하악. '그리고 뭐가 더 있었지?' 그러나 승재가 엿보려는 걸 차단하겠다는 듯 별안간 연주가 끝난다. 악단에 있던 영희 오빠의 얼굴이 홀홀히 사라진다. 외국인인 연주자 중 누구도 한국인인 영희 오빠일 리 없다는 합리적인 가정이 흥분한 승재를 겨우 진정시킨다.

이제 무대는 모시 한복을 곱게 차려입은 여인으로부터 정가를 뽑아내고 있다. 길게 여운을 남기는 높고 가는 소리가 갈 곳 잃은 바람처럼 공간을 떠돈다. 윤이상의 고투와도 닿아 있을 오디세우스의 「귀향」은 그렇게 절정으로 치달아 있다. 감동 어린 여러 마음 중 오직 승재의 마음만이 헝클어진 채 극장 한구석으로 밀려난다. 불현듯 오디세우스의 고뇌가 승재의 고뇌와 자석처럼 맞붙는다. 키르케의 사랑으로도 세이렌의 노래로도 치유할 수 없는 상처가 비정함과 배신과 비겁한 생존을 비웃는다. 승재가 작성할 기사에는 결코 실리지 않을 병든 글들이 종이 위를 헤매기 시작한다.

무대가 갈채를 당연시하며 막을 내리자 다시 켜진 승재의 전화기가 부재중 전화와 문자를 다급하게 쏟아낸다. 은주라 짐작되는 이로부터 온 문자가 토라졌다가 마음을 푼 연인처럼 승재에게 달려든다. 기운을 잃은 승재의 손가락이 창을 제대로 연다. 전화를 부탁한다는 첫번째 메시지, 예의 돌려줘야 한다는 물건을 언급한 두번째 메시지, 그리고 끝내 답을 하지 않으면 그 물건을 그냥 바다에 던져버리겠다는 협박조의 세번째 메시지가 차례를 무시하며 승재를 엎어친다. 돌연 거부하기를 거부한 십자가 종이 음영과 색조를 더하며 선명해지고 있다. 성스러움의 대가로 온 세상의 번뇌를 삼킨 듯 보이는 십자가와 그 아래 연결된 작은 종. 시간을 점유한 그 종이 수습하지 못한 시신의 뼈들을 찾아 헤매듯 간절한 소리를 낸다. 그러나 승재가 은주에게 준 십자가 종이라니, 무언가 앞뒤가 맞지 않는다. 승재의 기억은, 은주가 오히려 그것을 자신에게 주었다고 주장한다. 은주를 돕고 위하고 위로한 데에 대한 감사의 표시였던 십자가 종은 물건들이 대개 그러하듯 어느 날 홀연히 사라졌다. 하지만 은주의 메시지는 승재가 그걸 제게 주었으며 이제 돌려주겠다고 전하고 있다. 돌연 이 기자의 엽서 속 켈틱 십자가가 포효하듯 뱉었던 말이 재생된다. 뒤섞어서 흐리게 만들지 않으면 살 수 없잖아. 안 그래? 물론 승재의 고집스러운 귀는 온전히 열리지 않는다. 결단력 없는 승재의 양 엄지가 몇 개의 글자를 썼다 지웠다 한다.

승재의 동작이 갑자기 중단된다. 공연 관계자들과의 대화가 끝나기만을 기다린 정호의 위장이 아우성을 쳤기 때문이다.

"배고프다. 맛있는 회 먹으러 가자. 여기 다찌가 유명하다며."

해삼, 문어, 산낙지, 가리비, 전복, 게회, 멸치회 등 스무 가지가 넘는 반찬들이 으쓱거리며 두 사람을 맞이한다. 배도 고프고 술도 고프고 말도 고파 가리사니를 잡지 못하는 정호에게 소주가 제일 먼저 손을 든다. 술잔이 금방 술을 털어내자, 노란 멍게가 기다렸다는 듯 두번째로 손을 든다. 정호의 입이 순서를 지키지 않으려는 소주에게 한 번 더 양보한 후 비로소 나선다.

"모든 게 얽혀 있는 거 같아. 여기 오고 든 생각인데, 사실 전 세계를 돌아다닌 게릿이 윤이상을 만났을 수도 있어. 안 그래? 어쨌거나 아일랜드 은행 금고에 갇힌 귀한 자료들을 언젠가는 꼭 찾아야 하는데……"

정호의 우울한 푸념이, 사라지는 술의 양에 비례해 고조된다. 하지만 승재의 귀는 정호의 말을 자꾸 허투루 흘려보낸다.

"아까 그 사진 나한테 전송 좀 해줘."

"게릿과 찍은 예인들 사진? 아무래도 아는 얼굴 있는 거구나?"

"아냐. 그런 건 아닌데…… 1976년에 통영 출신 예기들이 서울까지 갔을 확률은 낮아. 누군가가 갔다고 해도 정홍도와 이국회의 직계 제자들은 아닐 테고 그 뒷세대일 거야. 어쨌거나 사진을 대조해볼 수는 있겠지."

"아무렴, 짚 더미에서 바늘 찾기가 우리 전문이잖아. 바로 보낼게."

기대로 들썩이는 이 기자의 스마트폰이 재바르게 움직인다. 아일랜드에서 온 사진 한 장이 하나의 가설을 구축한다. 삼희순이 날마다 기다리던, 노래 부르는 엄마가 1919년 만세를 부른 정홍도와 이국회 등의 제자의 제자 중 한 명이고, 따라서 1976년 서울에서 열린 대한민국음악제에 참여해 우연히 게릿과 사진을 찍었으리라는 가설. 그리고 2018년 현재 살아 있다면 예순이 넘었을, 누나와 너무도 닮은 누나의 엄마가 1976년에 한창 꽃피는 스무 살가량의 통영 출신 예인이었으리라는 가설. 테이블에 놓인 회가 단말마의 비명을 지르며 두 사람의 입으로 사라지는 동안, 가설은 근육을 부풀리고 키를 키운다. 삼희순을 꼭 닮은 사진 속 인물이 정말 그렇겠냐는 듯 실눈을 한 채 모호한 미소를 품는다.

자리를 정리하고 비좁은 식당을 빠져나온 승재의 어깨를 누군가의 작은 손이 톡톡 두들긴다. 동그란 얼굴 하나가 고개를 들이민다.

"승재 맞재?"

승재가 놀랄 틈을 주지 않는 여자의 손이 어느새 승재의 손을 낚아챈다.

"승재 맞네, 승재 맞아. 동민이 휴대폰 사진에서 본 얼굴이랑 똑같다야."

그녀가 별안간 전화를 걸고 문자를 보낸 은주일지 모른다는 생각이 승재를 당황하게 만든다. 하지만 짧은 커트 머리에 키가 껑충한 여인은 승재의 기억 속 은주와 조금도 닮지 않았다. 무엇보다 코 아래에서 윗입술까지 이어진 수술 자국이 없다. 그러나 외과의사의 새롭고 섬세한 도구가 흉터를 흔적 없이 사라지게 했을 수 있다. 이십여 년의 세월은, 두 사람이 과연 친구가 맞는지 빨리 확인해보라고 성화다. 여인을 물끄러미 살피던 승재의 뇌 속 해마가 돌연 꼬리를 돌돌 말았다 편다.

"너 설마 영희야?"

"인자 알아보겄나? 맞다. 내 영희다. 은주라고 이름 바꾼 지 한참 됐는데, 동민이가 말 안 했더나? 그나저나 와 내 문자에 답도 안 하노."

"이름을 바꿨다고? 그럼 문자 보낸 게 너였어?"

"그래. 혹시나 싶어서 어제, 오늘 내내 유명하다는 다찌집은 다 찾아댕깄다. 갈 만한 데 뻔하거든."

어그러진 과거를 두서없이 욱여넣고 있던, 운명의 괴이한 속성인 우연이 그제야 자기를 알아보겠냐는 듯 승재의 머리를 콕 쥐어박는다. 승재의 고개가 여지없이 앞으로 꺾인다.

"좀 바빴어. 취재 차 내려온 거라……"

"안 그래도 동민이가, 니가 국악 잡진가 뭔가 맹근다 카대. 음악제에 왔을지 모린다 캐서 부리나케 전화도 하고 찾아도 댕깄다."

"어, 어……"

어쩌면 오늘만을 기다렸을 두 사람의 만남이, 눈치 없이 어정거리는 이 기자를 먼저 가라며 등 떠민다. 안 그래도 제멋대로 몽니를 부리고 싶은 시차가 기꺼이 이정호를 데려가기로 한다. 어쨌거나 영희, 그러니까 은주에게 꽉 잡히고 말았다는 승재의 체념이 하릴없이 정호를 배웅한다. 식당 바로 옆에 있던 호프집이 옛 벗들을 불러들인다. 오백 시시 생맥주가 두 사람의 건배를 부추긴다.

은주로 개명했다는 영희의 얼굴이 승재의 기억 속 은주를 아리송하게 만든다. 승재의 조급한 마음이 친구 입에서 맥주잔 떨어지기를 기다린다.

"이름은 언제 바꾼 거야?"

"스무 살 되면서 바로 바깠다. 맨날 교과서에 나오는 철수와 영희의 그 영희냐는 놀림 받기도 지겨워서. 이제는 다들 나를 은주로 안다. 영희라는 이름을 오히려 기억 몬할걸."

영희의 개명 소식이 승재에게 전해졌을지 전해지지 않았을지 불분명하다. 가끔 동창들의 사진과 더불어 소식을 전하기도 했던 동민의 문자가 승재의 관심을 제대로 끈 적은 없었다.

이제 딱 맞게 나서야 할 피로가 승재의 뒷덜미를 지그시 누른다. 피로는, 그간 어떻게 살았는지 어떤 우여곡절을 겪었는지 묻고 답하고 옛 기억을 불러오고 하는 등의 모든 성가신 일에 대한 예상으로부터 나왔다. 낮에 봉수골에서 영희네 집이나 그 골목을 더듬으며 솟구쳐오른 약간의 향수가 진저리를 치며 나가떨어진다. 호텔로 돌아가서 작성해야 할 기사들이 승재에게 슬그머니 핑곗거리를 제공한다.

"일이 많아서 들어가봐야 해. 나한테 줄 게 뭐야?"

은주, 그러니까 승재에게 더 익숙한 이름으로는 영희인 은주의 가방이 안 그래도 그럴 예정이었다는 듯 주섬주섬 물건을 토해낸다.

"만나면 바로 줄라꼬 내내 가지고 댕깄다. 봐라."

검초록색 십자가 종이 떠렁, 다소 투박한 소리를 내며 겸연쩍게 테이블에 앉는다. 종의 손잡이 역할을 하는 십자가는 아침에 이 기자가 준 엽서 속 켈틱 십자가와 승재의 뇌리를 내내 휘돌던 그 십자가를 뒤섞은 듯하다. 필시 이교적인 자유로움에서 기인했을 광포함을 내포한, 삼위일체가 아니라 만유일체의 혼돈을 부르짖는 듯한 거친 십자가. 안쪽에 '메이드 인 아일랜드'를 새긴 그 종이 승재의 목덜미로부터 식은땀 한 방울을 주르르 흘려보낸다. 동그란 원을 후광처럼 머리에 이고서 모습을 드러냈다 감췄다 한 그 십자가가 이제 제대로 승재의 폐부를 찌른다.

"내가 이걸 너한테 줬을 리 없어. 이 십자가 종은 언젠가 은주가 내게 줬는데 잃어버린 거야. 너도 알지, 왜. 보육원 출신 은주……"

"뭐라 카노? 보육원 출신이라니 누구? 나는 모르는데?"

"모를 리가 없잖아. 왜 입술 위에 흉터가 있어서 언청이로 놀림 받던 그 은주……"

"야, 내가 아는 사람 중에 은주라는 이름이 있었으면, 내 이름을 은주로 바꿨겠나."

승재가 은주라 믿은 이의 모습과 자신이 은주라 주장하는 영희의 모습이 겹쳐지고 뒤섞인다. 굳이 열리려 하지 않았을 기억의 문에서 달그락달그락 빗장 올리는 소리가 난다. '낭패'라는 단어가 승재의 뒤통수를 야무지게 때린다. 문을 막았던 나무토막이 기어이, 희순 누나의 것이었다는 성물 위로 떨어진다. 영희의 손가락이 십자가 종을 암팡지게 집어 든다.

"이 십자가 종, 니가 희순 언니네서 훔쳐서 나 준 거잖아."

"뭐? 훔쳐?"

"기억 안 나나? 니캉 내캉 훔쳤잖아. 언니한테 돌려준다고 하고서는 못 돌려준 거잖아."

승재를 유인한 막다른 길이 기세등등하게 외친다. 그래. 그랬잖아. 하지만 승재가 낼 수 있는 뻔한 카드인 외면이 순식간에 승재를 일으킨다.

"말도 안 돼. 내가 그걸 훔쳤을 리 없어."

하지만 그간 억센 바닷바람을 맞으며 단련되었을 영희의

노련함이 승재의 뻔한 카드를 후려친다.

"앉아라. 니도 내도 한 번은 이걸 정리해야 한다."

뚜룽, 다소 지친 듯한 종소리가 들리나 싶더니 시야를 가렸던 암막 커튼이 선심 쓰듯 조금 걷힌다. 곧 만개할 태세를 갖춘 꽃봉오리 같은 소녀 삼희순의 십자가 종이 어린 두 아이의 눈에 불꽃을 일으킨다. 들뜬 목소리가 벚꽃잎처럼 나풀나풀 떨어진다. "엄마가 소포로 보냈어. 날 지켜주는 십자가 종이야." 켈트족의 환란을 지켜낸 고대의 십자가 종이 미숙하기 이를 데 없는 삼희순을 걱정스레 바라본다. 부주의한 자랑질이 너무 어린 두 아이에게 쓸데없이 물욕을 일으켜서다. 어디선가 노래가 흐른다. 초롱초롱 빛나는 나의 별이여…… 어느 오후, 영악한 손이 의뭉스레 십자가 종에 닿는다. 별처럼 빛나던 십자가가 퇴색하기 시작한다. 무수한 홈이 생기고 홈이 파이는가 싶더니 서서히 허물어진다.

다른 누구일 리 없는 그 철부지에 대한 분노가 승재의 손을 떨리게 한다. '하지만 그렇게 사악했을까, 정말?' 승재의 강한 거부감이 추억의 사물을 밀어낸다. '희순 누나의 물건일 리 없다. 그럴 리 없다. 내가 훔쳤을 리도 없다.' 십자가 종은 개명한 은주가 아닌 진짜 은주, 흉터가 있었고 외로웠고 죽을 뻔하다가 승재의 도움으로 구조되기도 했던 그 은주가 승재에게 준 선물이다. 승재에게 있었으나 돌연 사라져버린 장식품에 불과하다. 하지만 승재의 자신감은 아까부터 무릎을 꿇은 채 고개를 떨구고 있다. 힘을 잃은 목소리가 애원하듯 영희를 붙잡는다.

"정말 그 고아 은주를 몰라? 내가 개랑 자주 같이 다녔는데……"

왜 자꾸 뜬금없는 소리를 하냐는 듯 쳐다보는 영희의 눈이 어린 시절처럼 똘망똘망해진다.

"니캉 자주 같이 다닌 건 내지. 아무튼 내가 아는 은주는 이름을 바꾼 내밖에 없다."

테이블에 놓인 마른오징어가 흰소리 그만하고 어서 자신을 씹으라며 승재와 영희를 재촉한다. 하지만 이미 죽은 오징어의 노력은 죽기 직전 장화에 눌리던 때보다 더 납작하게 짓눌릴 뿐이다.

이 순간 짓눌리지 않고 오히려 크게 부풀어 오른 건, 게릿이 어떤 이유에서든 희순 누나의 엄마에게 십자가 종을 주었을 가능성이다. 사진 속 구순구개열 수술 자국이 있는 예인이 삼희순의 어머니일 가능성이다. 승재의 전화기가 한 장의 사진을 검처럼 뽑아 든다.

"너 희순 누나 엄마가 민요도 부르고 창도 하는 사람이라고 했던 거 기억나?"

"와 안 나겠노. 초롱초롱 그 노래도 언니 엄마가 가르쳐줬다 캤잖아. 언니도 노래 참 잘했고. 우리도 따라 불렀고."

풍채 좋은 한 아일랜드인 옆으로 주르르 늘어선 작은 인형 같은 한국인들 얼굴이 점점 커진다.

"이 얼굴 봐봐. 희순 누나랑 닮았지? 희순 누나 엄마 아닐까? 입술 위에 희미하게 흉터도 있고……"

승재가 가리킨 얼굴이 영희를 빤히 바라본다. 영희의 입에서 쯧 소리가 나온다.

"모리겠는데? 근데 니 아까부터 진짜 이상하다. 은주라는 애가 있었다 카지를 않나, 닮지도 않은 사람을 놓고 희순 언니캉 닮았다 카지를 않나. 언청이 흉터라면 언니한테 있긴 했지."

아무래도 상관없다는 마음이 승재의 내부를 휘돈다. 의식적으로 혹은 무의식적으로 뒤엉킨 기억들이 굳이 풀려야 할 이유를 알지 못한 채 너부러진다. 자포자기한 승재의 입이 아무렇게나 열린다.

"됐고. 어쨌거나 이 십자가 종을 왜 내게 주는 건데?"

그새 새로 테이블에 나온 맥주 두 잔이 단번에 바닥을 드러낸다.

"니가 떠난 뒤로 그냥 버려야지 했는데, 우짠지 그랄 수가 없더라. 실은 나 그 십자가 종 도움 많이 받았다. 언니가 그랬잖아. 그게 자기를 보호해준다고. 그거 때문인지 울 아버지 운전하던 차, 크게 사고 났을 때도 나는 말짱했다. 안전띠도 안했는데, 목고개 하나 안 꺾였지. 처음에는 십자가 종 생각을 몬했다. 집안이 풍비박산 났어도 나는 운이 참 좋구나, 그리만 생각했다. 그란데 험한 일이 생기고 그걸 우찌우찌 넘길 때마

다 십자가 종 때문인가, 싶더라. 그간 언니 생각 참말로 많이
했다. 너무 미안키도 했고. 이제는 마, 니가 알아서 해라."

승재의 떨리는 손이 금단의 장소에 닿듯 십자가 종에 가닿
는다. 서늘한 감촉이 승재의 마음을 찢는다.

호프집이 얼밋얼밋 일어서는 두 사람을 배웅한다. 보이지
도 않는 호텔이 멀리서 이제 그만 돌아오라며 승재를 부른다.
하지만 재독 작곡가를 비롯한 수많은 이의 그리움을 먹고 자
란 힘센 바다가 승재를 막아선다. 우락부락한 알통을 내비치
며 위협하듯 말한다. 올 수 있을 때 오는 거야, 고향은. 바다
와 뜻을 같이한 가로등들이 두 사람의 등을 힘껏 떠민다. 술
기운에 흔들리는 검은 그림자들이 앞서거니 뒤서거니 땅을
쓸며 기어간다.

바다와 면한 굽잇길 즈음에서, 영희의 목소리가 처마 끝 고
드름 떨어지듯 뚝 떨어진다.

"그라고 보이 '은주'라는 이름······"

봉수골이 실로 오랜만에 함께 온 두 사람을 보고 수선을 피
운다. 이십 년 전의 그 아이들이 맞는지 여러 번 자문하다가
그래, 맞네, 맞아, 하며 반가워한다. 낮에 승재가 방문했을 때
의 태도와 사뭇 다르다.

"그래도 니 집은 아직 그대로 있다 아이가."

영희의 손가락이 무연해 보이는 집 하나를 가리킨다. 낮에

승재를 일절 알은체하지 않던 집이 어렴풋이 미안한 표정을 짓는다. 승재의 어리벙벙한 다리가 몇 번인가 제자리뛰기를 시도한다.

"이게 우리 집이었다고? 마당에 작은 연못이 있었는데……"

"와, 지금도 있다. 저그 봐라, 저그. 안 보이나?"

희끄무레한 웅덩이 같은 게 두 사람에게 손을 흔든다. 금붕어 여러 마리가 헤엄치고 부레옥잠이 떠 있던, 승재의 기억 속 연못과는 조금도 닮지 않았다.

"연못 옆 무화과나무는 새 주인이 오래전에 베어버렸다 카대."

"……"

"니가 항상 제일 잘 익은 무화과를 따서 나도 주고 언니도 줬잖아."

"네 집은, 네 집은 아직 있어?"

"우리 집은 골목을 아예 막아가, 이웃들이랑 같이 빌라 지었다. 오래됐다."

심심하던 달이 어색함을 거의 벗어던진 두 사람을 따른다. 김옥엽 명창의 「사발가」 한 자락이 고요를 가른다. 석탄 백탄 타는데 연기만 펄펄 나구요, 요내 가슴 타는데 연기도 김도 없구나…… 타고 있는 승재의 가슴도 연기나 김은 나지 않는다. 연기도 김도 없는 공포가 서른 넘은 남자를 떨게 만든다. 길은 이제 소년 승재와 어른 승재의 손을 양쪽으로 쥐고서 단호하게 걸음을 옮긴다. 승재의 손이 자유롭지 못한 걸 알자마자 재킷 주머니 속 십자가 종이 요란하게 울기 시작한다. 따랑따랑, 따랑랑! 1976년에 한국에 온 게릿을 거쳐 통영 출신한 예인에게로, 그 예인으로부터 다시 희순 누나에게로 옮겨갔을 수 있을 기념품. 아일랜드와 한국, 과거와 미래를 복잡하게 이었을지 모를 그 십자가 종이 꽈배기 모양 꼬인 밧줄을 천천히 풀어낸다.

"왕초 나무는? 한참 더 가야 해?"

"이게 그 왕초 나무잖아. 기억 안 나나?"

여인의 따뜻한 손바닥이 바로 옆에 있는 벚나무를 감싼다. 아까 낮에 의도적으로 승재를 따돌렸던 나무가 겸연쩍게 웃는다. 승재와 영희가 양팔을 힘껏 뻗어도 다 안을 수 없던 예전의 그 나무는 자라기를 얼마간 포기한 모양이다.

"그럼 누나네 집은? 교장 집은?"

"왕초 나무 근처니까 바로 여기지. 사고 나고 바로 교장네가 포크레인으로 싹 밀었다 아이가. 팔았다 카대. 이 건물은 작년에 새로 생겼다."

외벽을 대리석으로 마감한 고급스러운 건물이 그래, 여기다, 하며 승재 앞을 막아선다. 초라한 삼희순의 집이나 고색창연한 교장의 집과는 아무런 상관도 없는 건물이 두꺼비처럼 떡하니 앉아 있다.

승재의 눈을 부옇게 만들며 이십 년 전 그 밤이 모습을 드러낸다. 승재의 손에는 들어갔으나 아직 영희의 손에 들어가지는 않은 십자가 종이 승재를 잠 못 이루게 한 밤이었다. 도둑질을 돌이키려는 파리한 영혼이 낮은 슬레이트 지붕 아래를 배회했다. 그간 삼희순의 기도와 노래를 흠향한 하늘이 승재의 죄책감을 조금만 더 부추겼더라면 좋았을 텐데, 영민한 바람이 승재의 아둔한 생각을 단번에 흩어주었더라면 좋았을 텐데…… 어쩌면 그 밤 삼희순의 코를 막고 목을 조른 가스는 마지막까지도 십자가 종을 기다렸을지 모른다. 소녀를 해치고 싶지 않아 매캐한 눈물을 흘리며 그녀의 보물이 돌아오기를, 따랑따랑 종이 울리기를 간절히 원했을지 모른다. 하지만 삼희순의 집에서 황급히 나오던 형체 하나가 다가서려던 승재의 발을 다급히 낚아채버렸다. 음험한 달빛이, 득의에 찬 얼굴을, 거울 앞에서 반월형 빗으로 머리를 올렸다 내렸다 하던 그 잘생긴 얼굴을 만천하에 드러냈다. 소년의 여린 이가 청년을 갈아먹으려는 듯 안간힘을 쓰며 빠드득거렸다. 있다가 없다가를 반복한 엄마를 대신한, 엄마 같은 누나에 대한 배신감이 끝내 어리석은 소년을 돌아서게 했다. 훔쳤다는 부끄러움을 겪을 수도 있었을 용기를 순식간에 흩어버렸다. 삼희순을 향해 달려갔던 발은 신화도 없이 돌이 되었고, 삼희순으로부터 사랑받은 손은 배은망덕만을 내밀었다.

"네 큰오빠는…… 형은 어찌 됐어?"

승재에게서 나온 질문이 누덕누덕 기운 세월을 주우며 영희에게로 다가간다. 망설이며, 처연하게……

"내가 아까 말했잖아. 교통사고 났었다고. 내는 살고 울 오빠는 그때 죽었다."

승재의 머릿속에 떠그렁떠그렁, 변명을 멈춘 종소리가 울린다.

엄정한 통영 바다는 소년 승재를 어리게 보지 않았다. 이십 년 전의 바다는, 예전이면 애도 낳았을 나이야, 하며 부끄러움 많은 승재를 골리곤 했다. 하지만 삼희순이 죽은 후 도망치듯 통영을 떠나는 승재를 보면서 바다는 되뇌었다. 열한 살은 너무 어린 나이라고, 그러니 열한 살짜리 소년이 하는 일 또한 어쩔 수가 없다고. 그날 밤 무자비한 가스는 영희의 오빠가 그 집을 빠져나간 후 삼희순에게만 가차 없이 달려들었다. 그러나 죽음의 목표는 애초에 두 사람이었던 모양이다. 죽음은 삼희순을 먼저, 영희의 오빠를 나중에 삼켰다.

승재의 회한과 영희의 회한이 파리한 하늘을 향해 엉켜 올라간다. 기회를 놓치는 법 없는 바닷바람이 갑자기 영희를 잡아끌어 앉힌다.

"아까 퍼뜩 떠올랐다. 내 이름 은주, 언니가 언젠가 가수가 되면 바꿀 거라고 한 이름이었다. 은방울처럼 곱게 노래하고 싶다고, 예인이 되면 개명할 거라고…… 여태 나도 몰랐다. 참말 몰랐다."

영희의 등에 육중하게 얹혀 있던 은주라는 이름이 기염을 토하며 승재마저 주저앉힌다.

"맞아. 언젠가 엄마가 돈을 많이 벌어 오면 수술하고 예뻐져서 무대에 설 거라고…… 누나, 희순 누나……"

소리 없이 흐르는 눈물이 승재의 오랜 노고를 비로소 펼쳐 보인다. 망각과 혼돈과 거부가 실은 너무도 큰 그리움에서 기인했다는 사실을 통영은 알고 있었을까. '초롱초롱'으로 시작하는 노래와 함께 희순 누나의 엄마가 통영 출신 예인이었을 가능성은 기실 단 한 번도 승재를 떠난 적이 없었다. 엄마처럼 민요도 부르고 창도 하는 예인이 될 거라던 누나의 소망도 언제나 승재와 함께였다. 그래서 승재의 선택은 늘 국악과 관련한 일을 향했고 기획 기사를 준비하기 훨씬 이전부터 통영에 닿아 있었다. 승재의 무의식은 차마 희순이라 이름 짓지 못한 은주를 도처에서 찾아 헤맸고 어느 때고 그 질긴 걸음을 멈춘 적이 없었다.

사락, 벚꽃 잎이 떨어지자 차라락, 장단 맞추며 파도가 일렁인다. 무수한 고해를 삼킨 바다가 경험 많은 사제처럼 고개를 끄덕인다.

진하지 않은, 얇디얇은 맛

정홍수(문학평론가)

1

"만연해 있지만 진하지 않은, 얇디얇은 맛을 내는 저녁 한 끼였다."(「다복한의원」) 한의원 원장 한용수와 간호조무사 규리가 두 달 만에 '밥 한 끼'의 예전 루틴을 회복한 날, 두 사람이 함께한 저녁의 풍경을 소설은 이렇게 묘사하고 있다. 소설의 마지막 문장이라는 점을 고려하지 않더라도, 이 미묘한 묘사가 식탁 위에 놓인 음식의 맛만을 향해 있지 않다는 것은 알아채기 어렵지 않다. 그것은 지금 마주 앉은 두 사람을 둘러싸고 있는 공기와 분위기를 품으면서 이들의 관계가 지나가고 있는 시간을 드러내려고 한다. 한동네에서 자라며 세 살위 한용수를 '성당 오빠'로 알게 된 이래로 규리 쪽에서 특별한 감정을 가진 적도 없고, 기러기 아빠 신세인 한용수 역시 고지식할 정도로 한의사 직분에 충실하고 자신의 일상에 흐트러짐이 없는 사람이다. 소설은 서른셋의 규리가 독립하라는 어머니의 요구에 타협하는 방법으로 한용수의 한의원에 취직하게 되면서 겪게 되는 이야기들을 담고 있는데, 규리로서는 한동네에 붙박이로 살며 알아온 이웃들을 직장인 한의원에서 매일 만나는 일은 생각 이상으로 곤혹스럽다. 그 불편함의 꼭대기에 한용수와의 관계가 있을 수도 있었겠지만, 어쩌다 일주일에 두어 번 함께하게 된 저녁 식사 자리는 의외로 편한 시간이 된다. '얇디얇은 맛'은 그 몇 달간의 저녁 시간에 뭔지 모를 감정적 불편함이 끼어든 뒤 규리가 한동안 한용수를 피하다가 먼저 밥 한 끼를 청하면서 다시 이루어진 저녁의 풍경에 찾아온 맛이다. 소설가 심아진은 초점화자 규리의 감정의 항해에 인물 스스로도 잘 의식하지 못하는 칸막이를 놓는 방식으로 서사의 표면을 얇게 마름질한다. 딱 그만큼 규리의 입장에서는 스스로에게 부여된 자기 탐색의 지위에 부지런한데도 진술의 여백이 마련되고 의미의 아이러니가 생성된다. 드러나는 것과 감추어지는 것 사이의 밀도 높은 줄다리기는 화자 장치의 독특한 활용과 함께 심아진 소설을 읽는 큰 즐거움인데, 「다복한의원」에서 초점화자 규리의 마음과 감정의 항로를 표면적 진술 너머에서 따라가는 재미는 상당하다.

그렇게 해서 도착한 저녁 한 끼의 맛이 심아진 소설의 미학적이고 구조적인 결실이 되는 것은 당연하다. 자신들도 잘 알지 못하는 인간 감정의 미세한 활동의 경로가 여기에 있고, 저녁 한 끼의 맛은 특별한 소설적 울림에 이른다. '만연해 있지만 진하지 않은' 맛은 엄연하게 존재하는 거리에도 불구하고 지금 두 사람 사이에 스며들고 있는 친밀감의 양상을 미묘하게 번역하는데 이 순간의 언어 지배권은 규리와 작가 양쪽에 함께 걸쳐져 있다. '만연'은 통상 나쁜 현상이 널리 퍼진다는 함의를 갖는 만큼, 감정의 진전에 대한 규리의 저항감을 누설한다. 그것은 퍼진다 한들 '진하지 않아야' 하는 것이다. 바로 그래서 '얇디얇은 맛'은 깊은 풍미 이상으로, 두 사람의 관계에 대한 적절하고 소망스러운 역설의 형용이 된다. "원장과 규리는 맛있게 먹은 족발이, 피부든 어디든 분명 좋은 영향을 미치리라는 데 동의하며 식사를 마쳤다"고 하는 바로 앞의 문장과 붙여보면, 두 사람 모두 절제 속에서 이 순간을 누리고 있음이 분명해진다.

그런데 '진하지 않은, 얇디얇은 맛'의 특별한 울림은 한 편의 작품에 국한되기보다 심아진 소설 전체에 대해서도 알려주는 바가 있는 것 같다. 심아진 소설은 전체적으로 이야기의 발굴이나 조형에서 극단이나 과잉을 통한 극적 강렬화의 유혹으로부터 거리를 둔다. 상상력의 창의나 서사의 다채로운 개척, 인간 심리와 감정의 추적에서 정교한 능력을 보여주는 한편으로, 세태나 인간사의 정직한 관찰의 자리를 균형감 있게 지켜낸다. 한 편의 소설이 두텁고 깊이 있는 세계 이해를 보여주는 일은 세상을 그것이 드러나 있는 표면에서 바라볼 수밖에 없는 안간힘과 상충되지 않는다. 어쩌면 우리가 가지고 있는 것은 피상(皮相)과 표면이 다일 수 있다. 소설은 '마치 —인 것처럼' 전지적 시점을 참칭하고 인간의 마음속으로도 들어가지만 소설 밖으로 나오는 순간, 우리는 그런 일이 도무지 쉽지 않다는 것을 곧장 확인한다. 소설의 능력은 인간 한계의 대가거나 보상일 수 있다. 이 점을 의식하는 소설가라면, 피상과 표면을 사랑하지 않을 수 없으리라. '진하지 않은, 얇디얇은 맛'은 심아진 소설이 그렇게 세상의 표면을 사랑하는 방식일 수 있겠다는 생각이 든다. 심아진 소설은 인간의 풍경이 대개는 저 '진하지 않은, 얇디얇은 맛'의 저녁 식탁에서 멈춘다는 사실을 안다. 그리고 그 맛은 진하고 깊지 못해서 금세 휘발되겠지만 그 얇디얇은 맛으로 세상의 하루가 겨우 저녁의 평온을 얻고 내일을 기약한다는 것을 안다. 심아진의 소설에는 얇음을 껴안는 성숙의 시선과 절제의 언어가 있다.

하나 더 있다. 위기에 처한 레슬링 사업자가 흥행의 공식 서사를 뒤집어 반전을 도모하는 「레슬링」에서 숨어 있는 마지막 카드가 보여주는 처절함은 우리 시대의 생존 서사 전반에 대한 흥미로운 알레고리가 되기도 하지만, 연기와 쇼로 연명하는 프로레슬러를 엉뚱하게 예술가에 비유하는 서두의 기술은 어느 정도의 의도적 희화화를 포함한 채로 심아진 소설의 자기 언급으로 볼 여지도 없지 않은 것 같다.

그렇다. 기분 전환. 프로레슬러로서의 성공은 사람들의 기분을 풀어줄 수 있느냐 없느냐에 달려 있다. 잘 때리거나 잘 피하는 것은 '프로'가 할 일이 아니다. 잘 때리거나 잘 피하는 게 아니라 잘 때리거나 잘 피하는 '시늉'을 훌륭히 해내고, 동시에 그 시늉에 관중들을 몰입하게 만드는 게 진정한 프로다. (……) 잘 맞고 잘 졸리고 잘 던져질 수 있도록 스스로를 괴롭혀야 한다. 그들은 궁극적으로 자신만이 극복 대상인 예술가들과 하등 다르지 않다.(210면)

'시늉'이 자신의 면모를 숨기고 위장하는 일이라면, 심아진 소설은 그간 작가의 자전적 투영을 억제하고 변형하면서 좀 더 다채로운 인간 군상의 모습에서 인간 진실의 이야기를 발굴하는 쪽이었다고 할 수 있다. 심아진 소설의 이야기와 인물들이 생생함을 잃지 않은 것은 세계에 대한 작가의 성실한 관찰 이상으로 그 인물들에 나누어준 작가의 자기 탐색과 이해의 소산일 수 있다. 그리고 그것이 '프로'의 시늉이라는 점에서 묵묵히 작품의 조탁과 숙성에 골몰해온 작가의 행보를 겹쳐보게도 된다. '잘 때리'는 '시늉'을 훌륭히 해내고, '잘 맞는' 쪽으로까지 스스로를 괴롭히는 일은 소설이 인간사의 관찰자를 자처하기로 한 이상, 스스로 짊어져야 하는 과제일 수밖에 없다. '기분 전환'은 소설의 몫에 대한 겸허의 표현일망정, 사실은 독자를 존중하는 마음에서는 누구나 쉽게 도달할 수 있는 목표도 아니다. 1999년 등단 이래 네 권의 소설집, 한 권의 장편소설을 세상에 내보인 것은 조금은 더딘 걸음일지 모르겠다. 그러나 뒤늦게 심아진 소설을 접하고 읽으면서 한 편 한 편의 정교한 구성과 견고한 언어에 놀랐다면, 주목받고 드러나 있는 곳으로만 쉽게 눈길을 주어 버릇한 나 같은 게으른 독자의 잘못일 가능성이 높다.

2

소설의 기술(art)이나 수사학은 언어를 통한 일정한 현실 변형을 가능하게 한다. 충실한 현실 반영이 이루어지는 경우에도, 소설 텍스트는 특정한 언어 담론의 힘으로 그렇게 한다. 소설은 현실 그 자체는 아니다. 그것은 새롭게 보태어지고 창출되는 제3의 무엇이며, 이상적으로 말하자면 그때 우리의 현실은 소설 텍스트의 추가와 투입, 소설 읽기의 수행을 통해 미세하게나마 새롭게 구조화된다고도 할 수 있다. 그 미세함은 「레슬러」의 말에 기댄다면 독자의 '기분 전환'일 수도 있지만, 거기에 세상에 대한 인식과 이해의 확장, 전환이 수

반될 수도 있다. 소설가가 한 편의 새로운 이야기를 창안하고, 서사에 새로운 구조를 부여하고, 화법을 갱신하고, 언어의 세공과 조탁에 매번 힘쓰는 것도 그 때문일 것이다. 프로레슬러의 '시늉'은 정확히 소설의 기술이자 수사학에 대응된다고도 할 수 있다.

그런 맥락에서 심아진의 이번 소설집에서 특히 눈에 띄는 것은 화자(서술자) 장치의 특별한 설정이다. 기실 화자 장치는 모든 소설가의 중요 관심사라 할 수 있으며, 심아진 소설의 경우에도 일찍부터 다양한 변형을 시도하면서(가령 두번째 소설집 『그만, 뛰어내리다』의 「유예의 장면」에서 일인칭 화자 '나'는 서사 내부의 인물이 아니라 전지적이고 메타적인 시선으로 드러난다. 화자에 대한 오인은 소설에서 전개되는 상황의 아이러니를 증폭한다) 그 같은 관심을 유지해왔다. 이번 소설집에서는 전체 일곱 편 수록작 가운데 세 편의 작품에서 화자 장치를 낯설게 만드는 기법을 쓰고 있는데, 그 효과는 소설의 주제적 측면과도 긴밀히 연동되면서 자못 흥미로운 소설적 성취에 이르고 있는 듯하다.

「언니」의 일인칭 화자 '나'는, '정무운'이라는 남성에 대한 관심 때문에 갑자기 분식집을 차린 '언니'를 돕게 된 인물로 두 사람은 쌍둥이 자매다. 두 자매 이야기로 진행되던 소설은 후반부에 '막내'가 등장하면서 세 자매 이야기로 확장되는데, 막내는 아버지가 다른 "씨 다른 동생"이다. 소설은 언니의 관심에 아무런 반응도 보이지 않던(그리고 언니를 돕기 위한 '나'의 온갖 노력에도 바위처럼 무심하던) 정무운이 막내에게는 마음을 여는 모습을 보이고, 결국 "언니는 패배를 인정"하고 "우리는 더는 언니가 아니다"라는 '나'의 선언으로 막을 내린다. 치매 걸린 노모를 힘겹게 봉양하며 휴대전화 보호필름 판매업체에서 일하는 정무운이라는 삼십대 초반의 남성은 소설의 묘사를 따르면 '감정 능력'이 없는 사람으로 보일 정도로 매사에 무심하고, "특징 없는 게 특징이랄 수 있는" 인물이다. 소설사의 전범을 따라 '무기질'(김원우, 「무기질 청년」)의 '특성 없는 남자'(로베르트 무질)라고 부를 법한 정무운과 같은 인물은 현대소설이 특별히 관심을 기울여온 캐릭터라고 할 수 있고, 그런 인물의 속을 알 수 없는 "인지 불가한 내면"이 이성의 관심을 끌 가능성도 충분히 있다. 언니가 그런 불가해한 사랑의 덫에 빠졌대도 그럴 수 있는 일이며, 답답한 대로 언니의 사랑을 응원하는 쌍둥이 동생 '나'의 안간힘도 이해할 만하다. 이 구도에서 활달하고 자신감 넘치는 막내가 등장하여 정무운의 벽을 순식간에 허물어버리는 이야기는 그 자체로 충분히 즐기고 음미할 만한 소설의 서사와 세부를 가지고 있다. 소설의 중심인 '나', '언니', '막내'의 세 자매는 '정무운'과 함께 살아 있는 소설의 인물로 받아들이기에 그다지 무리가 없다. 그런데 조금 자세히 들여다보면 이상한 세부들이 눈에 잡힌다. 소설은 '개업' '정무운' '나'

'언니' '막내' '전략' '전술'의 소제목을 단 이야기 마디로 나뉘어 있는데, '나'의 마디 서두에는 "오늘 아침 정무운에게는 좋은 일이 잇따라 생긴다. 기저귀를 갈 때마다 정무운을 할퀴곤 하는 어머니가 얌전하게 다리를 내맡긴다"는 서술이 나오고 계속해서 정무운의 하루 동선에서 생겨나는 좋은 일들을 알려준다. 정무운과 계속 함께 움직이는 것도 아닌데 일인칭 화자 '나'는 정무운에게 생겨나는 일들을 어떻게 속속들이 알 수 있는 것일까. 그러고 보면 그 일들을 알려주는 대목 앞뒤에 있는 '나'의 진술도 이상하다. 인용한 "오늘 아침 정무운에게는 (······)" 앞에는 "나는 일을 잘한다"라는 문장이 나오고, 잇따라 일어나는 좋은 일에도 별무 반응인 정무운의 태도를 소개한 뒤에는 "나는 지친다"라는 문장이 이어진다. 그날 저녁의 이야기는 또 어떤가.

나는 다시 정무운을 상대로 내 일을 한다. 그가 저녁밥을 짓기 위해 들른 마트에서 집어 든 식재료들은 모두 할인 중이다. 바지락이 반값이고, 부추며 애호박 등에 특별가가 적용되어 있다. 하지만 정무운, 아무런 표정의 변화가 없다.(24면)

알겠다. '나'와 언니는 정무운과 접촉하기 위해 그가 근무하는 사무실 근처에 분식집을 개업한 뒤 김밥을 말고 라면을 파는 '현실'의 인간이면서 동시에 인간사를 어느 정도 관장하는 '신'의 자리도 겸하고 있는 것 같다. 정무운이 앉을 마을버스 좌석에 당첨 복권을 둔다거나 오만 원권 지폐가 가득 든 가방을 눈에 띄게 정무운이 지나는 벤치 위에 놓는 일은 사람의 영역에서 가능한 일이 아니다. 언니의 경우도 마찬가지다. '나'의 작전이 먹히지 않자 언니는 정무운을 괴롭히는 수들을 쓰는 게 다를 뿐이다. "반면에 언니는 한강을 가로지르는 대교 하나쯤 부러뜨리고 싶은 듯한 표정이다(언니는 이미 하나를 부러뜨린 일이 있다)." 이 대목에서 무너진 성수대교를 떠올리지 않을 사람이 있겠는가. 우리는 그리스 신화의 '운명의 여신'이 클로토, 라키시스, 아트로포스의 세 자매로 이루어져 있다는 사실을 알고 있다. 운명의 여신들은 인간의 생명을 관장하는바, 클로토가 생명의 실을 잣고 라키시스가 실을 감으며 아트로포스가 실을 끊는다고 한다. 그러고 보니 정무운이 근무하는 업체의 이름이 '델포이'로, 아폴론의 신전이 있던 고대 도시에서 따왔다. 작가는 이야기가 두 개의 레이어를 따라 진행되고 있다는 것을 곳곳에서 암시하고 있다. 사정이 그렇다면 '나'는 보는 것과 아는 것이 제한된 일인칭 화자가 아니다. 그러나 생각해보면 소설에서 일인칭 화자는 전지적 화자가 그렇듯이 소설의 장르적 관습이자 약속된 장치일 뿐이다. 일인칭 화자는 제한된 앎으로 이야기를 이끌어가지만 그 화자 뒤에 있는 작가(혹은 내포작가)가 전체 이야기를 설계하고 주재한다는 의미에서 소설은 이미 언제나 '전지적'이다.

'나'의 뒤에는 또 다른 레이어가 있는 셈이다. 소설가 심아진 은 소설의 화자 장치에 내재한 관습과 약속을 일깨우고 전경 화하는 방식으로 일인칭 화자 '나'를 낯설게 만들고 있다. 일 인칭 화자 '나'는 그렇게 전지적 화자를 전유하고 패러디한 다. 동시에 여기에는 소설의 형식에 대한 메타적 관심 이상으 로 인간의 운명, 인간사의 작동 방식에 대한 작가 심아진의 특별한 이해와 질문이 담겨 있는 듯하다.

우리는 정무운이 우리를 의식하지 않음으로 인해 모든 시간, 카이로스의 시간만이 아니라 크로노스의 시간까지도 뒤틀려버릴 까 봐 불안해하고 있다.(33면)

쌍둥이 자매 '나'와 언니는 행운과 불운이 교차하는 운명의 두 얼굴로도 볼 수 있는 만큼 '우리'라는 복수형에도 걸맞다. 그들이 종종 인간사에 개입한다면, 그것은 소설이 즐겨 관심 을 기울이는 기회의 시간, 결단의 시간으로서 '카이로스'의 시간일 가능성이 높다. 그러나 '카이로스'의 극적이고 결정적 인 시간도 '크로노스'라는 밋밋하지만 객관적인 시간의 지평 없이는 성립되지 않는다. 사실은 크로노스의 질서 있는 존재 야말로 운명의 여신들이 인간의 삶을 뒤흔들 수 있는 근거이 다. 그런데 운명의 놀음 따위에는 눈길 한번 주지 않고 살아 가는 인간이 있다고 한다면 어떻게 되나. '특성 없는 남자' 정무운은 어쩌면 니체 식으로 삶의 필연성 안에서 자신의 운명을 사랑하는 법을 익힌 인간, '아모르 파티(Amor Fati)'의 인간인지도 모르고, 그런 만큼 정무운에게는 그 흔한 원한 감정(ressentiment)이 보이지 않는다. 치매 걸린 노모의 봉양이든 자신의 일이든 정무운의 모습에서 견고한 고독이 느껴진다면 그래서일 것이다. 그리고 이 지점에서 막내가 등장한다. 씨가 다르고 천박하다는 이유로 두 자매가 따돌려왔던 막내다. 뜻밖에도 막내의 '분홍 전술'은 정무운의 반응을 이끌어낸다. 분식집에 온 정무운에게 국수를 대접하고 운동화를 선물하고 저녁 회식 약속까지 받아낸다. "막내가 몸을 살짝 기울이자, 그녀의 오른쪽 어깨가 자연스레 정무운의 왼쪽 어깨에 닿는다." 소설은 세 자매가 공유하고 있는 영화의 한 장면을 통해 막내의 승리가 어떻게 가능했는지 알려준다. 영화「지골로 인 뉴욕」에서 남편의 죽음 후 홀로 6남매를 키우던 젊은 유대인 여인은 '지골로'의 손이 등에 닿자 봇물 터지듯 눈물이 터진다. 막내의 '분홍 전술'은 그렇게 정무운의 고독을 파고든 것이다. 두 언니가 위협적으로 사용했던 행불행의 운은 '아모르 파티'의 고독으로 무장한 정무운과 같은 인간에게는 별무신통이었던 셈이다. 이쯤 되면 자매의 대화에서 정무운의 이름을 두고 제일 먼저 '없을 무(無)'와 '운명 운(運)'을 언급한 게 어떤 예감 같은 것일 수도 있다(그러나 승자가 된 막내가 알려주는 이름의 정답은 무성할 무(茂)에 향기 운(蕓)이다.

마지막에 패배한 두 쌍둥이 언니들은 사방이 온통 뿌옇게 된 상황에서 '안개 무(霧)'와 '어지러울 운(暈)'이야말로 정무운의 이름으로 적합한 게 아니냐고 말하는데, 무운의 이름을 두고 벌이는 다양한 추측은 무운의 캐릭터가 보여주는 모호성과 적절히 대응하면서 흥미를 자아내는 소설의 숨은 포인트이기도 하다). 이름에 대한 준비된 상상까지 작가 심아진은 아주 정교하게 자신의 설계를 관철하면서 유구한 운명의 서사에 맞선 소설의 현대적 반격을 수행한다. 운명의 여신들이 신의 시선을 대체한 소설의 '전지적 능력'을 낮설게 전경화하는 가운데 소설은 바로 그 신이 떠난 자리에서 시작되는 이야기라는 사실을 아이러니하게 환기한다. 정무운의 이름이 여러 가능성에 열려 있다면, 그리고 그렇게 느껴진다면 그것은 정무운이 '아모르 파티'의 고독에 친숙한 우리의 현대적 실존을 응축하고 있는 존재이기 때문일 것이다.

화자 장치에 대한 작가의 특별한 관심은 「신의 한 수」와 「우는 남자」에도 인상적으로 표현되어 있다. 「신의 한 수」와 「우는 남자」역시 「언니」와 마찬가지로 '나'를 내세운 일인칭 소설인데, 구체적 양상은 다르지만 두 작품 모두 '나'의 존재를 서사의 표면에서 숨기면서 소설을 진행한다.

내가 보기에 예지는 서투르다. 순남 여사 역시, 거사 전날 들키고 마는 도둑만큼은 아니어도 예지와 크게 다르지 않다. 물론 그

들이 서투르다고 해서, 내가 서투르지 않다는 말은 아니다.(53면)

「신의 한 수」의 서두다. 예지와 순남 여사의 이야기를 이런 저런 논평을 섞어 우리에게 들려주는 '나'의 정체는 소설을 한참 읽어나가도 오리무중이다. "내가 서투르지 않다는 말은 아니다"에서 '나'를 서사 밖의 어떤 존재로 상상하기는 쉽지 않다. 그런데도 '나'의 화자 위치는 일종의 액자 바깥에 놓여 있으며, 실제로 소설 속에서 벌어지는 사건은(그러니까 액자 소설의 삽입 서사에 해당하는 것은) 예지를 초점화자로 해서 진행된다. 게다가 소설을 읽어나가면서 우리는 계속 예지의 진술이나 판단이 그다지 신뢰할 만하지 못하다는 느낌을 받게 된다. 작가는 '나'라는 일인칭 화자를 매개로 예지를 이른바 '신뢰할 수 없는 화자'로 만들면서 소설에 이중의 미궁을 설치하고 서사의 긴장을 높인다. 소설은 예지로 하여금 덜 말하게 하면서 순남 여사와의 관계를 정확히 드러내지 않는 가운데(두 사람의 관계는 소설의 후반부에 와서야 밝혀진다) 오인과 오해에서 기인한 이웃집 개에 대한 과도한 정의감의 뿌리를 곽곽하고 고단한 생활 현실에 대한 예지의 울화, 의식적/무의식적 방어 작용의 측면에서 깊이 헤아려볼 수 있게 한다. '시어머니' 순남 여사와 개를 학대한다고 예지가 확신하는 이웃집 노인은 마땅히 악역의 자리에 있어야 하지만, 순남 여사의 선함과 노인의 맑은 진실은 사태를 뒤틀고 예지의 맹목과 자기 부인(否認)을 역으로 강화한다. 그러고 보면 선명한 선악 구도는 신들이 애용하는 서사일 테며, 인간사의 소란과 혼란은 실상 서로의 서투름과 오해로 빚어지는 경우가 많을 것이다. 소소한 심리적 현실로부터 울퉁불퉁한 사람살이의 실제를 실답고 깊이 되비추는 이야기가 흥미롭게 엮어지고 있는데, 작가의 장인적 솜씨가 약여하다. '나'의 정체도 결국은 모습을 드러내는데, 제목에 표현된 대로다. 그러나「언니」의 자매들이 그랬던 것처럼 '나'는 그다지 전능한 존재는 아닌 듯하다. '나'는 예지의 마음을 들여다보는 일에서만 얼마큼 힘을 발휘할 뿐, 인간의 서사에 개입할 의사나 능력은 없어 보인다. "인간들이 내게 본받을 게 없다는 걸 잘 알고 있으므로 내가 그들을 본받을 작정이다. (……) 사실 인간은 내가 어떻게 생겼는지를 가장 잘 보여주는 거울이다. 언제나 그래왔다." 그러니 나름 냉정한 현실 인식도 갖고 있다 (사실은 소설 역시 '서투른' 인간을 통해서만 말할 수 있고, 인간을 닮으려고 할 뿐이다. 소설의 최고 목표는 인간의 모습을 '드러내는' 것이리라). 다만 '한 수'를 선보이며 소설을 끝맺는데, 그 '한 수'가 자못 야릇하고 기이하다. 옥탑방의 노인은 순남 여사에게 받은 푸짐한 족발을 안주로 기분 좋게 취한 뒤, 개에게도 살이 제법 붙은 뼈를 맛볼 기회를 준다. 그러고는 옥탑방 문을 닫고 잠자리에 드는데, 문틈에 작은 족발 하나가 걸린 걸 알지 못한다. 개는 밤새 열린 문으로 옥탑방을 드나들며 잠든 주인 옆에서 족발을 물어 내와 마음껏 포식한다. 그러니까 문틈에 걸린 작은 족발이 '나'가 준비해둔 '한수'인 셈이다. 그런데 이어지는 대목을 보라.

다음 날 평년 대비 십 도나 기온이 뚝 떨어져 상수도관이 터지는 등 각종 사고가 잇달았다는 뉴스가 나올 무렵, 문이 활짝 열린 노인의 옥탑방도 공평한 아침을 맞는다. (……) 예지와 의자를 놓고 올라가는 수고를 마다하지 않는 순남 여사의 눈에 건너편에 열린 문은 그다지 이상해 보이지 않는다. 노인이 가끔 문을 모두 열고 환기나 청소를 하기도 하니까.(85면)

밤새 문이 열려 있었다면, 갑작스런 한파에 노인은 무탈한 것일까? 당연히 솟구치는 의문인데, 소설은 시침을 떼고 말이 없다. 새 아침을 맞은 예지와 순남 여사의 평온하고 밝은 모습을 후일담처럼 덧붙이며 소설은 끝나고 있다. '신의 한수'는 결국 인간의 행복을 시기하고 인간사의 평정을 흩뜨리는 짓궂고 고약한 틈입일 뿐인가. 이것은 혹 심아진 소설의 비극적 세계 인식의 누설은 아닐까. 답을 알 수 없는 대로 소설은 마지막 지점에서 이상한 기운을 불러들이고 있다. 마지막 문장은 다시 한번, 어두운 쪽으로 이 소설을 기울이고 있는 듯하다. "뭐가 그리 아쉽고 원통한지 쉽게 떠나지 못하는 손돌바람만이 오래 열려 있는 옥상 문을 쿵, 한번 소리 나게 친다."

　이쯤에서 다시 한번 물어볼 만한 것 같다. 심아진은 왜 화자 장치를 낯설게 만들면서 소설에 초월적인 시선을 계속 도입하려 하는 것일까. 소설의 시점 혹은 화자가 하나의 관습이라는 점을 환기하는 것은 소설의 역능에 대한 겸허한 자기 검토일 수 있겠다. 동시에 심아진 소설은 초월적인 시선의 존재를 통해 삶의 불가지성이나 불확정성을 안타깝게 환기하고 있는 것도 같다. 「언니」에서 그 존재들이 전능하기보다는 인간적인 욕망의 혼돈 안에 있고, 「신의 한 수」의 마지막 장면이 알 수 없는 어두움을 포함하며 멈추는 것은 그래서일 테다.

　「우는 남자」를 보자. '나'는 소설 속 '호야'의 연인으로서 죽은 자의 시선임이 드러나는데, 사랑하는 사람을 잃은 호야의 슬픔과 사랑을 얻는 데 실패한 '오 대리'의 아픔을 함께 껴안으려는 불가능한 자리를 표상한다. 이 작품에서도 서사의 경계에 죽은 자의 시선을 놓은 뒤 진술의 아이러니를 최대한 활용하는 작가의 능란한 손길은 소설 읽는 재미를 한껏 선사한다. 몸무게 130킬로그램, 키 184센티미터의 커다란 덩치의 소유자 호야는 직장에서 연신 사람들을 웃기는가 하면 시도 때도 없이 먹고 하염없이 우는데, 어느 면 러시아 문학의 '유로지니(성스러운 바보)'를 연상시키는 이 인물의 '이상한 맑음'을 소설은 설득력 있게 빚어낸다. 그러면서 소설은 그 '맑음' 뒤에 있는 거대한 슬픔의 덩어리를 서서히 떠오르게 만든다. '나'를 사이에 둔 연적 오 대리의 고지식한 캐릭터 또한 실감 나게 다가오는데 어쩌면 별 매력 없는 이런 인물의 개성을 포착하고 아픔을 드러내는 일이야말로 더 힘든 소설의 노동일 수도 있다. 죽은 자인 '나'를 내세운 소설의 화술은 거의 솔기를 드러내지 않고 이야기의 안팎을 넘나들지만 움직임이 멈추어야 하는 자리 또한 정확히 알고 있다. 그리고 그것은 심아진이 생각하는 소설의 기술 혹은 미학의 한계이자, 삶의 어쩌지 못할 순간에 대한 겸허한 승인처럼 보인다. 호야와 오 대리가 뒤엉켜 있는 소설의 마지막이 특별히 아름답고 감동을 주는 것도 그 때문이리라.

보라색 목도리가 두 사람을 덮고 있었다. 엎어치기를 시도한 사람과 엎어치기를 당한 사람이 바투 붙어 누워 있는 모습은 애잔했다. 내가 조용히 다가가자 두 남자가 동시에 나를 바라보았다. 여간해선 울지 않는 오 대리의 눈에 눈물이 그렁그렁 맺혀 있었다. 호야가 낙동강 하류처럼 넓게 퍼지는 눈물을 흘려대며 통곡을 했다. 우는 남자의 어깨를 토닥여준 건 내가 아니라 오 대리였다.(121~122면)

직장에서의 위계와 달리 오 대리는 사랑의 약자다. 호야의 거대한 슬픔과 하염없는 눈물이 어디서 말미암았는지 짐작하게 되면서 그는 무너져 내린 호야의 곁으로 간다. 그는 "사람이 아니라면 불가능한, 반드시 사람이어서 가능한 힘"으로 호야의 몸을 들어 올린다. 그와 호야는 사랑의 이름으로 연대한다. '나'가 멈추어 있는 지점에서 오 대리의 눈물이 맺히고, 그의 손이 '우는 남자'의 어깨로 향한다. 「우는 남자」는 초월적 시선을 향한 심아진 소설의 탐구가 성숙한 인간 이해의 도정임을 분명히 한다.

3

"진실과 관계될 수 있으려면 틀릴 수도 있어야 한다"(로베르트 팔러, 『성인언어』, 이은지 옮김, 도서출판 b)는 말은 문학이 인간사에 대해 들려준 중요한 통찰 중 하나이기도 할 것이다. '정치적 올바름의 정치'가 '자신이 상처받거나 모욕당했다고 느끼는 이는 옳다'는 기본 원칙에서 맴돌 때, 우리 자신을 "운명에 순응하는 기계, 모욕 및 상처에 순응하는 기계"(같은 책)로 전락시키고 있지는 않은지 되물을 필요가 있을 것이다. 사람들의 사회적 관계를 개선하는 과제에서 부자연스럽고 인위적 형식의 언어가 할 수 있는 일은 제한적이며, 때로는 더 크고 복잡한 진실의 국면을 가릴 수도 있다. 「오렌지 하트」는 '정치적 올바름의 정치'가 손쉬운 정의의 수단이 되고, 타인에 대한 도덕적 윤리적 검열이 아무렇지도 않게 벌어지는 오늘의 세태를 아프게 돌아본다. 그런 가운데 고대 철학자 루크레티우스가 세계의 생성과 변화를 설명하기 위해 도입한 '클리나멘'(원자들의 우연한 충돌이 빚어내는 빗겨감 혹은 벗어남. 편위)이 주인공 '건우'의 세계 이해를 보여주는 중요한 소설적 모티브가 되고 있는데, 다음 대목은 '초월적 시선'에 대한 관심과 관련된 심아진 소설의 자기 언급으로도 주목된다.

 건우가 학부 논문으로 썼던 에피쿠로스학파의 가설에 의하면 원자들의 우연한 충돌로 그 즉시 옮겨갈 수 있는 다른 세계가 존재했다. 건우는 지금 사는 세상이 신이 선택한 최상의, 다른 세계와 공존 불가능한 완벽한 세계라고 생각하고 싶지 않았다. 건우에게 최상, 완벽 등의 단어는 오히려 탈출 불가능 혹은 영구 수감 등의 단어와 유사하게 다가왔다.(133~134면)

 '최상, 완벽'을 거절하고 더 많은 우연적 생성에 열려 있고자 하는 것은 인간과 세계의 울퉁불퉁한 진실을 향한 심아진 소설의 식지 않는 열정으로 이해할 수도 있으리라.
 개진과 은폐의 줄다리기는 단편소설의 밀도와 긴장을 형성하는 중요한 요소라 할 수 있을 텐데, 심아진 소설이 편편이 크게 공을 들이는 지점이기도 하다. 누구에게나 "뒤섞어서 흐리게 만들지 않으면 살 수 없"는 트라우마적 기억은 있게 마련이라면, 「귀향」은 그 무의식이 만들어낸 "망각과 혼돈과 거부"가 기실 그리움에서 기인한다는 사실을 인물의 완강한 심리적 부인(否認)을 매개로 흥미롭게 보여준다. 서사의 밀도는 인물의 자기기만에서 비롯된 정보의 은폐에서도 오지만, 오디세우스와 윤이상, 아일랜드의 기네스 가문과 일제강점기 통영 예기조합의 역사를 연결 짓는 문화적 참조의 활달한 넓이에서도 온다. 작가의 장인적 솜씨가 물씬한 작품이다.

심아진 소설에서 적확한 비유의 언어들은 인물의 생각과 시선에 머문 뒤 작가의 언어로 회귀한 궤적을 풍성하게 포함한다. 치밀한 소설적 짜임새와 함께 작품마다 넓은 변화의 진폭을 보여주는 문체와 화법은 말의 바른 의미에서 심아진 소설을 '스타일리스트'의 그것이 되게 한다.

심아진 소설은 밀도 높은 우회와 지연의 서사, 작은 언어들의 수사학 안에서 '클리나멘'의 운동이 일으키는 세계의 생성과 변화를 기다리고 응시한다. 그렇게 해서 '만연해 있지만 진하지 않은, 얇디얇은' 세상의 맛과 풍경을 드러내려 한다. 그것은 다시 한번 말하건대, 세상의 표면, 인간의 어쩔 수 없는 얇음에 대한 심아진 소설의 사랑이기도 할 것이다.

나를 열렬히 다그치는 이야기들을 전하며

세상이 물리법칙이나 신의 뜻에 의해 굴러가기보다 이야기에 의해 굴러간다고 믿는 편이다. 화가나 음악가가 그림이나 음악을 세상의 정수요 영혼이라 여기기도 하는 것처럼 소설가인 나는 이야기 추종자다. 탄성을 지닌 이야기가 아니고서는 종횡무진, 자유로운 우주 삼라만상을 제대로 드러내지 못하리라 여긴다. 다소 편협한 내 믿음이 어떤 근거로 시작되었는지 알지 못하나, 이야기가 내 삶의 알토란 같은 핵이라는 사실만은 분명하다.

일곱 편의 소설을 묶고 보니 유행하는 담론들, 가령 페미니즘, 성소수자, 갑을관계, 빈부격차 등의 문제를 도외시하지 않았나 하는 반성도 인다. 그러나 그런 건 나보다 훌륭한 다른 많은 작가가 쓰고 있을 터, 나는 내가 가장 잘할 수 있는 이야기, 내가 도저히 외면할 수 없도록 나를 열렬히 다그치는 이야기를 전할 뿐이다. 사실 믿는 구석도 있다. 내가 뭐라든 제 파동을 갖고 도도하게 제 길을 가는 '이야기'가 나머지는 모두 알아서 할 테니까.

작가가 책 내면서 구구절절 감사하다고 인사하는 게 촌스럽다고 하는 소리를 들은 적 있다. 그러나 촌스러운 게 어때서? 엄동설한, 얼어 터진 손으로 출판사들을 두드리면서 적 잖이 울적했다. 그 과정을 되풀이하기 싫어서라도 소설을 그만 써야겠다고 생각했을 정도다. 문을 활짝 열어준 품 넓은 강출판사에 마음을 다해 감사드린다. 아울러 소개 글을 써준 김혜진 작가와 표지 그림을 그려준 유지안 화가에게도 진심으로 고마움을 전한다.

원고를 갈무리하면서 카프카의 소설 「단식 광대」가 떠올랐다. 단식 광대만큼의 명성을 얻은 적도 없거니와 감히 그처럼 절절하다고도 말할 수 없으나 오롯이 공감하는 한 구절이 있다. "왜냐하면 저는 단식을 할 수밖에 없기 때문이지요. 저는 그렇게밖에는 달리 하는 수가 없습니다."
정말이지 소설을 쓰지 않고는 달리 어찌할 도리가 없다.

보지 않아도 내 볼이 발그레한 걸 알겠다. 나를 사로잡은 게 하필 이야기여서, 사로잡힌 게 하필 나여서 감사할 따름이다.

2022년 3월
심아진

수록 작품 발표 지면

언니 _『문학무크 소설』 2019년 하반기호

신의 한 수 _『문학무크 소설』 2021년 하반기호

우는 남자 _『문학철학사학』 2021년 가을호

다복한의원 _『문학에스프리』 2019년 겨울호

오렌지 하트 _『문학나무』 2020년 봄호

레슬링 _『21세기 문학』 2018년 봄호

귀향 _『불교문예』 2022년 봄호

신의 한 수

© 심아진

1판 1쇄 발행		2022년 4월 20일
1판 3쇄 발행		2023년 7월 30일

지은이		심아진
펴낸이		정홍수
편집		김현숙 이명주
펴낸곳		(주)도서출판 강
출판등록		2000년 8월 9일(제2000-185호)

주소		서울시 마포구 동교로17안길 21(우 04002)
전화		02-325-9566
팩시밀리		02-325-8486
전자우편		gangpub@hanmail.net

값 14,000원
ISBN 978-89-8218-299-0   03810